Ella Montgomery

Pferdegeschichten

DIE AUTORIN

Ella Montgomery wuchs auf einer Farm in Montana/USA auf, wo ihre Eltern Pferde züchteten. Nachdem sie Englisch studiert und kurze Zeit als Lehrerin gearbeitet hatte, reiste sie durch die ganze Welt und unterrichtete in verschiedenen Ländern Englisch. Heute lebt sie mit ihrem Mann und ihren beiden Töchtern, Emma und Katie, in Devon/England. Seit ein paar Jahren schreibt sie hauptberuflich Kinderbücher.

Ella Montgomery

Pferde-geschichten

cbt

FSC
www.fsc.org
MIX
Papier aus verantwortungsvollen Quellen
FSC® C014496

Verlagsgruppe Random House FSC® N001967

1. Auflage 2018
Erstmals als cbt Taschenbuch April 2018

Dieser Sammelband besteht aus den Einzelbänden:
»Blue Mountain – Julias große Chance« und
»Blue Mountain – Ein Herz für Pferde«.
Die Originalausgaben erschienen 2008 unter den Titeln
»Olympic Yard Vol. 3« und »Olympic Yard Vol. 4«
bei Working Partners Limited
Übersetzung: Waltraud Ries/Michaela Kolodziejcok
Umschlaggestaltung: Kathrin Schüler, Berlin
Umschlagmotive: Shutterstock (Y Photo Studio, AKaiser, Katerina Kirilova)
kg · Herstellung: LW
Satz: Uhl + Massopust, Aalen
Druck: GGP Media GmbH, Pößneck
ISBN 978-3-570-31217-9
Printed in Germany

www.cbj-verlag.de

Ella Montgomery

Blue Mountain

Julias große Chance

Aus dem Englischen
von
Waltraud Ries

Erstes Kapitel

Die goldfarbene Mähne der Fuchsstute wogte im Wind, als sie in gleichmäßigem Rhythmus um den Reitplatz galoppierte. Anya entspannte sich durch die flüssigen Bewegungen des Pferdes und freute sich, dass die Stute auf jede ihrer Hilfen reagierte.

Ich wünschte, die Sommerferien würden nie zu Ende gehen, dachte sie, während sie zum Trab verlangsamte.

Sie konnte sich kaum vorstellen, dass sie ab morgen wieder zur Schule gehen würde, anstatt am Morgen das Futter für die Pferde auf dem Blue Mountain Reiterhof herzurichten.

»Ich glaube fast, du solltest Chances Namen ändern. Sie sollte Cinderella heißen«, rief Julia Michaelmore vom Tor herüber. »Sie sieht aus, als ob jemand einen Zauberstab über ihr geschwenkt hätte.«

Anya nickte und trabte auf Chance zu ihrer Freundin hinüber. Man konnte es kaum glauben, dass die Stute erst einen Monat hier war. Sie war in einem fürchterlichen Zustand auf dem Hof angekommen.

»Du hast Unglaubliches geleistet. Ihr Zustand ist hervorragend und ihre Ausbildung kommt gut voran.« Julia fischte einen Pferdekeks aus ihrer Hosentasche. Anya näherte sich und beugte sich nach vorn, um der Stute einen freundlichen Klaps auf den feucht geschwitzten Hals zu geben.

»Sie lernt schnell«, sagte Anya lächelnd.

Während Chance den Leckerbissen zerkaute, dachte Anya über die letzte Zeit nach.

War es tatsächlich erst ein paar Wochen her, dass sie die Stute dazu gebracht hatte, einen Reiter zu akzeptieren?

Sie nahm die Füße aus den Steigbügeln und stieg ab. Dann hob sie das Sattelblatt an und lockerte den Sattelgurt.

»Ich wette, du kannst es kaum erwarten, sie in Riverton zu reiten«, bemerkte Julia.

Anya spürte, wie eine riesige Welle der Begeisterung sie durchflutete, als sie an das Reitcamp mit den Pferden in den Herbstferien dachte. Da sie kein eigenes Pferd besaß, war sie bisher noch nicht dort gewesen. Aber Clem Houseman, eine der Besitzerinnen des Blue Mountain Reiterhofs, hatte vorgeschlagen, dass Anya Chance mit ins Reitcamp nahm, damit die Stute Erfahrungen sammeln konnte. Chance hatte seit ihrer Ankunft die ganze Zeit auf dem Hof verbracht.

»Das wird Chances Selbstvertrauen stärken.« Anya führte die Zügel über den edel geformten Kopf der

Stute. »Und ich kann es kaum erwarten, den ganzen Tag nur zu reiten!«

»Jagdspringen, Dressur, Geländereiten, Reiterspiele«, sagte Julia. Ihre Stimme wurde vor Aufregung immer lauter, als sie die ganzen Aktivitäten aufzählte. »Ich kann mir nichts Schöneres vorstellen! Und die Aufführung am Ende der Woche wird unglaublich viel Spaß machen.« Sie legte ihren Kopf auf eine Seite und runzelte die Stirn. »Hatte ich das schon erwähnt?«

»Ungefähr hundertmal«, antwortete Anya lachend. Chance rieb ihren Kopf an ihrer Schulter. »Offenbar steht ›Kratzbaum‹ auf meiner Stirn«, sagte sie, wobei sie die Stirnmähne der Stute zurechtzupfte. »Habe schon verstanden. Ich bring dich jetzt in deine Box, damit ich dich absatteln kann.«

Als sie über den Hof liefen, kam ihnen die Springklasse 2 entgegen. Chance wieherte einen Gruß zu Ronnie hinüber, einem Falben, mit dem sie sich von Anfang an gut verstanden hatte. Anya konnte das Kichern nicht unterdrücken, als Dominik Arnold, Ronnies neunjähriger Besitzer, begeistert winkte und dabei seine Reitkappe über die Augen rutschte. Da er die Zügel hängen ließ, nutzte Ronnie die Gelegenheit, aus der Reihe zu treten.

»Oh nein, mein Freund, so geht das nicht!« Julia trat vor und griff in Ronnies Zaumzeug.

»Danke!« Dominik grinste sie an und ließ dabei ein paar Zahnlücken sehen. »Clem will heute die Hindernisse erhöhen, und ich denke, Ronnie weiß das schon!«

»Springt Ronnie denn nicht gern?«, fragte Anya.

»Ronnie kann sich eigentlich für nichts begeistern – außer für sein Fressen«, kam es von der gereizten Clem zurück. »Dominik, bitte reihe dich wieder ein!«

»Vielleicht solltest du eine Möhre vor seiner Nase baumeln lassen!«, schlug Julia vor. Ihre Augen funkelten dabei schalkhaft.

»Das habe ich schon versucht«, antwortete Dominik ganz ernsthaft und setzte seinen Helm wieder fest auf sein lockiges blondes Haar. »Das Einzige, was ich damit erreicht habe, war, dass Ronnie wie wild im Kreis herumrannte.«

Anya und Julia tauschten einen belustigten Blick. Dominik setzte sich wieder an den Schluss der Abteilung.

»Das hätte ich gern gesehen und sogar was dafür bezahlt«, murmelte Julia.

Da wir gerade von Geld reden …, dachte Anya und schaute auf ihre Uhr. Sie hatte nicht mehr viel Zeit, um die Stallarbeit zu erledigen, bevor sie sich zu ihrem neuen Job aufmachen musste.

Ihr Vater hatte ihr versprochen, sie bei der Finanzierung des Reitcamps zu unterstützen, aber sie musste auch selbst noch zusätzlich Geld verdienen. Also putzte sie jedes Wochenende ein paar Stunden lang die Taxis des Unternehmens, für das ihr Vater arbeitete. Es war ganz schön schwierig, die beiden Jobs unter einen Hut zu bringen, aber es war ja für einen guten Zweck!

Als Chances Hufe über den Hof klapperten, rief Sabine nach ihnen. Julia winkte.

»Hallo, Mädels!« Sabine Ford ritt auf sie zu. »Ich werde mit Magic trainieren.« Sie tätschelte den Hals der schwarzen Stute. »Kommt ihr mit mir auf den Reitplatz?«

»Ich kann nicht«, sagte Anya. »Ich bin gerade mit Chance fertig geworden und muss sie nun abreiben.«

»Wie lief es denn?«, fragte Sabine.

»Klasse!« Anya lächelte. »Sie macht sich echt gut.«

»Ich habe Zickzack heute noch nicht bewegt«, sagte Julia. »In ein paar Minuten habe ich ihn gesattelt und komme mit.«

»Okay.« Sabine nahm die Zügel auf. »Ich seh dich auf dem Reitplatz. Oh, Anya«, sie schaute über die Schulter zurück. »Ich habe das Programm von Riverton ausgedruckt und für dich auch kopiert. Es ist in meiner Tasche.«

»Danke!« Anya lachte. »Ich hole es mir, bevor ich gehe.« Sie schnalzte mit der Zunge und führte Chance hinüber in den Stall. Ihre Gedanken rasten in Vorfreude auf das, was in den Ferien stattfinden sollte.

»Mit dir ins Reitcamp zu fahren, ist fast, als ob du mir gehören würdest«, sagte sie leise zu Chance, als sie die Stallgasse entlangliefen.

Sie bedauerte es sehr, dass die Fuchsstute nicht wirklich ihr gehörte, aber dann schob sie diese Gedanken schnell wieder weg. Sie war glücklich, dass sie Chances einzige Reiterin war. Und das sollte so bleiben, bis Chance gut genug ausgebildet war, um als Schulpferd eingesetzt zu werden. Und dass sie Chance ins Reitcamp mitnehmen durfte, war mehr, als sie je gehofft hatte. Sie führte die Stute in den Stall und sattelte sie schnell ab.

»Na komm, ich wasch dich noch ab«, sagte sie zu Chance, als sie ihr das Halfter überstreifte und den Führstrick befestigte.

Während Anya die Stute mit Wasser übergoss, betrachtete sie sie mit kritischem Blick. In den letzten Wochen hatte Chance an den richtigen Stellen zugenommen, und ihr rötliches Fell glänzte wie eine Kastanie, die frisch aus ihrer Schale gesprungen war. Ihre goldfarbene Mähne und der Schweif waren vom stundenlangen Kämmen ganz seidig geworden. Das Beste aber waren die dunklen Augen von Chance, die nun angstfrei und voller Vertrauen blickten. Anya lachte, als Chance die Oberlippe hochzog, um mit dem Wasserstrahl zu spielen.

»Du willst wohl deine Zähne geputzt bekommen?«

Chance bewegte ihren Kopf auf und ab und versuchte, direkt aus dem Schlauch zu trinken.

»Okay, aber vergiss die Zahnseide nicht, wenn du wieder in deiner Box bist«, sagte Anya kichernd und drehte den Wasserhahn zu.

Nachdem sie Chance abgetrocknet, zugedeckt und die Heuraufe gefüllt hatte, begann Anya mit der Abendfütterung der anderen Pferde. Als sie über den Hof lief, hielt sie an, um Max Westerhoff, einen der Besitzer des Blue

Mountain Reiterhofes, vorbeireiten zu lassen. Sein dunkelbrauner Hengst Standard Bearer lief mit langen, fließenden Bewegungen Richtung Reithalle. Max hob die Hand, um Anya zu grüßen, bevor er Stan durch die offene Tür lenkte. Das glänzende dunkle Fell und der muskulöse Körper zeigten, dass der Hengst nach einem Sommer mit Turnieren und Leistungsschauen in Topform war.

Anya ging in die Futterkammer und stellte die Eimer auf. Nachdem sie das Futter abgemessen hatte, füllte sie einen Futterball mit Pellets für Wolfgang und brachte ihn zu seiner Box und entriegelte die Tür.

»Hier, für dich. Schaffst du den, bevor du heute Abend auf die Weide darfst?«

Der Wallach hatte sich angewöhnt, mit Kopf und Hals hin und her zu pendeln. Der Ball mit seinen kleinen Löchern, durch die die Pellets Stück für Stück herauskamen, sollte ihn beschäftigen und vom »Weben« ablenken. Wolfgang stellte die Ohren auf und wieherte tief, als Anya den Ball auf den Boden legte. Das Pferd schnupperte daran und rollte ihn über die Streu.

»Viel Spaß!«, rief Anya. Als sie zur Futterkammer zurücklief, schauten einige Pferde erwartungsvoll über ihre Boxentüren. »Essen kommt gleich«, versprach Anya und bückte sich nach den Eimern. Sie liebte ihre Arbeit auf dem Hof.

Ich würde sogar kommen und helfen, wenn ich mir dadurch keine Reitstunden verdienen könnte, dachte sie bei sich.

In der nächsten halben Stunde verteilte Anya das Futter. Dann sammelte sie die Eimer wieder ein und wusch sie aus. Zum Schluss wollte sie Chance noch auf die Koppel bringen.

»Auf geht's, meine Schöne«, sagte sie und befestigte Chances Führstrick an ihrem Halfter. Die Fuchsstute lief ruhig zur Koppel und stand ganz still, als Anya ihr Halfter abnahm. »Na, los!«, ermutigte Anya sie.

Normalerweise rannte Chance direkt zu der staubigen Stelle auf der Koppel, wo sich die Pferde gerne wälzten. Nun legte Anya ihren Arm um Chances Hals. Die Stute drückte sich gegen sie. Aus alter Gewohnheit bewegte Anya ihre Finger in sanften, kreisenden Bewegungen. Sie hatte Chance in den letzten Wochen täglich mit Lavendelöl massiert, um sie zu entspannen und Vertrauen fassen zu lassen.

Das wird ganz schön hart, Chances tägliche Pflege jemand anderem zu überlassen, dachte Anya, als ihr einfiel, dass die Sommerferien bald zu Ende waren. Sie würde außer am Wochenende erst nach der Schule zum Hof kommen können. Morgens würde sich Trinity, die Chef-Pferdepflegerin, um Chance kümmern. Anya umarmte Chance noch einmal kurz und gab ihr dann einen liebevollen Klaps auf das Hinterteil.

»Geh schon«, sagte sie freundlich. »Ich kann nicht hierbleiben und dich bis in alle Ewigkeit knuddeln, auch wenn ich es noch so gerne täte.«

Chance schnaubte und trabte dann mit hoch erhobenem Schweif in Richtung der Ulme mit der riesigen Baumkrone. Sie scharrte mit den Hufen, dann ließ sie sich langsam zu Boden sinken, um sich zu wälzen. Lächelnd drehte sich Anya um und ging zum Stall zurück. Sie hängte Chances Halfter außen an ihrer Box auf und suchte nach Sabine und Julia.

Die Mädchen waren in Zickzacks Box und zupften Kletten aus der Mähne des Schecken.

»Hallo!« Anya schaute über die Boxentür. »Wie lief euer Training?«

»Danke, gut«, antwortete Sabine. »Magic arbeitet immer gerne mit Zickzack.«

»Ja, es ist toll, wie gut unsere Pferde miteinander auskommen.«

Anya dachte an den Tag der Offenen Tür im August und an die Quadrille, die sie mit Mark Howard und seinem Haflinger Henry geritten hatten. Die Freundschaft zwischen Reitern und Pferden hatte dazu beigetragen, dass die Vorführung ein großer Erfolg geworden war.

Sabine griff in ihre Tasche und zog ein gefaltetes Blatt Papier heraus.

»Das ist das Programm des Reitcamps, das ich dir versprochen hatte.«

Erwartungsvoll faltete Anya das Papier auseinander und überflog den klein gedruckten Text.

»Wir haben also jeden Morgen Dressur und jeden Nachmittag Springen!«, rief sie aus.

»So ist es«, nickte Julia. »Springen und Geländereiten

finden abwechselnd statt, und am letzten Tag bestreiten wir einen Wettbewerb in allen drei Disziplinen.«

»Vergiss nicht, dass es jeden Tag auch noch eine besondere Veranstaltung gibt.« Sabines Augen glänzten. »Letztes Jahr gab es einen Ausritt mit Picknick, einen Vortrag über Alexandertechnik, einen Film und eine Schatzsuche zu Pferd.«

Anya war vor Begeisterung ganz aufgeregt. »Glaubt ihr, wir dürfen alle in der gleichen Hütte übernachten?« Anya wusste, dass es ein halbes Dutzend Blockhäuser für die Gäste gab.

»Ich schreibe eine Mail an die Organisatoren und frage nach, ob wir vielleicht alle zusammen untergebracht werden könnten«, versprach Sabine.

»Du fragst besser auch gleich, ob die Pferde in denselben Stall kommen.« Julia grinste. »Wir wollen ja nicht, dass sie in Streik treten.«

Das war zwar scherzhaft gemeint, aber Anya hoffte sehr, dass Chance sich dort wohlfühlen würde. Riverton würde für sie beide eine völlig neue Erfahrung sein.

»Auf was freust du dich am meisten?« Sabine stellte diese Frage an Anya und beantwortete sie gleich selbst: »Ich kann es kaum erwarten, mit Magic den Geländeparcours zu reiten.«

»Ich weiß nicht so recht«, überlegte Anya.

Da sie mit Chances Springtraining noch nicht begonnen hatte, dachte sie, dass viele Programmpunkte, auf die sich die anderen freuten, für sie gar nicht infrage kamen. Aber das machte ihr gar nichts aus. Allein schon der Gedanke, eine Woche mit ihren Freunden täglich Reitstunden und Ausritte zu genießen, war ihr genug. Sie dachte an die Fotos, die Sabine letztes Jahr mitgebracht hatte. Sie würde so viele neue Erfahrungen machen können.

»Es hört sich alles so toll an, aber am meisten freue ich mich darauf, mit Chance schwimmen zu gehen«, gab sie zu. »Obwohl – am tollsten ist, dass ich mit meinen besten Freunden unterwegs sein werde.«

Julia spielte die Überraschte. »Oh, da bin ich aber sprachlos!«

»Glaub ihr kein Wort, Anya. Das werden wir wohl nie erleben«, sagte eine warme, dunkle Stimme dicht neben ihrem Ohr.

Anya drehte sich um und lächelte Mark an, der hinter ihr stand.

»Wir haben uns gerade über Riverton unterhalten«, sagte sie. »Sabine hat das Programm ausgedruckt.«

»Super! Kann ich mal sehen?« Marks blaue Augen leuchteten vor Begeisterung, als er das Programm las. »Oh, für den letzten Abend ist eine Party geplant. Das wird cool.«

»Ich kann's kaum erwarten!«, rief Anya ganz aufgeregt.

»Tja, du hast keine andere Wahl«, sagte die praktische Julia. »Wir müssen noch ganze sechs Wochen durchhalten, bevor wir nach Riverton fahren dürfen. Und da wir gerade von Zeit reden: Kann es sein, dass du dich schnellstens auf den Weg machen solltest?«

»Ach, du meine Güte!«, rief Anya aus. »Ich darf an meinem ersten Arbeitstag auf keinen Fall zu spät kommen! Wenn ich den Job verliere, kann ich nicht mit nach Riverton fahren!«

»Das würde bedeuten, dass du nicht mit Chance schwimmen gehen kannst«, neckte sie Sabine.

»Oder dass du diese Woche nicht mit den besten Freunden auf der ganzen Welt verbringen kannst.« Julias haselnussbraune Augen funkelten.

»Oder dass du nicht auf der Party am letzten Abend tanzen kannst!«, rief Mark hinter ihr her, als sie die Stallgasse entlangrannte.

»Ich eile, ich fliege!«, rief Anya lachend.

Eins war klar: Sie würde nichts tun, was ihre Teilnahme am Reitcamp gefährden könnte.

Zweites Kapitel

Helles Sonnenlicht drang durch einen Spalt zwischen den Vorhängen in Anyas Zimmer. Sie drehte sich im Bett um und schaute nach ihren Reitklamotten. Aber was für eine Enttäuschung! Anyas dunkelrote Schuluniform hing über der Stuhllehne.

Schule!, fiel es ihr schlagartig wieder ein. *Heute beginnt das neue Schuljahr*! Als sie die Beine über die Bettkante schwang, überlegte sie: *Wie wird Chance wohl reagieren, wenn Trinity sie heute Morgen von der Koppel holt und füttert*? *Hoffentlich denkt sie nicht, ich hätte sie im Stich gelassen*! Anya bürstete ihr langes blondes Haar und band es zusammen. *Es geht ihr jetzt ja schon viel besser. Ich will aber ihre vollständige Genesung nicht gefährden.*

Anya legte die Bürste weg und versuchte, sich auf den vor ihr liegenden Tag zu konzentrieren und nicht immer nur an die schöne Fuchsstute zu denken. Ihr Blick wanderte jedoch zu einer kolorierten Bleistiftzeichnung von Chance, die über ihrem Spiegel hing. Die Stute schaute mit aufgestellten Ohren in die Ferne. Ihre Mähne glich einem goldenen Wasserfall.

»Anya, deine Pfannkuchen werden kalt!«, rief ihr Vater von unten.

»Pfannkuchen?«, rief Anya zurück und zog ihre Schuluniform an. Normalerweise gab es nur Müsli oder Brot zum Frühstück.

»Ich dachte, du hättest am ersten Schultag vielleicht gern etwas Besonderes«, antwortete ihr Vater.

Es dauerte nur Sekunden, dann öffnete sich eine Tür und Fußgetrappel war auf der Treppe zu hören. Ihre beiden jüngeren Brüder liefen um die Wette zur Küche. Anya lächelte, nahm ihre Schultasche vom Haken an der Tür und ging nach unten.

»Guten Morgen«, begrüßte sie ihren Vater und ihre Brüder.

»Ihr hättet nicht auch so früh aufstehen müssen.«

Sie war eine Stunde vor Schulbeginn aufgestanden, um noch Zeitungen austragen zu können. Toby wollte eine Gabel mit Pfannkuchen in seinen Mund bugsieren, während sie gleichzeitig versuchte, seinen obersten Hemdknopf zu schließen.

»Wir konnten nicht mehr schlafen, als wir die Pfannkuchen in unserem Zimmer gerochen haben«, sagte Ollie zwischen zwei Bissen. »Aber das Aufstehen hat sich gelohnt«, versicherte er ihrem Vater.

»Das freut mich.« Mr Hart lächelte und stellte die Pfannkuchen vor Anya auf den Tisch.

Seit Anyas Mutter vor zwei Jahren gestorben war, sorgte er allein für seine drei Kinder. Kochen konnte er wirklich gut. Anya schaufelte ein Stück Pfannkuchen in ihren Mund und ließ den süßen Geschmack des Ahornsirups auf der Zunge zergehen. Dann legte sie widerstrebend ihre Gabel beiseite.

»Es tut mir sehr leid, Dad, aber ich muss gehen«, entschuldigte sie sich.

»Ist schon in Ordnung«, antwortete er und umarmte sie. »Da.« Er gab ihr einen Apfel. »Nimm den mit. Ich wünsch dir einen schönen Tag.«

»Ich euch auch!«, rief Anya, warf den Jungen Kusshände zu und verließ das Haus. Im Gartenschuppen holte sie ihr Fahrrad.

Wäre super, wenn Chance vor dem Haus angebunden wäre und ich mit ihr die Zeitungen austragen könnte. Doch Träume sind Schäume ... und deswegen sind es zwei Räder statt vier Hufe, dachte sie.

Doch ihre Laune besserte sich, als sie losradelte. Die harte Arbeit würde sich lohnen, da war sie sich sicher.

Anya schaffte es, nach dem Zeitungsaustragen gerade noch rechtzeitig zur Schule zu kommen.

Ich muss morgen noch etwas früher aufstehen, nahm sie sich vor, als sie ihr Fahrrad abschloss und die Treppe zur Aula hinaufrannte. Julia hatte Anya ihr Rennrad für die nächsten Wochen geliehen, da es schneller und leichter zu fahren war.

»Anya!« Ihre Freundinnen Chrissie und Leila winkten ihr zu, als sie das Gebäude durch die offene Doppeltür betrat. Anya schlängelte sich durch die Menge in der Aula, bis sie die beiden erreichte.

»Ich hab dich ja ewig nicht gesehen!«, rief Leila und warf ihr dunkles Haar nach hinten. »Wo hattest du dich versteckt?«

»Meine Arbeit auf Blue Mountain hat mich ganz schön auf Trab gehalten«, gab Anya zu.

»Wie geht es Chance?«, unterbrach Chrissie sie.

Ihre Mutter arbeitete für eine Tierschutz-Organisation und Chrissie hatte Chances Genesung interessiert verfolgt.

»Es geht ihr echt gut«, sagte Anya freudestrahlend.

»Und wie willst du das überleben, wenn du bis zu den Herbstferien nicht jeden Tag mit ihr verbringen kannst?«, neckte Chrissie sie.

»Tja, das wird ganz schön hart.« Anya verzog ihr Gesicht zu einer Grimasse.

»Ich würde sagen, dass die Arbeit, die wir bis dahin vor uns haben, mindestens genauso hart werden wird«, sagte Leila.

Der Direktor betrat die Aula und ging auf die Bühne, um die Schüler zum neuen Schuljahr zu begrüßen.

In der ersten Schulstunde bekamen sie den Stundenplan. Anya hatte Schwierigkeiten, sich zu konzentrieren, denn ihre Gedanken wanderten ständig zu Chance.

Ob sie mich wohl vermisst?

Sie schaute verstohlen auf ihre Uhr. Um diese Zeit hatte sie Chance in den Ferien immer gestriegelt, um sie für die Reitstunde fertig zu machen. Sie starrte aus dem Fenster und sah in den blauen Himmel mit den weißen Wolken, die der Wind vor sich hertrieb. In den Wolken sah sie einen schön gebogenen Hals, eine wehende Mähne und einen peitschenden Schweif.

Plötzlich stieß Leila sie an. »Du hast für jede Stunde am Montag Mathe eingetragen.«

»Ich hätte ja verstanden, wenn es Kunst gewesen wäre«, bemerkte Chrissie, die damit auf Anyas Lieblingsfach anspielte. »Aber man verträgt nur eine kleine Menge Pythagoras, bevor man einen Nervenzusammenbruch bekommt.«

Stöhnend riss Anya die Seite aus ihrem Hausaufgabenheft und schrieb den Stundenplan neu. Mit dem Klingelzeichen war sie endlich fertig damit.

»Wer ist für Mathe?«, fragte Chrissie in den Lärm der über den Boden scharrenden Stühle.

»Hmm, ich kann mich nur schwer entscheiden, aber ich denke, dass Kunst knapp gewinnen wird«, antwortete Anya lachend. Sie gingen den Gang entlang durch die Doppeltür, die zum Kunstbereich führte. Als sie in das große, lichtdurchflutete Klassenzimmer kam, fühlte sich Anya zufrieden. Die Arbeiten des letzten Schuljahres waren von den Wänden entfernt worden. Und Anya juckte es schon in den Fingern, neue Kunstwerke zu schaffen.

»Herzlich willkommen!« Mrs Bourne schaute von der Staffelei hoch, an der sie malte. »Ich hoffe, ihr hattet einen schönen Sommer. Legt eure Taschen auf die Tische und kommt dann alle nach vorn.«

Als sie zur Staffelei der Kunstlehrerin ging, sah Anya, dass sie an einem Meerespanorama arbeitete.

»In diesem Schuljahr werden wir uns mit Aquarellen beschäftigen«, kündigte die Lehrerin an. Sie deutete mit der Hand auf die Tafel, auf der ein Blatt dickes Papier befestigt war, und auf ihre Palette. »Wie ihr sehen könnt, habe ich nur sechs Farben hier, aber ihr werdet euch wundern, wie viele Töne man daraus mischen kann«, erklärte sie und nahm einen Pinsel in die Hand. »Ich zeige euch das schnell anhand eines einfachen Baumes, dann könnt ihr es alle selbst ausprobieren.« Farbe floss auf das Papier, und Anya beobachtete fasziniert, wie der Baumstamm Formen annahm. »Ihr müsst euch vorstellen, dass ihr Dirigenten seid, wenn ihr mit Aquarellfarben arbeitet«, erklärte Mrs Bourne der Klasse. »Ihr inszeniert die Farben, aber ihr müsst ihnen die Freiheit lassen, sich nach ihren Vorstellungen zu mischen.«

Anya konnte nicht mehr länger warten. Sie wollte gleich anfangen zu malen und sprang sofort auf, nachdem Mrs Bourne ihre Einführung beendet hatte.

»Ihr könnt entweder auch einen Baum malen oder versuchen, eines der Bilder aus dem Stapel auf meinem Schreibtisch nachzumalen«, leitete die Lehrerin ihre Klasse an.

Anya malte eine Burg, die über einem riesigen Waldgebiet thronte. Schnell warf sie die Umrisse mit Bleistift aufs Papier. Dann nahm sie den Pinsel zur Hand. Während die Aquarellfarben sich mischten, versank sie völlig in ihrer Tätigkeit.

»Du hast das sicher schon mal gemacht?« Mrs Bournes Stimme durchbrach ihre Konzentration. Anya schaute ihre Lehrerin an.

»Nein«, antwortete sie und schüttelte den Kopf. »Das ist mein erster Versuch.« Sie biss sich auf die Lippe. »Ich habe das nicht richtig hingekriegt. Die Farbe ist an manchen Stellen durchbrochen und wirkt streifig.«

»Du machst das wirklich sehr gut«, begeisterte sich Mrs Bourne. »Es ist okay, wenn das Papier ein bisschen durchblitzt. Das ist gut für die Darstellung des Himmels. Und lass die Farbe und das Papier arbeiten. Wenn du zu sehr eingreifst, werden deine Farben schlammig.«

»Vielen Dank!«, sagte Anya und die Lehrerin ging zum nächsten Schüler weiter. Anya konzentrierte sich wieder auf ihr Bild und trug weitere waagrechte Pinselstriche auf. Gerade als sie den Himmel fertig gemalt hatte, läutete es zum Ende der Stunde.

Ich kann es kaum erwarten, ein Aquarell von Chance zu malen, dachte sie, während sie ihre Sachen zusammenpackte. Obwohl sie keine Ahnung hatte, wo sie die Zeit zum Malen hernehmen sollte!

Am späten Nachmittag fuhr Anya mit dem Bus zum Blue Mountain Reiterhof. Vor lauter Vorfreude, Chance wiederzusehen, zog sie sich blitzschnell um und holte gleich Chances Zaumzeug. Als sie den süßen Duft des Heus einatmete, entspannte sie sich langsam. Anya ging in den Stall und begrüßte die Pferde, die ihr entgegenwieherten. Beim Klang von Anyas Stimme wieherte Chance lauter als die anderen.

»Hallo, meine Schöne!«, rief Anya. Sie beschleunigte ihre Schritte und schlang ihre Arme um den Hals der Stute. »Hast du mich heute vermisst?«, fragte sie das Pferd. »Ich habe die ganze Zeit an dich gedacht.«

Sie stand ganz still und atmete den Geruch der Stute ein. Chance begann, liebevoll an Anyas Haaren zu knabbern, sodass das Mädchen kichern musste.

»Bist du bereit, ein wenig rauszugehen?«, fragte sie und schob den Riegel zurück.

Clem hatte vorgeschlagen, dass Anya mit Chance noch eine Woche Bodenarbeit machen sollte, bevor sie mit dem Springen beginnen sollte. Anya war total gespannt darauf, wie Chance beim Springen reagieren würde.

»Aber heute werden wir uns noch einmal mit Schenkelweichen beschäftigen«, erklärte Anya der Stute auf Weg zum Reitplatz.

Zehn Minuten lang wärmten sie sich auf. Als sie dann die Mittellinie hinuntertrabte, sah sie Max Westerhoff auf dem Tor sitzen. Anya zügelte Chance, denn sie war unsicher, ob sie mit dem Training fortfahren oder zu Max hinüberreiten sollte.

»Mach weiter!«, rief Max und winkte ihr zu.

Anya gab Schenkelhilfen und lenkte Chance nach rechts. Es war das erste Mal, dass der deutsche Goldmedaillengewinner im Dressurreiten gekommen war, um ihr beim Training mit Chance zuzuschauen, und sie fragte sich etwas ängstlich, was er von der Stute und ihrer Arbeit auf dem Pferd halten würde.

Max ging in die Mitte des Reitplatzes. An seiner Miene war nicht zu erkennen, was er dachte. Anya setzte sich tief in den Sattel und brachte Chance in einen leichten Galopp. Die Stute reagierte, indem sie ihre Schritte verlängerte. Anya spürte jedoch, dass sie auf der Vorhand ging. Anya arbeitete mit den Schenkeln, um Chance dazu zu bringen, ihre Hinterhand mehr einzusetzen, aber die Stute wich ihr aus, indem sie den Kopf etwas hob. Chances Rhythmus war unbequem zu sitzen, da sie im Kreuzgalopp lief. Daher brachte sie Anya in den Trab zurück, bis sie das Gefühl hatte, dass Chance wieder entspannt war. Als sie die obere Ecke der Reitbahn erreichte, nahm Anya den Schenkel hinter den Gurt, um die Stute seitwärts und vorwärts im Hufschlag zu bewegen. Mit angelegten Ohren wehrte sich Chance gegen Anyas Hand und weigerte sich, seitwärts zu gehen. Anya brach das Schenkelweichen ab, ritt eine Volte und galoppierte die Längsseite der Reitbahn entlang. Ihre Fehler hatten sie aus der Fassung gebracht, und sie wünschte, Max wäre nicht ausgerechnet heute zum Zuschauen gekommen.

»Lass die Zügel locker und nimm sie dann wieder auf«, sagte Max in seiner knappen Sprechweise.

Anya ahnte schon, dass das nicht gut gehen würde, aber sie ließ nach und nach die Zügel locker, bemüht, die Stute im Gleichgewicht zu halten. In dem Moment, als die Stute den Kontakt zwischen sich und Anya nicht mehr spürte, streckte sie sich und ihr Galopp wurde immer schneller.

»Okay, du kannst sie wieder versammeln!«, rief Max.

Mit rotem Gesicht versammelte Anya Chance und trabte in die Mitte zu Max. Er legte seine Hand auf Chances Hals.

»Sie hat einen guten Körperbau und einen ehrlichen Charakter«, sagte er. »Aber sie ist noch unerfahren und hat wenig Selbstvertrauen. Das behindert ihre Entwicklung.«

Max' Einschätzung enttäuschte Anya. Sie war so stolz auf die Fortschritte, die Chance den Sommer über gemacht hatte, und hatte gehofft, dass Max die Stute mehr loben als kritisieren würde.

»Gleichgewicht, Rhythmus und die äußeren Linien müssen stimmen, wenn du die Zügel nachgibst und wieder aufnimmst.« Max schaute sie mit seinen durchdringenden blauen Augen an. »Nur das wird ihr helfen. Zuallererst muss sie im Gleichgewicht sein und sich und ihren Reiter tragen können. Deshalb ist dein Versuch mit den Schenkelweichen gescheitert.« Er hielt inne. »Dass sie nicht im Gleichgewicht ist, sieht man daran, dass sie das meiste Gewicht auf die Vorhand legt. Das schränkt ihre Bewegungen in der Schulter ein und behindert ihren Gang. Ich wette, dass sie entweder oft den Kopf wirft oder ihn runternimmt und sich dann auf deine Hand legt, oder?«

Anya nickte. Max hatte ihre Probleme haargenau analysiert, dennoch wollte sie etwas zu Chances Verteidigung sagen.

»Seit ich sie reite, ist ihre Haltung schon viel besser geworden. Doch in dem Moment, wo ich Kontakt zu ihr mit den Zügeln aufnehmen wollte, wich sie mit dem Kopf nach oben aus.«

»Du hast gute Arbeit geleistet«, stimmte Max ihr zu, »und eure Verbundenheit ist deutlich zu erkennen. Aber, Anya, nimm nie den einfachen Weg. Denke bei der Ausbildung eines Pferdes nie, dass ›fast gut‹ gut genug ist. Geh nicht schon zum nächsten Schritt der Ausbildung über, bevor du nicht die vorherige Phase perfektioniert hast.«

Anya spürte, wie sie rot wurde, obwohl sie dankbar für Max' Kommentar war. Sie nickte: »Ich verstehe.«

»Komm!«, sagte Max und trat ein paar Schritte zurück. »Wir bringen deiner Stute jetzt bei, dass sie sich selbst tragen kann und dass nicht du sie zusammenhalten musst wie eine Schnur ein Paket! Stell dir vor deinem geistigen Auge vor, wie Chance aussehen soll, wenn du die Zügel nachgibst und wieder aufnimmst. Du hast einen guten Sitz und sensible Hände. Das wird dir helfen, sie zum Vorwärtsgehen zu ermutigen und das Gebiss anzunehmen. Wir müssen nur das Gewicht von ihrer Vorhand nehmen und ihr beibringen, dass die wirkliche Kraft aus ihrer Hinterhand kommen muss. Reitet ans andere Ende des Platzes und dann galoppiert auf mich zu. Konzentrier dich auf einen tiefen Sitz, eine leichte Hand und einen festen Kontakt zum Pferdemaul.«

Anya nickte und ritt mit Chance davon. Sie war entschlossen, die Stute dazu zu bringen, ihre Hinterhand mehr einzusetzen. Als sie sie in den Galopp brachte, ritt sie sie von hinten nach vorne. Sie fühlte die Veränderung, weil Chance aktiver wurde und ihre Galoppsprünge viel elastischer als vorher waren.

»Gut.« Max erkannte den Fortschritt an. »Sie geht immer noch mehr vorwärts anstatt aufwärts. Aber an diesem Punkt ihrer Ausbildung habe ich nichts anderes erwartet. Jedes Mal wenn du sie reitest, musst du sie dazu bringen, verstärkt ihre Hinterhand einzusetzen. Letzten Endes wird sie ihre Kruppe senken und ihre Hinterhand wird nachgeben. Dann erreichst du die Bewegung, die du haben möchtest. Du darfst ihr keinesfalls erlauben, wieder auf der Vorhand zu gehen, nicht einmal für ein paar Sekunden.«

»Danke, Max.« Anya war wegen Max' Kritik ein wenig geknickt.

»Sie ist ein nettes kleines Ding, und ich bin sicher,

dass du aus ihr ein großartiges Reitpferd machen wirst«, sagte er dann.

Anya starrte dem dunkelhaarigen Miteigentümer von Blue Mountain hinterher, der den Platz verließ.

»Hast du das gehört?« Sie lehnte sich nach vorn, um Chances Hals zu klopfen. »Er denkt, dass du ein großartiges Reitpferd wirst!« Sie lehnte sich noch weiter vor und flüsterte: »Für mich bist du das schon!«

Als Anya mit Chances Training fertig war, führte sie die Stute in ihre Box, um sie abzureiben. Mit einer Decke versehen, machte sich Chance danach zufrieden über ihr Abendessen her. Anya nahm Sattel und Zaumzeug, um es zur Sattelkammer zu bringen.

»Hallo!«, rief Sabine zu ihr rüber und lief auf den gegenüberliegenden Stall zu. Sie wartete auf Anya, damit die sie einholen konnte. »Wie war dein erster Schultag nach den Ferien?«

»Na ja, ging so«, antwortete Anya, »aber ich habe das Gefühl, als ob ich überhaupt keine Ferien gehabt hätte.«

»Das war bei mir leider auch nicht anders.« Sabine seufzte. Sie trug immer noch ihre blaue Schuluniform. Den Kragen ihrer Bluse schmückte ein goldenes Wappen. Sabines Privatschule war vierzig Autominuten entfernt. Das bedeutete, dass sie immer später als die anderen auf dem Hof ankam.

»Sind Julia und Mark schon hier?« Beide besuchten eine Schule am anderen Ende der Stadt.

»Ich weiß nicht«, sagte Anya. »Ich habe gerade eben erst Chances Training beendet.«

»Wie lief's?«, fragte Sabine auf dem Weg in den Stall.

»Max kam rüber, schaute uns zu und gab uns ein wenig Unterricht«, erzählte Anya. »Er hat mir ein paar tolle Tipps gegeben, wie ich Chance im Gleichgewicht halten kann.« Sie machte eine Pause, fuhr dann aber fort: »Er war wieder einmal ziemlich kritisch, aber immerhin sagte er, dass Chance großes Potenzial hätte.«

»Super!«, rief Sabine begeistert. »Auch wenn das eigentlich nichts Neues ist!« Sie beugte sich vor, um Chances Zaumzeug aufzufangen, das gerade vom Sattel rutschen wollte. »Komm, lass mich das tragen.«

Julia war in der Sattelkammer und holte gerade ihre Reitkappe aus ihrem Schrank, als die beiden Mädchen die Tür aufstießen. Sie zog sie tief ins Gesicht, bevor sie sich den beiden zuwandte.

»Hallo, Julia«, grüßte Anya. »Wollte die Schule bei dir heute auch kein Ende nehmen?«

Zu ihrer Überraschung zuckte Julia nur mit den Schultern.

»Hey?« Sabine war beunruhigt. »Bist du okay?«

Julia ließ sich mit ihrer Antwort viel Zeit. Ihre Stimme war nur ein Krächzen.

»Mein Vater wurde heute entlassen.«

»Entlassen? Wie meinst du das?«, fragte Sabine.

Anya verstaute schnell Chances Sattel und lief dann erschrocken zu ihrer Freundin. »Was ist passiert?«

»Der Geschäftsführer hat ihn heute Morgen zu sich ins Büro gerufen und ihm erklärt, dass die Firma Stellen streichen muss … und eine davon ist die von meinem Dad.«

Anya schaute zu Sabine hinüber, die völlig erstarrt dastand. Julias Vater arbeitete in der Computerfirma von Sabines Vater. Das war alles höchst seltsam.

»Es tut mir so leid«, sagte Anya bestürzt.

»Mein Vater hat mich heute von der Schule abgeholt und mir die Neuigkeiten mitgeteilt«, erzählte Julia, wobei sie Sabine kaum anschaute. »Und wenn er keinen neuen Job findet, müssen wir ganz schön sparen. Riverton kann ich dann vergessen.«

»Riverton! Aber das ist ja schrecklich!« Sabines Stimme war nur ein Flüstern. »Ich habe nichts davon gewusst, ich schwör's!«

Julia zuckte mit den Schultern. »Um ehrlich zu sein, ist Riverton meine kleinste Sorge. Es könnte noch viel schlimmer kommen.« Julia klang niedergeschlagen. »Meine Boxenmiete ist bis zum Monatsende bezahlt. Aber wenn Dad nicht schnell einen neuen Job findet, kann es sein, dass wir sogar Zickzack verkaufen müssen.« Ihre Stimme versagte. »Und das bring ich nicht übers Herz, nein, das überlebe ich nicht.«

Drittes Kapitel

Das Zaumzeug fiel Sabine aus den Händen, aber sie schien es gar nicht zu merken.

»Das muss ein Missverständnis sein. Daddy hat überhaupt nicht erwähnt, dass er Leute entlassen muss. Und ich bin mir ganz sicher, dass er deinem Vater nicht kündigen würde.«

»Na ja, ich habe das Ganze ja nicht erfunden«, blaffte Julia zurück.

Anya schaute traurig von einer zur anderen. Sabine war ganz blass geworden.

»Julia, ich glaube nicht, dass Sabine dir unterstellen wollte, du hättest dir das eingebildet«, sagte Anya behutsam.

»Ist doch egal.« Julia zuckte mit den Schultern. »Ich brauche ein bisschen Zeit für mich. Ich werde mit Zickzack ausreiten.« Sie nahm das Zaumzeug des Schecken vom Haken und verließ den Raum ohne ein weiteres Wort.

Anya und Sabine starrten einander an.

»Das ist ja schrecklich«, jammerte Sabine und zog ihr Handy aus der Tasche. »Ich werde sofort meinen Vater anrufen, um herauszukriegen, was da eigentlich läuft.«

»Okay, dann treffe ich dich vor Magics Box«, schlug Anya vor.

Sie räumte Chances Zaumzeug auf, bevor sie sich das von Magic sowie Sabines Putzzeug schnappte. Sie brachte beides zu Magics Box, während sie über Julias Neuigkeiten nachdachte. Verzweifelt horchte sie auf das Klappern von Sabines Schritten und wartete auf die Erklärung, dass alles nur ein großes Missverständnis war. Geistesabwesend zog sie einen Pferdekeks aus ihrer Tasche, als Magic daran schnüffelte.

Was aber wäre, wenn das mit der Kündigung wahr wäre?

Als Magic den Keks zermalmt hatte, ließ sie einen tiefen Seufzer hören, als ob sie Anyas Sorgen teilen würde. Ganz in Gedanken nahm Anya eine Kardätsche und begann, Magics schwarzes Fell mit langen rhythmischen Strichen zu striegeln. Die Vorstellung, dass Julia vielleicht nicht am Reitcamp in Riverton teilnehmen könnte, war schrecklich. Viel schlimmer aber war die Vorstellung, dass Zickzack verkauft werden musste. Schrecklich! Sie sah auf, als Sabine in die Box kam.

»Ich habe meinen Dad nicht erreicht. Meine Mutter sagt, dass er bereits zu seiner Geschäftsreise aufgebrochen ist und erst am Mittwoch zurückkommen wird. Anscheinend hat es im Unternehmen wirklich Entlassungen gegeben.« Sie schüttelte den Kopf. »Aber ausgerechnet der Vater meiner Freundin? Was hat sich Dad dabei bloß gedacht?«

»Er wird seine Gründe gehabt haben«, sagte Anya. »Ich bin sicher, er hätte Julias Vater nicht entlassen, wenn es nicht nötig gewesen wäre.«

»Aber was passiert, wenn Mr Michaelmore keinen neuen Job findet?«, jammerte Sabine. »Wie werden sie zurechtkommen? Und was ist, wenn sie Zickzacks Unterhalt und Boxenmiete nicht mehr bezahlen können?«

»Darum kümmern wir uns, wenn der Fall wirklich eintritt.« Anya seufzte.

Sabine legte ihre Arme um Magic und drückte sich an die Stute, bevor sie sich wieder zu Anya umdrehte. Ihr Gesichtsausdruck war entschlossen. »Das lasse ich nicht zu!«

»Aber was kannst du tun?« Anya dachte praktisch. »Du kannst ja nicht anordnen, dass dein Vater Mr Michaelmore wieder einstellen soll.«

»Aber ich kann ihm erklären, in welche Schwierigkeiten Julias Familie kommt, wenn ihr Vater keinen neuen Job findet«, sagte Sabine. Sie griff nach einer Kardätsche. »Mein Vater redet immer von seiner Verantwortung für die Mitarbeiter. Das ist jetzt die ideale Gelegenheit, seinen Worten Taten folgen zu lassen.« Ihre Stimme klang begeistert. »Auch wenn er Julias Dad nicht wieder einstellen kann, sollte es für ihn eine Kleinigkeit sein, Zickzacks Boxenmiete zu bezahlen.

Ich frag ihn, sobald er von seiner Geschäftsreise zurück ist.«

Anya freute sich über diese einfache Lösung für Julias Problem. Aber wie würde Sabines Dad reagieren, wenn er gebeten würde, für das Pferd eines anderen Mädchens zu bezahlen? Sicherlich würde er es nicht gut finden, dass seine Tochter an sein schlechtes Gewissen appellierte und ihn zu etwas zwingen wollte. Als sie aber die Hoffnung in Sabines Augen sah, wollte Anya ihre Zweifel nicht äußern. Sie drückte die Daumen für Sabines Plan.

Am nächsten Tag konnte sich Anya in der Schule kaum konzentrieren, da sie sich immerzu Sorgen um Julia machte. Nach der letzten Schulstunde rannte sie gleich zur Bushaltestelle. Sie konnte es kaum erwarten, nach Blue Mountain zu kommen und zu sehen, wie es Julia ging und ob Sabine etwas zu berichten hatte. Als sie dort war, zog sie sich sofort um und ging direkt zu Zickzacks Box. Julia war nicht da. Der Schecke schnüffelte an seiner Salzlecke, aber als er Anya sah, kam er zu ihr.

»Hallo, Zickzack«, sagte Anya und kraulte ihn unter der dichten Mähne. Das Pferd stand mit halb geschlossenen Augen da und schmuste mit Anya.

Julia und er durften auf keinen Fall getrennt werden!

»Hallo«, kam eine kaum hörbare Stimme von hinten. Anya drehte sich um und sah Julia. Zickzack hatte beim Klang ihrer Stimme die Augen geöffnet und wieherte erfreut. Julia hängte das Zaumzeug über die Tür, bevor sie Zickzack einen Kuss auf die Nase gab.

»Hallo, mein Liebling.«

»Geht's dir gut?«, fragte Anya besorgt, als sie die dunklen Ringe unter Julias Augen sah.

»Es ging mir schon besser«, antwortete Julia mit einem schiefen Lächeln. »Da ich nicht glaube, dass ich mich auf eine Reitstunde konzentrieren könnte, werde ich etwas ausreiten. Möchtest du mitkommen?«

»Ich würde sehr gerne«, antwortete Anya, »muss aber erst fragen, ob ich darf.«

Sie verließ den Stall und wollte Diego, den Manager des Blue Mountain Reiterhofs, um Erlaubnis bitten. Als sie aber sah, dass Max gerade seine Stiefel vor dem gegenüberliegenden Stall wusch, ging sie zu ihm.

»Hi, Anya!« Er drehte den Wasserhahn zu. »Was kann ich für dich tun?«

»Ich sollte eigentlich mit Chance arbeiten, aber nun wollte ich fragen, ob es in Ordnung ist, wenn ich stattdessen mit Julia ausreite?«, sagte Anya.

»Habe ich dich gestern so überfordert?« Max hatte ein amüsiertes Glitzern in den Augen.

Anya zögerte zuerst, aber dann gestand sie: »Nein, Julias Vater hat gestern schlechte Nachrichten nach Hause gebracht hat. Er hat seinen Job verloren. Und jetzt könnte es sein, dass Julia Zickzack verkaufen muss. Ich dachte, dass ein Ausritt sie vielleicht auf andere Gedanken bringen könnte …«

Anya brach ab. Nichts konnte Julia wirklich helfen, außer wenn jemand Unterhalt und Boxenmiete für Zickzack übernehmen würde.

Max runzelte die Stirn, während er über diese Nachricht nachdachte.

»Wie schrecklich! Das tut mir sehr leid für Julia und ihre Familie. Natürlich kannst du mit ihr ausreiten.« Nachdenklich schaute er Anya an. »Lass es mich wissen, wenn ich irgendwie helfen kann.«

Anya überlegte, ob sie ihm von Sabines Idee erzählen sollte, dass ihr Dad die Boxenmiete für Zickzack zahlen sollte. Aber dann entschied sie, dass sie lieber abwarten sollte, was Mr Ford dazu sagen würde.

Als sie wieder in den Stall kam, schloss Julia gerade Zickzacks Kehlriemen.

»Max hat mir erlaubt, mit dir auszureiten«, sagte Anya. »Möchtest du auf Sabine und Mark warten?«

»Mark bleibt in der Schule, weil er Fußballtraining hat. Wir können also gleich los.«

Anya fühlte sich unwohl, da Julia Sabine ausdrücklich nicht erwähnt hatte.

Wie kann ich sie nur dazu bringen, dass sie Sabine nicht die Entscheidung ihres Vaters übelnimmt?, überlegte sie. Sie ging zu Chance, um die Stute aufzuzäumen. *Einerseits konnte sie verstehen, dass Julia es seltsam finden könnte, mit Sabine zusammen zu sein und dadurch die ganze Zeit an die Entlassung ihres Vaters erinnert zu werden. Andererseits waren Julia und Sa-*

bine eng befreundet. Und das Ganze war ja nicht Sabines Schuld. Gerade jetzt brauchte Julia alle ihre Freundinnen mehr denn je, auch wenn ihr dies nicht bewusst war.

Dennoch war jetzt nicht der richtige Zeitpunkt, um das anzusprechen. Schnell machte Anya Chance fertig, zäumte sie auf und führte sie aus dem Stall. Julia war schon aufgesessen und wartete, als Anya mit Chance an der Aufstieghilfe anhielt. Sie setzte sich im Sattel zurecht und ließ Chance hinter Zickzack gehen. Traurig bemerkte sie, dass normalerweise auf ihren Ausritten sechzehn Hufe klapperten und muntere Kommentare zu hören waren.

Anya fühlte, wie sich Chance verspannte, als sie den Hof verließen und zur Hauptstraße abbogen. Sie war auf der Hut vor dem Verkehr, vor allem wenn die Autos ihnen zu nahe kamen.

»Es ist alles in Ordnung«, sagte sie beruhigend, als die Stute schneller wurde.

Ängstlich warf Chance ihren Kopf hoch, als ein Lastwagen an ihnen vorbeidonnerte. Anya öffnete und schloss ihre Hände mit den Zügeln, um Kontakt zu ihrer Stute aufzunehmen.

»Konzentrier dich auf mich und sei lieb«, redete sie Chance zu.

Julia schaute über ihre Schulter und gab Anya ein Zeichen, dass sie die Straße jetzt überqueren konnten. Anya ritt dicht hinter Zickzack. Sie war froh, als sie den

Verkehr hinter sich lassen konnten und auf den weichen, sandigen Reitweg kamen. Chance senkte den Kopf und allmählich wurden ihre Schritte länger. Sie entspannte sich. Anya trabte in Chances Rhythmus neben Zickzack. Aus den Augenwinkeln konnte Anya sehen, wie Julia sich nach vorn beugte, um den Hals des Schecken zu streicheln. Die Trauer stand ihr ins Gesicht geschrieben.

Arme Julia! Es sieht fast so aus, als ob sie sich schon verabschieden würde.

Anya hatte Mitleid mit ihrer Freundin. Als sie die Pferde verlangsamten, um durch ein Waldgelände zu reiten, platzte es aus ihr heraus: »Es wird vielleicht nicht so schlimm, wie es jetzt aussieht. Gib nicht auf!«

Julia warf ihr einen finsteren Blick zu. »Was meinst du mit ›gib nicht auf‹? Und wie kann die Sache nicht so schlimm werden, wie es aussieht?«

Anya zögerte. Sie war etwas verärgert, weil Julia immer so aggressiv reagierte. Julias Unmut war jedoch verständlich bei all dem, was sie durchmachen musste. Anya beschloss, Julia gegenüber nicht länger zu schweigen.

»Sabine hat einen Plan«, erzählte sie, als der Reitweg steiler wurde. »Sie wird ihren Vater bitten, Zickzacks Boxenmiete zu bezahlen, bis dein Vater einen neuen Job gefunden hat.«

»Das will Sabine für mich tun?« Mit aufgerissenen Augen überdachte Julia Anyas Neuigkeit.

Anyas Laune verbesserte sich beim Anblick von Julias Gesicht.

»Hey, Zickzack und ich, wir sind nicht stolz, nicht wahr, Süßer?« Julia lehnte sich nach vorn, um den Wallach zu umarmen. »Wir nehmen Almosen in jeder Form an, solange wir nur zusammenbleiben können.« Sie setzte sich wieder aufrecht hin und warf Anya ein strahlendes Lächeln zu. »Habe ich dir schon mal gesagt, dass ihr zwei unglaublich tolle Freundinnen seid?«

»Oh, das war allein Sabines Idee. Ich habe nichts damit zu tun«, sagte Anya schnell. »Aber ich bin sicher, sie würde sich freuen, wenn du ihr das sagst.«

»Vielleicht war ich etwas ungerecht zu ihr«, gab Julia zu. »Ich weiß, dass sie für die Situation nichts kann, aber ich musste einfach um mich schlagen.«

»Bestimmt versteht sie das. Ich kann mir nichts Schlimmeres vorstellen, als dass einem das Pferd weggenommen wird«, sagte Anya und erinnerte sich an die Zeit, als Diego vorhatte, Chance zu verkaufen. Als der Hofmanager ihr dann gesagt hatte, dass Chance auf Blue Mountain bleiben dürfe und sie sich nicht von ihr trennen müsse, war sie damals wahnsinnig glücklich gewesen.

Nachdem die Mädchen den Aufstieg geschafft hatten, endete der Wald. In der offenen Landschaft waren die Reitwege von Steinmauern eingefasst. Als Chances Hufe den weichen Rasen berührten, warf sie den Kopf nach oben und fiel in den Trab. Aufgeregt nahm Anya die Zügel kürzer und ging in den leichten Sitz. Chance liebte die Geschwindigkeit und wollte den einladenden grünen Weg entlangrennen. »Ruhig!« Anya wollte die Stute nicht angaloppieren lassen, bevor der Weg sich nicht verbreiterte. Als sie die Zügel nachgab, schoss Chance mit einer Geschwindigkeit nach vorn, die Anya den Atem nahm. Die Muskeln der Stute arbeiteten kraftvoll. Nach ein paar Galoppsprüngen hatte sie Zickzack überholt und donnerte den Reitweg entlang. Die Umgebung flog nur so vorbei. Anya griff nach Chances dicker goldfarbener Mähne.

»Ich könnte schwören, dass du jedes Mal schneller wirst!«, rief Anya lachend, als das Ende des Weges in Sicht kam und sie die Stute abbremsen musste. Sekunden später hielt Julia neben ihnen an.

»Wie ein geölter Blitz!«, sagte sie bewundernd. »Ich hätte nie geglaubt, dass das alles in ihr steckt, als ich sie auf der Auktion das erste Mal gesehen habe.«

Anya klopfte Chances feuchten Hals. »Ich auch nicht.«

Damals hatten sie ein abgemagertes, nervöses Pferd gesehen, das sich nach ein wenig Liebe und Freundlichkeit sehnte, obwohl es wahrscheinlich gar nicht wusste, was das überhaupt war. Anya erinnerte sich noch, wie Chance bei jeder plötzlichen Bewegung zusammengezuckt war.

»Ich wette, du kannst es kaum erwarten, mit ihr zu springen«, bemerkte Julia, als der Reitweg wieder in den Wald hineinführte.

»Ich werde es langsam angehen lassen«, sagte Anya. Sie erinnerte sich an den Ratschlag von Max. »Auch wenn das bedeutet, bis Riverton nur über Bodenstangen zu gehen.«

Vor ihrem inneren Auge jedoch sah Anya sich und Chance am Ende des Camps über einen Parcours fliegen und mit einem Silberpokal belohnt werden.

Als sie wieder auf dem Hof waren, wuschen die beiden Freundinnen ihre Pferde ab. Dann gingen sie zur Sattelkammer. Da die Tür offen stand, hörten sie Marissa Roberts laut und hämisch sagen: »Ich verstehe nicht, warum sie ohne dich ausgeritten sind … wo ihr doch Freundinnen seid.«

»Ich war zu spät dran«, antwortete Sabine mit ruhiger Stimme. »Ich habe nicht erwartet, dass sie auf mich warten.«

»Du kannst mit Jake und mir ausreiten, wenn du möchtest«, bot Marissa an. »Ich will nicht, dass du alleine reiten musst.«

»Das ist ja wirklich großzügig von ihr. Vor allem wenn man an all die Stunden denkt, die Sabine dieses Jahr für Marissas Training aufgewendet hat«, sagte Julia sarkastisch, als sie die Sattelkammer betrat.

Anya nickte. Marissa hatte die Stirn gehabt, ihren Eltern gegenüber alle Lorbeeren für ihre Vorführung am Tag der Offenen Tür am Jahresende einzuheimsen und Sabines Anteil daran komplett zu verschweigen.

»Ah, Marissa«, fuhr Julia fort, als sie Zickzacks Zaumzeug an den Haken hängte. »Es ist ja sooo nett von dir, dich um Sabine zu kümmern.« Sie drehte sich um und starrte das dunkelhaarige Mädchen an.

Marissa wurde rot und wandte sich an Sabine. »Also, wenn du mit Jake und mir ausreiten möchtest, sei in einer Viertelstunde auf dem Hof«, sagte sie, wobei sie Julia und Anya keines Blickes würdigte.

Julia wartete, bis Marissa den Raum verlassen hatte, dann umarmte sie Sabine. Anya lächelte, als sie Sabines überraschten Gesichtsausdruck sah.

»Ich habe ihr von deinem Plan erzählt«, gestand sie.

»Ist das okay für dich?«, fragte Sabine.

»Machst du Witze?«, gab Julia zurück. »Dein Plan ist toll! Ich weiß gar nicht, was ich sagen soll!«

»Das ist ja mal ganz was Neues«, kicherte Anya.

Die Erleichterung war deutlich auf Sabines Gesicht zu sehen.

»Aber bitte vergiss nicht, dass ich meinen Dad noch nicht fragen konnte und er noch nicht zugestimmt hat.«

»Allein dass du ihn fragen willst, zeigt mir, dass du eine wunderbare Freundin bist.« Julia umarmte Sabine gleich noch einmal. Es war klar, dass sie nicht mit einem »Nein« von Sabines Vater rechnete. »Es tut mir leid, dass ich gestern so fies zu dir war.«

»Das ist schon in Ordnung«, antwortete Sabine. »Du hattest einen Schock.«

»Ich bin bloß froh, dass du mich nicht durch Marissa ersetzen willst«, scherzte Julia.

»Oh bitte«, Sabine rollte mit den Augen.

Anya lachte, als Julia Sabine zum dritten Mal umarmte.

Langweilig wird es hier nie, dachte sie.

Viertes Kapitel

»Hast du Julia gesehen?«

Anya schaute auf, als sie Sabines Stimme hörte. Sie putzte gerade Whispers Zaumzeug, das vierte an diesem Nachmittag.

»Ich glaube, sie trainiert gerade mit Zickzack. Konntest du schon mit deinem Vater sprechen?«, fragte sie. Anya war schon total aufgeregt, denn sie wusste, dass Mr Ford heute von seiner Geschäftsreise zurückkommen sollte.

Sabines Augen glänzten. »Er hat gesagt …« Sie ahmte einen Trommelwirbel nach. »Ja!«

Anya warf ihren Schwamm in den Eimer. Im Aufspringen ließ sie einen Jubelschrei los. »Yippie! Das müssen wir ihr sofort erzählen!«

Die beiden Freundinnen rannten zum Springplatz, wo Julia gerade mit Zickzack auf ein Gatter zugalopierte. Im Näherkommen formte Sabine mit ihren Händen einen Trichter um ihren Mund.

»Julia!«, rief sie. »Du kannst Zickzack behalten! Es ist alles geklärt. Mach dir keine Sorgen mehr!«

Julias gellender Jubelschrei war meilenweit zu hören. In den Steigbügeln stehend, jagte sie mit Zickzack um den Reitplatz. Ihre Hand kreiste über ihrem Kopf, als ob sie ein Lasso schwingen würde. Anya und Sabine blieben am Tor stehen und warteten. Mit donnernden Hufen stoppte Julia vor ihnen. Als sie von Zickzacks Rücken rutschte, warf der den Kopf zurück und schnaubte laut.

»Er glaubt sicher, ich sei verrückt geworden«, grinste Julia, während sie den Hals des Wallachs klopfte. Sie schlang die Zügel um ihren Arm, bevor sie Sabine an sich drückte. »Du hast es geschafft! Du bist super! Was hat dein Vater denn genau gesagt?«

»Er hat nur gesagt, dass er ziemlich am Boden sei. Er musste sechs Leute entlassen, weil er einen großen Kunden verloren hat«, erzählte Sabine. »Ich glaube, er ist regelrecht froh, dass er Zickzacks Unterhalt zahlen darf, bis dein Vater einen neuen Job gefunden hat.«

»Ich hatte solche Angst«, gestand Julia und legte ihren Arm um Zickzack. »Ich konnte mir einfach nicht vorstellen, ohne ihn zu sein.«

»Das musst du nun ja auch nicht«, lächelte Sabine. »Und ich bin sicher, dass es nicht lange dauern wird, bis dein Dad einen anderen Job findet – und alles wieder wird wie früher.«

»Hallo, Mädels!«, unterbrach Mark ihre Unterhaltung. »Ich will euch ja nicht stören, aber Paarspringen bedeutet, dass wir zu zweit sein müssen – und zwar jeder auf einem Pferd.«

Anya drehte sich um und sah Mark auf Henry sitzen. Ihr Freund betrachtete sie mit einem leicht verwunderten Gesichtsausdruck. Plötzlich erinnerte sich Anya daran, dass sie sich für nach der Schule zu einer Springstunde verabredet hatten.

»Ups, das hatte ich völlig vergessen!«, rief sie aus. »Ich hole nur schnell Shona und in zehn Minuten bin ich wieder da.«

»Ich schaffe das in fünf«, sagte Sabine mit einem süffisanten Grinsen auf dem Gesicht.

»Sagte ich zehn?«, fragte Anya. »Ich meinte sechs.«

»Los geht's!« Sabine rannte los.

Anya ging, um Shona aufzuzäumen. Sie hatte ausgemacht, dass sie eine ihrer erarbeiteten Stunden fürs Paarspringen verwenden durfte, da das auch in Riverton geübt würde.

»Hallo, meine Süße«, begrüßte sie Shona, das karamellfarbene Pferd, und öffnete die Boxentür. »Wir haben uns schon lange nicht mehr gesehen, nicht wahr?«

Shona war von Anfang an Anyas Lieblingspferd gewesen. In letzter Zeit war sie jedoch so sehr mit Chance beschäftigt gewesen, dass sie kaum mehr Zeit für Shona gehabt hatte. Anya hielt das Zaumzeug hoch und Shona öffnete bereitwillig ihr Maul, um das Mundstück anzunehmen. Anya schloss den Kehlriemen und ließ den Sattel auf Shonas Rücken gleiten.

»Na, komm«, sagte sie und zog Shonas Vorderbeine ein bisschen nach vorn, um sicherzustellen, dass die

Haut nicht unter dem Sattelgurt eingeklemmt war. »Wir schlagen Sabine!«

Sabine setzte gerade den Fuß in den Steigbügel, als Anya Shona aus dem Stall führte.

»Wer pennt, hat schon verloren«, sagte sie grinsend, schwang sich in den Sattel und trabte mit Magic vom Hof.

»Du hast noch nicht gewonnen«, gab Anya prompt zurück und stieg schnell auf. »Auf geht's, Shona!« Anya legte ihre Beine eng an. Bereitwillig trabte die Stute los.

Magic behielt ihren Vorsprung, als sie den Weg zwischen den Reitplätzen entlangritten. Mit ihren fließenden Bewegungen schien die Stute den Boden kaum zu berühren.

»Okay, du hast gewonnen«, gab Anya sich geschlagen, als sie Sabine am Eingang zum Reitplatz einholte. »Du musst sie mit Lichtgeschwindigkeit aufgezäumt und gesattelt haben.«

»Ich muss dir was gestehen.« Sabine ritt durch das Tor, dann hielt sie es für Anya auf. »Ich hatte Magic vorher schon gesattelt. Ich musste ihr nur noch das Zaumzeug anlegen.«

»Und ich hatte schon befürchtet, ich würde auf meine alten Tage immer langsamer werden!«, rief Anya aus und ritt mit Shona auf den Reitplatz.

»Tut mir leid, ich konnte nicht widerstehen«, grinste Sabine.

Eine Viertelstunde lang wärmten sie die Pferde außerhalb des Springplatzes auf, bevor sie paarweise losritten.

»Du und Mark solltet gemeinsam reiten«, schlug Julia vor. »Shona und Henry passen am besten zusammen.«

»Wie? Als Mitglieder des ›Immer-schön-langsam-Clubs‹, oder was meinst du?«, witzelte Mark.

»Das mit der Langsamkeit kannst du vielleicht von deinem Pferd behaupten«, erklärte Anya ihm. »Shona ist nicht langsam. Sie ist nur bedächtig.«

»Sie ist langsam!«, kam es im Chor von ihren drei Freunden.

Anya lehnte sich nach vorn und flüsterte vernehmlich Shona zu: »Hör nicht auf sie. Sie sind nur neidisch auf deinen rationellen Umgang mit deinen Kräften.«

»Ich denke, ihr zwei wollt anfangen, oder?«, sagte Mark zu Sabine und Julia. »Aber lasst bitte auf dem Springplatz ein paar Hindernisse stehen, okay?«

»Wer im Glashaus sitzt, sollte nicht mit Steinen werfen!«, rief Julia und nahm die Zügel auf.

Anya und Mark ritten zum Zaun, während Julia und Sabine mit ihren Pferden in einem großen Bogen um den Platz galoppierten. Sabine peilte mit Magic das erste Hindernis, einen Steilsprung, an. Die Stute versammelte sich und sprang sauber darüber. Bei der Landung peitschte sie mit dem Schweif hin und her. Dann galoppierte sie weiter Richtung Mauer. Julia und Zickzack nahmen den Steilsprung Sekunden später. Der Wallach landete etwas schwerfällig und stellte dann die Ohren auf, als er Magic nicht weit entfernt sah. Im Spurt jagte er hinter ihr her.

»Mir scheint, heute sind alle recht gut drauf«, sagte Mark. »Was ist los? Hat jemand Geburtstag?«

»Nein.« Anya fiel auf, dass Mark noch gar nichts von Julias Problemen mitbekommen hatte und erzählte ihm alles.

Mark stieß einen leisen Pfiff aus. »Das ist ja echt ätzend.«

Anya nickte. »Ihr Dad sucht einen neuen Job, aber bis er was findet, wird es bei ihnen finanziell ganz schön eng. Doch Sabine hat ihren Vater dazu überredet, Zickzacks Unterhalt und Boxenmiete zu bezahlen.«

»Ach so, deshalb sieht Julia aus, als hätte sie im Lotto gewonnen«, sagte Mark.

Sabine und Julia näherten sich ohne Abwürfe dem Ende des Parcours. Aber beim ersten Sprung der Kombination kam Zickzack aus dem Rhythmus und warf die oberen Stangen beider Hindernisse ab.

»Oh, schade! Das war so nah an einer Nullrunde!«, stöhnte Anya.

Julia und Sabine hatten letztes Jahr im Paarspringen in Riverton den zweiten Platz belegt und waren fest entschlossen, dieses Mal zu gewinnen.

»Fangt ihr schon mal an. Wir legen die Stangen wieder auf.« Julia winkte ihnen, als sie Zickzack abbremste.

Anya hatte noch nie ein Paarspringen mit Mark absolviert, aber da sie wusste, dass Henry einen raumgreifenderen Schritt hatte, hielt sie Shona zurück und ließ den Haflinger die Führung übernehmen. Als Mark die Zügel aufnahm, blinzelte Henry überrascht, weil er aus seinen Träumen gerissen wurde.

»Du hast doch nicht etwa geglaubt, ich hätte dich nur zum Zuschauen hergebracht, oder?« Mark gab Henry mit den Hacken das Zeichen zum Loslaufen.

Zuerst trabten, dann galoppierten sie auf das erste Hindernis zu. Henry sprang etwas nachlässig darüber, wobei er die Stange berührte. Shona zögerte daraufhin beim Anreiten.

»Los, Shona.« Anya presste die Beine um den Bauch der Stute. Shona versammelte sich und segelte über den Steilsprung, bevor sie Henry hinterhergaloppierte. Dieses Mal legte Henry einen höheren Sprung hin. Zwischen ihm und der Mauer war noch viel Luft. Shona folgte ihm mit einem ebenfalls sauberen Sprung.

»Das war sehr gut«, lobte Anya sie und wendete sie in Richtung des Hindernisses, wobei sie die Hand wechselte. Nach der Landung drängte Anya Shona zu einem schnellen Galopp, der sie auf den Wall brachte. Als sie oben waren, sahen sie Henry auf der anderen Seite verschwinden. Anya lehnte sich nach hinten, um Shona den Abstieg zu erleichtern. Dabei sah sie, dass Henry die Stange nach dem Wall abgeworfen hatte. Sie sprang mit Shona darüber und ritt dann im Galopp den Wassergraben an. Mit kräftigem Hufedonnern jagte Henry auf den ersten Sprung der Kombination zu. Anya war erleichtert, dass er fehlerfrei darübersprang. Ihre Aufmerksamkeit war dadurch jedoch kurz abgelenkt und Shona verlor an Schwung.

»Tut mir leid«, murmelte sie ihrem Pferd zu, als die oberste Stange auf dem Boden aufschlug. »Das war mein Fehler.«

Henry und Mark überwanden gekonnt das nächste Hindernis. In diesem Moment spürte Anya, wie Shona die Hinterbeine unter sich brachte, kraftvoll absprang und dann sauber über das Hindernis ging.

»Braves Mädchen«, lobte sie und klopfte der Stute den Hals. »Das war super!«

Sie galoppierte mit Mark die lange Seite des Springplatzes entlang und hielt beim Tor an.

Sabine war begeistert: »Sie sind richtig gut im Team gesprungen. Obwohl Henry größer als Shona ist, passen sie gut zusammen.«

»Ich bin schon neugierig, wie Chance sich beim Springen macht«, antwortete Julia, als sie die Pferde am langen Zügel über den Reitplatz ritten.

»Ich kann es kaum erwarten«, gestand Anya. »Aber glaub bloß nicht, dass ich dich nicht weiterhin reiten möchte«, sagte sie zu Shona und ordnete ihre Mähne, sodass alle Haare auf einer Seite hingen.

»Wenn Chance so gut springt, wie sie rennt, wirst du Sabine und Julia schnell vom ersten Platz verdrängen«, sagte Mark mit einem Grinsen.

»Der Preis ist mir doch egal«, sagte Julia herablassend. »Hauptsache, ich kann Zickzack behalten. Er ist nämlich sein Gewicht in Gold wert.« Sie tätschelte ihr Pferd liebevoll.

Anya freute sich, dass ihre Freundin wieder glücklich war.

»Wie wär's, wenn wir uns aus der Cafeteria etwas zu trinken holen würden, nachdem wir die Pferde fertig gemacht haben?«, schlug sie vor.

»Prima Idee«, stimmte Sabine zu.

Als sie den Reitplatz verließen und zum Stall zurückgingen, seufzte Anya zufrieden. Sie war so froh, dass alles wieder in normalen Bahnen lief. Nun konnte sie sich wieder darauf konzentrieren, Geld für ihren Aufenthalt im Reitcamp zu verdienen.

Anya hatte mit Julia ausgemacht, dass sie mit ihr nach Hause gehen würde, um wieder ihr Rennrad auszuleihen. Mit dem leichten und schnellen Rennrad konnte sie die Zeitungen zügiger austragen.

»Das ist echt lieb von dir«, sagte sie zu Julia, als sie ihre abendlichen Stallarbeiten beendet hatten und gemeinsam zur Bushaltestelle gingen.

»Ich habe halt ein Herz aus Gold«, sagte Julia hoffnungsfroh. »Ich habe meine Eltern vorher angerufen und ihnen gesagt, dass du mitkommst. Sie fragten, ob du bei uns essen möchtest.«

»Danke, aber ich muss nach Hause«, sagte Anya fast schreiend, um den bremsenden Bus zu übertönen. »Dad arbeitet heute nicht und sie erwarten mich zu Fleischbällchen und Baisers – die gibt's allerdings nacheinander.«

»Das könnte aber eine interessante Kombination sein«, sagte Julia und schmatzte übertrieben.

Kurz darauf hielt der Bus an einem Spielplatz, hinter dem einige Doppelhäuser lagen. Die Mädchen gingen über den Platz und liefen auf das letzte Doppelhaus zu. Julia drückte gegen das schwarz gestrichene Gartentor. Da es sich nicht bewegte, gab sie ihm einen Tritt.

»Dad verspricht schon lange, dass er es reparieren wird«, sagte sie, als sich das Tor endlich öffnete. Ihre Miene wurde traurig. »Dafür wird er nun wohl genügend Zeit haben.«

Mit seinen drei Stockwerken hätte Julias Elternhaus das von Anya mehrmals in sich aufnehmen können, aber es strahlte nicht dieselbe freundliche Atmosphäre aus. Beide Häuser zusammen waren wiederum kleiner als Sabines luxuriöses Elternhaus, das einen Komfort hatte, von dem man nur träumen konnte.

Sie stiegen eine steile Treppe an der Seite des Hauses hinab und befanden sich unter der Garage, die von Ziegelpfeilern gestützt wurde. Das metallicgrüne Fahrrad stand hier zum Mitnehmen bereit.

»Komm, trink noch was, bevor du nach Hause radelst«, bot Julia Anya an.

»Ich bin wieder da!«, rief Julia, als sie die Haustür öffnete.

Die Mädchen zogen auf dem gefliesten Boden des Flurs die Schuhe aus, bevor sie in die Wohnküche gingen. Mrs Michaelmore saß am anderen Ende des Raums und überflog gerade die Zeitung, die vor ihr auf dem Küchentisch ausgebreitet lag.

»Hallo, Mädels«, sagte sie geistesabwesend.

»Hallo, Mum.« Julia öffnete den Kühlschrank. »Wo ist die Limo?«

»Ich habe keine gekauft«, antwortete Mrs Michaelmore. Ihre Stimme klang müde. »Ich habe alle Sonderausgaben diese Woche gestrichen.«

»Kein Problem«, sagte Anya schnell. »Ich hab eigentlich gar keinen Durst.«

»Wo ist Dad? Ich muss euch etwas sagen.« Julia hüpfte vor Aufregung regelrecht von einem Bein aufs andere. Sie nahm zwei Gläser aus dem Schrank und füllte sie am Wasserhahn.

»Er ist in seinem Arbeitszimmer und arbeitet an seinem Lebenslauf«, sagte Mrs Michaelmore zu ihr. Im nächsten Moment war das Geräusch von knarzenden Dielenbrettern über ihren Köpfen zu hören. »Er muss euch gehört haben.«

Angespannt wartete Julia, dass ihr Vater herunterkam. Es war ihr deutlich anzusehen, dass sie fast platzte, weil sie endlich ihre guten Nachrichten loswerden wollte. Sie gab Anya eines der Wassergläser, an dem diese höflich nippte.

Als Mr Michaelmore ins Zimmer trat, war Anya bestürzt über sein Aussehen. Nie zuvor waren ihr die Falten um seine Augen und seinen Mund aufgefallen. Sein Haar, das bereits ergraute und sonst immer tadellos gekämmt war, hing strähnig herunter.

»Ich habe tolle Neuigkeiten!«, platzte Julia heraus und schaute von ihrem Vater zu ihrer Mutter. »Sabine hat dafür gesorgt, dass ich Zickzack nicht verkaufen muss! Na ja, eigentlich nicht Sabine, sondern ihr Vater. Ihr müsst euch nicht mehr schlecht fühlen, weil ihr Zickzacks Unterhalt und Boxenmiete nicht bezahlen könnt. Und ich kann meinen Plan aufgeben, mit ihm abzuhauen.« Ihre Stimme wurde leiser, als sie merkte, dass ihre Eltern überhaupt nicht reagierten. »Ich mache nur Spaß. Ich hatte nicht wirklich vor, abzuhauen.«

Anya registrierte den geschockten Ausdruck in den Gesichtern von Julias Eltern. Sie hatten offensichtlich Probleme, Julias Kurzfassung der Ereignisse zu verstehen. Deswegen erklärte sie: »Mr Ford hat angeboten, Zickzacks Boxenmiete zu bezahlen. Zumindest bis Sie …« Auch sie wurde leiser, weil sie Schwierigkeiten hatte, die Worte auszusprechen: *einen neuen Job finden.*

»Das kommt nicht infrage«, antwortete Mr Michaelmore. »Auf keinen Fall! Ich hoffe nur, Mr Ford hat nicht den Eindruck, dass das meine Idee war.« Er fuhr sich mit den Fingern durch das Haar. »Julia, ich finde die Situation im Moment schwierig genug. Aber dieses Angebot werden wir auf keinen Fall annehmen.«

Die Farbe wich aus Julias Gesicht. »Wie meinst du

das?«, fragte sie mit heiserer Stimme. »Ich dachte eigentlich, du machst dir tatsächlich Gedanken über Zickzack und würdest vor Begeisterung eine Party geben, wenn ich ihn behalten könnte. Nicht dass wir den Gästen etwas zu trinken anbieten könnten«, fügte sie bitter hinzu.

Anya fühlte sich schrecklich, in diesen Familienstreit mit hineingezogen zu werden, aber sie konnte Julia jetzt auch nicht im Stich lassen.

»Julia, du musst einsehen, dass wir unmöglich Almosen von dem Mann annehmen können, der deinen Vater auf die Straße gesetzt hat!«, versuchte Mrs Michaelmore ihre Haltung zu erklären. »Außerdem haben wir größere Probleme als Zickzacks Unterhalt!«

»Ihr müsst es ja nicht annehmen! Das ist meine Sache!« Julia war dickköpfig.

»Ich möchte diesem Mann nichts schuldig sein«, sagte Mr Michelmore kurz angebunden. »Ich sorge für den Unterhalt meiner Familie. Und wir werden die Situation bewältigen, aber wir müssen zusammenhalten.« Seine haselnussbraunen Augen, die denen von Julia so ähnlich waren, wurden ganz dunkel. »Ich kann mir doch nicht von ihm meine Schulden bezahlen lassen! Und damit basta!«

»Kannst du nicht oder willst du nicht?« Mit einem jämmerlichen Schluchzen drehte sich Julia auf dem Absatz um, rannte aus der Küche und polterte Sekunden später die Treppe hoch.

»Es tut mir leid«, flüsterte Anya und schaute Julias Eltern bestürzt an. »Es tut mir so leid.«

Aber ihre Worte galten nicht wirklich den Eltern, sondern der armen, verzweifelten Julia.

Fünftes Kapitel

An diesem Abend verschwand Anya so schnell wie möglich in ihrem Zimmer. Mit dem Telefon warf sie sich auf ihr Bett. Sobald sie Sabines Stimme am anderen Ende der Leitung hörte, platzte es aus ihr heraus: »Julias Eltern erlauben nicht, dass dein Dad Zickzacks Boxenmiete bezahlt.«

»Oh, warum denn nicht?« Sabine klang verdutzt.

Anya zögerte, denn sie wollte nicht alles erzählen, was sie bei Julia und ihren Eltern mitbekommen hatte.

»Ich glaube, sie fühlen sich nicht wohl bei dem Gedanken, von jemandem Geld anzunehmen«, sagte sie zu Sabine.

»Aber das ist verrückt. Wenn das der wahre Grund ist, könnten sie das Geld ja als eine Art Darlehen ansehen und es zurückzahlen, wenn Julias Vater wieder einen Job gefunden hat. Sie wollen doch wohl Zickzack nicht ihren Prinzipien opfern, oder?« Sabines Stimme wurde lauter.

»Ich habe nicht den Eindruck, dass man sie umstimmen kann.« Anya zupfte an ihrem Bettüberzug. »Es tut mir so leid für Julia.«

»Das ist ja behämmert. Mein Dad möchte gern einen kleinen Beitrag leisten, wenn er schon Julias Vater entlassen musste. Vielleicht sollte ich anrufen und versuchen, ihnen alles zu erklären. Eigentlich tun sie uns einen Gefallen, wenn sie das Geld annehmen!«

»Ich glaube nicht, dass das funktioniert. Misch dich lieber nicht mehr ein«, warf Anya schnell ein.

Am anderen Ende der Leitung herrschte Stille, dann sagte Sabine: »Ich habe alles schlimmer gemacht, nicht wahr? Julia hatte sich schon langsam an die Tatsache gewöhnt, dass sie Zickzack hergeben muss. Und dann habe ich ihr wieder Hoffnung gemacht. Und jetzt muss sie sich doch von ihm trennen.« Sie klang, als ob sie gleich weinen würde.

Anya atmete tief ein. »Sabby, es ist nicht deine Schuld. Das darfst du nicht eine Minute lang glauben. Du wolltest nur helfen, und wenn Julias Eltern das Angebot nicht ablehnen würden, hätte Zickzack dank dir auf dem Hof bleiben können.«

»Danke, Anya.« Aber Sabine war sehr kleinlaut, als sie sich verabschiedete.

Anya legte sich auf ihrem Bett zurück und zermarterte sich ihr Gehirn, wie sie Julia helfen könnte. *Natürlich.* Sie setzte sich aufrecht hin. *Wieso bin ich nicht früher draufgekommen!* Schnell wählte sie Julias Nummer und bat Mrs Michaelmore, Julia ans Telefon zu holen.

»Ich weiß nicht, Anya«, bekam sie zur Antwort. »Julia hat den ganzen Abend lang ihr Zimmer nicht verlassen. Ich trage das Telefon nach oben und schau mal, ob sie reden möchte.«

Anya wartete, bis sie Julias leises *Hallo* hörte.

»Hallo, Julia! Ich weiß, dass dir jetzt nicht nach Reden ist, aber hör mir bitte nur eine Minute zu. Ich habe eine Idee, wie ich dir helfen kann, Zickzack zu behalten.« Sie hielt inne und die Stille am anderen Ende der Leitung machte ihr Hoffnung, dass Julia zuhörte. »Die Jobs, die ich angenommen habe, um das Reitcamp zu finanzieren, bringen genug Geld ein, um Zickzacks Boxenmiete für die nächsten Monate zu bezahlen. Ich wollte eigentlich mit den Nebenjobs aufhören, wenn ich genug verdient hätte, aber ich könnte ja einfach weitermachen, bis dein Dad einen neuen Job hat.«

Sie versuchte, nicht daran zu denken, wie schrecklich es wäre, nicht ins Camp zu fahren. Aber das war alles nicht so schlimm wie ein Verkauf Zickzacks.

»Das ist ein sehr liebes Angebot«, antwortete Julia mit erstickter Stimme, »aber ich glaube nicht, dass meine Eltern mir erlauben werden, von irgendjemandem Geld anzunehmen, nicht einmal von dir. Aber selbst wenn meine Eltern einverstanden wären, würde das Geld nicht für die zusätzlichen Ausgaben wie den Hufschmied oder den Tierarzt reichen.« Sie seufzte. »Ich werde aber nie vergessen, dass du mir das angeboten hast, auch wenn ich jetzt ablehnen muss.«

»Okay«, sagte Anya leise. Sie war enttäuscht, obwohl sie Julias Standpunkt verstand. Sie zögerte. »Aber wenn du deine Meinung ändern solltest und das Geld brauchst, kannst du jederzeit Bescheid sagen.«

»Danke, Anya«, brachte Julia nur noch heraus, bevor sie auflegte.

Am Samstagmorgen nahm Anya den Bus zum Blue Mountain Reiterhof. Sie hatte ihrem Vater versprochen, dass sie am frühen Nachmittag zurück sein würde, um auf ihre Brüder aufzupassen. Normalerweise war sie immer in Hochstimmung, wenn sie das Blue Mountain Gelände betrat, aber heute fühlte sie sich sehr niedergeschlagen. Eines der Pferde von der angrenzenden Koppel kam zu ihr herübergetrabt und wieherte ihr über den Zaun zu.

»Hallo, Ava!«

Anya ging hinüber, um die Nase der Fuchsstute zu streicheln. Heute hatte sie zum ersten Mal keine Lust auf ihr übliches Wettrennen entlang des Zaunes. Anya überquerte den Parkplatz und ging dann den Weg am Büro und den Reitplätzen vorbei zur Sattelkammer. Sie tauschte ihre Turnschuhe gegen ihre Reitstiefel und setzte ihre Schirmmütze auf, bevor sie rausging, um Trinity zu helfen, die Pferde von der Koppel zu holen. Es war tagsüber noch so heiß, dass sie die Tiere in die Ställe brachten. Trinity und sie fingen zusammen die Pferde ein, bevor sie nach Chance schaute.

»Guten Morgen«, begrüßte sie die Stute, die schon

wartend am Tor neben Marlowe und Wolfgang stand. Anya befestigte Chances Führstrick und drängte sie von den größeren Pferden weg, die schon erwartungsvoll ihrem Frühstück im Stall entgegenfieberten. Sie führte Chance über den Hof und in den Stall, wo sie sie in ihre Box brachte, bevor sie die anderen Pferde holen wollte.

»Ich bringe die anderen rein!«, rief Trinity, die Marlowe und Wagner die Stallgasse entlangführte. »Kannst du schon mal anfangen, das Futter zu verteilen?«

»Okay, mache ich«, antwortete Anya.

Die nächsten zwanzig Minuten verbrachte sie damit, Eimer auszuteilen, sie wieder einzusammeln und auszuwaschen. Sie schaute auf ihre Uhr. Um zehn Uhr sollte sie bei einer Unterrichtsstunde helfen und vorher vier Pferde putzen und fertig machen. Sie sah, dass ihr noch genug Zeit blieb, um Chance zu putzen. Sie holte ihre Striegel-Box und brachte sie zu Chance.

Chance zupfte an ihrem Heu herum, aber als sie Anya sah, kam sie zu ihr, um sie zu begrüßen. Anya streichelte ihre Samtnase.

»Wenn ich bei dir bin, geht es mir gleich besser«, sagte sie leise und seufzte. Mit langen Strichen zog sie die Kardätsche über Chances glänzendes Fell. »Ich habe keine Ahnung, wie ich Julia helfen soll«, gestand sie. »Aber wenn ich erst einmal eine berühmte Turnierreiterin mit meinem eigenen Hof bin, suche ich nach Zickzack und kaufe ihn für sie zurück.«

Ihr war klar, dass das momentan kein großer Trost

für Julia sein würde. Als spürte Chance, dass Anya Trost brauchte, drehte sie sich um und knabberte an Anyas Haaren. Anya hörte mit dem Putzen auf und legte ihre Arme um den Hals der Stute. Sie vergrub ihr Gesicht in Chances dicker Mähne.

»Ich bin so froh, dass ich dich habe«, flüsterte sie.

Aber wenn sie daran dachte, wie glücklich sie über Chance war, musste sie an den großen Verlust denken, der Julia bevorstand.

Anya verstaute Chances Striegel-Box auf dem Regal in der Sattelkammer. Plötzlich hörte sie ein ersticktes Schluchzen. In der Sitzecke hockte Julia. Ihr Kopf war nach vorne gebeugt, die Schultern zuckten.

»Was ist passiert?«

Aufgeschreckt rannte Anya zu Julia und setzte sich neben sie. Julias Atem kam stoßweise. Anya nahm ihre Hand und wartete, bis ihre Freundin wieder sprechen konnte.

»Diego hat mich heute in sein Büro gebeten«, brachte sie endlich hervor. »Er schaute etwas unbehaglich drein und sagte dann, dass die Abbuchung für Zickzacks Boxenmiete vom Konto meiner Eltern nicht funktioniert hat. Er sagte, dass er deswegen meinen Vater angerufen hat und … und …« Julias Schultern zuckten schon wieder und Anya legte schnell den Arm um sie. »Dad sagte ihm, dass nicht genügend Geld auf dem Konto sei, um Zickzacks Boxenmiete zu bezahlen und dass Diego eine Verkaufsanzeige schalten soll. Das Geld für die Boxenmiete solle er dann vom Verkaufserlös nehmen.« Julia setzte sich auf und fuhr mit dem Ärmel über ihre Augen, die rot und geschwollen waren. »Zickzack wird schneller weg sein, als ich befürchtet habe …«

»Nein!« Anya schüttelte den Kopf. Sie konnte es nicht glauben, mit welcher Geschwindigkeit sich die Dinge entwickelten. War es wirklich erst ein paar Tage her, dass sie noch Mr Fords Versprechen gefeiert hatten, Zickzacks Boxenmiete zu bezahlen? Ein Gefühl der Hilflosigkeit überkam sie.

»Julia?« Kate Cornell, eine der Hofbesitzerinnen, schaute zur Tür der Sattelkammer herein. »Kann ich bitte kurz mit dir reden?«

Julia nickte. Kate kam herein und setzte sich neben sie.

»Diego hat mir die Geschichte mit Zickzack erzählt«, sagte sie. Ihre braunen Augen waren voller Mitgefühl.

»Mein Dad hat seinen Job verloren«, schniefte Julia.

»Ich weiß und es tut mir sehr leid.« Kate griff nach Julias Hand und drückte sie kurz. »Das Allerletzte, was wir wollen, ist, dass du Zickzack verlierst. Schau … ich kann dir nichts versprechen … es ist nur ein spontaner Gedanke von mir, aber vielleicht können wir eine Vereinbarung treffen.«

»Eine Vereinbarung?«, fragte Julia.

Kate nickte. »Vielleicht könntest du wie Anya auf dem Hof arbeiten, und anstatt dir dabei Reitstunden zu verdienen, könntest du für einen Teil von Zickzacks Unterhalt jobben. Und wenn wir ihn im Schulbetrieb einsetzen, müsste das den Rest der Einstellkosten abdecken.«

Julia starrte Kate stumm an. Anya dagegen hätte am liebsten die Hofbesitzerin umarmt und sie fest an sich gedrückt.

»Das würdet ihr für mich tun? Wo ist der Haken?«, flüsterte Julia.

Kate ignorierte Julias Bemerkung und fuhr fort: »Ich muss natürlich noch mit Clem und Max darüber reden«, schränkte sie ein. »Aber Zickzack ist ein zuverlässiges Reitpferd und …«

»Da ist der Haken.« Julias Lächeln fiel kläglich aus. »Max und Clem werden nie zustimmen.«

Kate stand auf. »Gib mir einfach ein bisschen Zeit, bis ich in Ruhe mit ihnen sprechen kann. Ich bin sicher, dass sie dich ebenfalls unterstützen werden. Wenn ich was Neues weiß, komme ich sofort zu dir. Okay?«

Julia sprang auf und umarmte Kate schnell. »Ich danke dir sehr! Bitte sag ihnen, dass Zickzack sich sehr gut für Reitstunden eignet und dass ich unermüdlich arbeiten werde und die blödesten Jobs übernehme, wenn er nur bleiben kann.«

»Das mach ich«, versprach Kate, bevor sie ging.

Julia drehte sich zu Anya um und drückte die Hand gegen ihre Brust.

»Ich glaube nicht, dass mein Herz noch mehr Auf und Ab verträgt.«

»Ist Kates Angebot nicht fantastisch?«, rief Anya aus. Sie wunderte sich, warum Julia nicht vor Begeisterung in die Luft sprang.

»Ich will mir nicht schon wieder Hoffnungen machen«, gestand Julia. »Ich glaube nicht, dass Zickzack hier bleiben kann, bevor nicht alle Blue Mountain Eigentümer, sondern auch meine Eltern Ja sagen.«

»Pass auf: Noch bevor Kate die Antwort von Max und Clem hat, arbeite ich dich hier ein. Dann kannst du zeigen, was für ein Gewinn du für den Hof bist«, schlug Anya vor.

Julia nickte und ihre Augen zeigten wenigstens ein bisschen von ihrem normalen Glanz. »Das hört sich fast schon genial an!«

Am nächsten Morgen war Julia schon vor Anya da. Sie war gespannt wie ein Flitzebogen, was wohl Kate sagen würde, aber in der Zwischenzeit wollte sie zeigen, dass sie sich bei der Stallarbeit voll einsetzte.

»Womit fangen wir an?«, fragte sie ihre Freundin.

»Schau dir meinen Arbeitsplan an. In der Zeit ziehe ich schon mal meine Stiefel an«, lachte Anya. Julia las die Listen durch, die an der Innenseite der Tür hingen, während Anya ihren Schrank öffnete.

»Du musst Box 8 bis 16 im Pferdestall ausmisten«, kündigte Julia an.

»Okay«, lächelte Anya. »Auf geht's!«

Sie nahmen zwei Schubkarren und Mistgabeln und

begannen, die leeren Boxen zu säubern. Anya arbeitete mit ihrer üblichen Geschwindigkeit und methodischen Vorgehensweise. Als sie in der dritten Box angekommen war, erschien auch schon Julia und sagte: »Ich bin mit meinen Boxen fertig. Soll ich die übernehmen?« Julia griff nach den Handgriffen der Schubkarre in Millies Box.

»Wow, mit dir könnte selbst Speedy Gonzales kaum mithalten«, sagte Anya und warf eine Mistgabel voll schmutziger Einstreu in die Schubkarre.

Julia zögerte beim Verlassen der Box: »Glaubst du, dass Kate sich noch nicht gemeldet hat, weil Max und Clem nicht zugestimmt haben?«

Anya schüttelte den Kopf. Sie dachte an Max' mitfühlenden Blick, als er von Julias Notlage gehört hatte.

»Ich bin ziemlich sicher, dass du heute noch was hören wirst. Wahrscheinlich hatte sie bisher nur keine Gelegenheit, mit ihnen zu reden.«

»Hoffentlich. Ich habe das Gefühl, in der Luft zu hängen.« Sie fuhr die Schubkarre den Gang entlang. »Ich bringe frische Einstreu mit!«, rief sie.

Anya drückte die Daumen, dass Julia bald gute Nachrichten bekommen würde.

»Julia?« Kate schaute in die Futterkammer.

Julia blickte vom Futterbehälter hoch. »Ja?« Sie umklammerte die Schöpfkelle.

»Tut mir leid, aber ich hab's noch nicht geschafft, Max

und Clem an einen Tisch zu kriegen, um die Sache mit ihnen zu bereden. Ich verspreche dir aber, dass ich dir sofort Bescheid sage, wenn wir eine Entscheidung getroffen haben.«

Kate lächelte Julia entschuldigend an, bevor sie die Tür schloss. Julia warf ihren Kopf zurück und seufzte.

»Es wird nicht mehr lange dauern«, tröstete Anya. »Sie werden sicherlich heute noch Zeit für eine Besprechung finden.«

Julia lächelte schwach und begann, das Futter in die Eimer zu verteilen. Anya stellte die Eimer bereit und wollte dann Julia helfen, sie zu füllen.

»Halt mal, Julia!« Anya hatte gesehen, dass die ersten Futtereimer Zuckerrübenwürfel statt Pellets enthielten. »Du nimmst das falsche Futter.«

Es war gefährlich für Pferde, Zuckerrüben zu fressen, die vorher nicht eingeweicht worden waren.

Entsetzen und Angst breiteten sich auf Julias Gesicht aus, als ihr bewusst wurde, was sie getan hatte.

»Um Himmels Willen«, stöhnte sie beschämt. »Was wäre passiert, wenn du das nicht gemerkt hättest und ich die Eimer ausgeteilt hätte?«

»Du hättest das schon noch gemerkt«, beruhigte Anya sie. Sie wusste, dass Julias Gedanken gerade bei Kate und der Entscheidung über Zickzacks Zukunft waren. »Es ist in Ordnung. Wir kippen die Zuckerrüben einfach in den Behälter zurück und fangen von vorn an.«

»Wenn jemand reingekommen wäre und gesehen

hätte, was ich da gerade angestellt habe, hätte ich den Job hier nie bekommen«, sagte Julia bedrückt, als sie den Inhalt eines Eimers wieder in die Futterkiste kippte.

»Jeder weiß doch, wie gut du dich um Zickzack kümmerst«, antwortete Anya. Sie hielt es für das Beste, Julia von ihrem Fehler abzulenken. »Fang doch einfach schon mal an, die Pferde für die Reitstunde um 10 Uhr aufzuzäumen und zu satteln, während ich das hier fertig mache.«

Anya war gerade mit den Vorbereitungen für die Mittagsfütterung fertig und suchte das Zaumzeug für die Schulpferde zusammen, als Mark und Sabine in die Sattelkammer kamen.

Sabine begrüßte sie. »Hallo! Hat Julia schon etwas gehört?«

»Noch nicht«, berichtete Anya. »Kate hat vorher vorbeigeschaut und ihr gesagt, dass sie noch keine Zeit gehabt hätte, mit den anderen Eigentümern zu sprechen. Ich glaube aber, Julia rechnet schon damit, dass es nicht klappen wird.«

»Ich hoffe sehr, dass es keine Probleme gibt«, sagte Sabine stirnrunzelnd.

»Kate, Clem und Max sind einfach sehr beschäftigt. Das ist das einzige Problem. Such nicht nach Problemen, wo keine sind«, sagte Mark und nahm Henrys Zaumzeug vom Haken.

»Du hast recht«, sagte Sabine. Sie presste die Fingerspitzen gegen die Schläfen und massierte sie mit langsamen kreisenden Bewegungen. »Und Julia kann nichts weniger brauchen, als dass wir ihre Ängste schüren.«

Sie fühlt sich immer noch schuldig wegen der Entscheidung ihres Vaters, dachte Anya und schulterte je zwei Sättel und Zaumzeuge.

Sie wünschte sich, sie könnte Sabine davon überzeugen, dass sie für die Situation nicht verantwortlich war. Anya verließ die Sattelkammer, um Whisper und Ava für die Reitstunde fertig zu machen. Sie lief gerade die Stallgasse entlang. Da sah sie, wie Kate vor Jasmines Box mit Julia sprach. Ihr Herzschlag beschleunigte sich.

»Ich habe Max und Clem im Büro erwischt, kurz nachdem ich mit dir gesprochen hatte«, sagte Kate.

Anya lungerte in der Nähe herum, denn sie war sich nicht sicher, ob Zuhörer unerwünscht waren. Sekunden später stand Sabine neben ihr, beladen mit Magics Sattelzeug. Stumm warteten sie, die Augen auf Kate und Julia gerichtet.

»Ich bringe gute Nachrichten«, sagte Kate lächelnd. »Clem und Max freuen sich, dich und Zickzack in unser Team aufzunehmen. Wir haben zuerst überlegt, nur Zickzack auszuleihen, aber das würde bedeuten, dass du ihn uns übereignen müsstest. Wenn du hier arbeitest und wir Zickzack nur ausleihen, bleibt er dein Pferd. Du musst jetzt nur noch deine Mutter oder deinen Vater dazu bringen, ihr Okay zu geben und uns anrufen. Dann bist du dabei!«

Anya und Sabine strahlten sich begeistert an, als Kate Julia verließ. Beide stürmten auf Julia zu, um sie zu beglückwünschen.

»Da sind ja supertolle Neuigkeiten!«, rief Anya aus.

Julia nickte. Sie beachtete Caspar nicht, der in der Hoffnung auf einen Pferdekeks an ihrer Hosentasche zupfte. Doch ihre Miene verdunkelte sich, bevor sie ihre Befürchtung aussprach: »Und was ist, wenn meine Eltern nicht zustimmen? Sie haben schon mal ein Angebot abgelehnt. Was ist, wenn sie darauf bestehen, Zickzack zu verkaufen?«

Sechstes Kapitel

Das wird nicht passieren«, antwortete Anya schnell.

Sicherlich würden Mr und Mrs Michaelmore nicht auch dieses Angebot ablehnen, oder? Das war ja kein Almosen, überlegte Anya.

Ihre Arme schmerzten vom Gewicht der Sättel, daher schlug Anya vor: »Wie wär's, wenn wir das bei einer heißen Schokolade nach der Reitstunde besprechen? Wir können uns überlegen, wie du deine Eltern am besten rumkriegst.«

»Das ist nicht nötig. Aber es wäre nett, wenn du, Anya, mitkommen würdest, wenn ich mit ihnen spreche«, sagte Julia.

»Gerne.«

Julia ging davon. Als Anya sich umdrehte, sah sie Sabines gekränkten Gesichtsausdruck, weil sie nicht auch zu dem Gespräch gebeten worden war.

»Julia wollte nur, dass ich mitkomme, weil ich hier arbeite und ihren Eltern erzählen kann, was alles zu tun ist«, versicherte Anya ihr, als sie den Gang entlanggingen.

Sabine nickte, aber die Zweifel standen ihr immer noch ins Gesicht geschrieben.

»Hallo, Anya. Kate möchte, dass du und Julia mit Spider und Dandy in der Reitstunde vorreitet«, sagte Trinity, als sie vorbeiging, um Locomotive zum Hufschmied zu bringen. Der Appaloosa hatte gestern ein Hufeisen verloren. »Ich habe sie schon für euch gesattelt.«

»Das ist toll. Vielen Dank«, sagte Anya. Sie hielt bei Whispers Box und hängte sein Zaumzeug an den Haken. »Wir sehen uns später«, sagte sie zu Sabine.

Nachdem sie die Pferde für die nächste Stunde gesattelt hatte, holte Anya ihren Reithelm aus dem Schließfach. Sie freute sich, dass Julia jetzt optimistischer gestimmt war. Anya und Julia gingen zum gegenüberliegenden Stall.

»Das ist ein Vorteil«, freute sich Julia.

»Meinst du, dass man in manchen Reitstunden mitreiten darf?«, fragte Anya.

Sie wurde häufig gebeten, am Reitunterricht teilzunehmen, entweder um ein Pferd zu trainieren oder um den Schülern vorzuführen, was der Reitlehrer erklärte.

»Ja«, sagte Julia. »Ich habe ganz vergessen, dass man nicht nur ausmisten muss oder Zaumzeug putzen. Wobei ich mich nicht darüber beklagt hätte«, fügte sie hinzu.

»Ist schon okay, ich weiß, was du meinst. Ja, beim Kartenspiel wäre das ein Ass«, stimmte Anya ihr zu. »Möchtest du Dandy oder Spider reiten?«

Beide Pferde waren bei der gleichen Auktion wie Chance gekauft worden und waren also erst seit Kurzem auf dem Hof.

»Wenn es dir nichts ausmacht, würde ich gerne Spider reiten«, sagte Julia. »Er sieht immer so aus, als hätte er Dynamit unter dem Sattel. Der wird auf der Querfeldeinstrecke so richtig Gas geben.«

Anya grinste. »Oh ja, der hat es in sich!«

Spider und Dandy standen fertig gesattelt und gezäumt in ihren Boxen und blickten erwartungsvoll über die Boxentüren. Ein schrilles Wiehern kam vom anderen Ende des Ganges, von wo aus Chance Anya gesehen hatte.

»Tut mir leid, Süße«, rief Anya und öffnete Dandys Tür. »Du bist erst später dran.«

Sie öffnete Dandys Kehlriemen, um die Zügel loszumachen, die aus Sicherheitsgründen durch den Riemen geführt worden waren. Dann kontrollierte Anya den Sattelgurt des kräftigen Pferdes.

»Das passt«, sagte sie und führte ihn hinaus, wo der Rest der Abteilung sich bereits aufreihte. Dandys Hufe polterten kräftig, als sie über den Hof gingen. Er schien keine Eile zu haben, ganz im Gegensatz zu Spider, der herumtänzelte, während Julia ihn an einem Mauerring anband. Anya führte Dandy neben ihn, da sie erst den jüngeren Reitern beim Aufsitzen helfen mussten.

Kate hob Avas Sattelblatt an. »Kontrolliert bitte alle, ob

eure Sattelgurte fest genug sitzen und ob eure Steigbügel gekürzt sind!«, rief sie. »Wir kommen dann noch einmal zu jedem von euch und überprüfen das noch mal.«

Als sie kontrolliert hatten, ob alle acht Nachwuchsreiter sicher im Sattel saßen, banden Anya und Julia Dandy und Spider los und stiegen auf. Anya brauchte eine Weile, bis sie sich an Dandys breiten Rücken und seinen schwerfälligen Schritt gewöhnt hatte. Sie musste viel mit den Beinen arbeiten, um ihn zu einer schnelleren Gangart zu bewegen. Anya ritt am Ende der Gruppe hinter Dominik auf Ronnie. Sie lächelte beim Anblick von Dominiks langen Beinen, die wegen der kurzen Steigbügel abgeknickt waren. Sie konnte sich nicht vorstellen, dass das auch nur annähernd bequem sein konnte.

Dominik wird langsam zu groß für Ronnie. Aber er wird wahrscheinlich noch mit sechzehn auf Ronnie reiten wollen, dachte Anya amüsiert und stellte sich vor, wie Dominiks Füße am Boden mitlaufen würden, wenn er auf seinem hundertvierzig Zentimeter hohen Pony saß.

Dominik weigerte sich bis jetzt noch, sich von seinem Falben zu trennen.

Sie ritten in einer Reihe den schmalen Weg entlang, der zur Querfeldeinstrecke führte. Kate an der Spitze öffnete das Tor. Anya als Letzte würde es wieder schließen. Die Reiter stoppten kurz vor dem ersten Sprung, der aus zwei Stangen bestand, die in unterschiedlichen Höhen in einer breiten Lücke in der Hecke angebracht waren.

»Ihr springt bitte über die niedrigere Stange«, sagte Kate und zeigte auf den Zaun. »Außer wenn jemand sich besonders mutig oder verrückt genug fühlt, die höhere anzugehen. Und das bei eurem ersten Versuch im Querfeldeinspringen!«

»Ich glaub, ich mach's«, meldete sich Ben Chambers zu Wort. Er war gerade erst neun geworden und der jüngste Reiter der Gruppe. Aber er hatte das größte Selbstvertrauen. Unglücklicherweise entsprach sein Können dem nicht.

»Du vielleicht, aber Millie wurde gerade ganz blass bei dem Gedanken daran«, sagte Kate und brachte alle zum Lachen.

Ben klopfte dem Apfelschimmel den Hals. »Dann fangen wir eben mit der niedrigeren an«, sagte er widerwillig. »Ich möchte Millie ja nicht ängstigen.«

»Das ist die absolut richtige Entscheidung. Sehr gut.« Kate lächelte und wandte ihre Aufmerksamkeit wieder der ganzen Gruppe zu. »Nun, nur weil sich die Art des Sprunges geändert hat, bedeutet das nicht, dass ihr euren Springstil ändern sollt. Ich möchte bitte euch gut und sicher sitzen sehen. Und niemand soll versuchen, vor dem Pferd über den Sprung zu kommen. Vergesst nicht, euer Gewicht tief unten in die Fersen zu verlagern und den Unterschenkel am Sattelgurt anzulegen. Ich möchte auch keine meterweiten Abstände zwischen euch und euren Sätteln sehen.« Sie schaute jeden der Gruppe an. »Und wer kann mir jetzt sagen, wohin ihr schauen sollt?«

»Nach oben und nach vorn«, meldete sich Molly zu Wort.

»Richtig«, bestätigte Kate. »Anya, möchtest du noch etwas hinzufügen, bevor du uns den Sprung vorführst?«

»Ich stelle mir immer vor, dass der Widerrist meines Pferdes mir entgegenkommt, statt dass ich mich zu ihm hinbeuge«, erklärte Anya ihnen. »Und wenn ich dann springe, tue ich so, als ob ein Geldschein auf meinem Sattel liegt und ich nicht möchte, dass dieser weggeweht wird. Dann stelle ich mir noch einen zweiten Schein vor, nach dem ich greifen muss, um ihn zu erreichen. Auf diese Art und Weise gehe ich nicht zu weit aus dem Sattel, gebe aber dem Pferd trotzdem genügend Freiraum, seinen Hals zu strecken!«

Einige Reitschüler kicherten.

»Diese Erklärung muss ich mir merken«, lächelte Kate. »Okay, bist du bereit? Dann los!«

Anya nahm die Zügel kürzer, dann trabte sie mit Dandy im Kreis. Sie musste ihn kräftig mit den Beinen treiben, damit er seine Hinterhand einsetzte. Als sie sich dem Sprung näherten, galoppierte sie ihn an. Während er in der Luft war, saß Anya so ruhig wie möglich, in der Taille eingeknickt und nach vorn gebeugt, die Hände über seinem Hals. Dandy landete schwerfällig und trabte weiter. Sobald Anya ihn anhielt, senkte er den Kopf, um Gras zu rupfen.

»Nein«, sagte Anya bestimmt.

Sekunden später flog Spider über den Zaun und galoppierte weiter. Julia musste den schwarzen Wallach im Kreis herumreiten, bis er langsamer wurde.

Der nächste Reiter war Dominik auf Ronnie. Der Falbe blieb direkt vor dem Hindernis stehen, aber Dominik, der seine langen Beine um Ronnie gewickelt hatte, brüllte und feuerte ihn an. Mit angelegten Ohren und rollenden Augen machte Ronnie einen gewaltigen Satz aus dem Stand heraus.

»Wie du das ausgesessen hast, werde ich nie verstehen.« Anya schüttelte den Kopf, als Dominik neben ihnen anhielt.

Einer nach dem anderen sprang über das Hindernis, unter dem sich Kate nach dem letzten Reiter hindurchduckte.

»Das habt ihr alle gut gemacht. Besonders Dominik hat eine interessante Technik«, fügte sie hinzu. »Gott weiß, was du und Ronnie am Wassergraben machen werdet!«

Anya drückte schnell Julias Hand, bevor sie an diesem Abend ins Wohnzimmer ihrer Eltern gingen. »Viel Glück«, flüsterte sie.

Die Freunde hatten am Nachmittag in der Cafeteria besprochen, dass ein vorsichtiges Vorgehen das Beste wäre. Julia sollte ihre Eltern nicht vor vollendete Tatsachen stellen. Nun musste Julia die Überlegungen in die Tat umsetzen. Julias Mutter kämpfte sich gerade durch einen Berg Bügelwäsche.

»Wie lief's heute?«, übertönte sie das fauchende Dampfbügeleisen, bevor sie es absetzte.

»Super, danke«, antwortete Julia. »Äh, Mum, Dad, ich muss euch was fragen.«

Ihr Vater ließ die Zeitung sinken und schaute sie abwartend an.

Julia setzte sich aufs Sofa und wartete, bis Anya neben ihr saß. Dann sagte sie: »Kate Cornell kam gestern mit einem Angebot auf mich zu. Sie, Max und Clem schlagen vor, dass ich Zickzacks Unterhaltskosten auf dem Hof abarbeite. Ich habe sie nicht darum gebeten, ich schwör's. Es war Kates Idee«, fügte sie schnell hinzu. »Und Max und Clem haben zugestimmt. Wenn ich, wie Anya, auf Blue Mountain arbeite und sie Zickzack als Schulpferd einsetzen dürfen, muss ich keine Boxenmiete zahlen und kann Zickzack behalten.« Sie rutschte nach vorne auf die Sofakante. »Sie brauchen nur eure Zustimmung, bevor wir den Plan umsetzen können. Bitte, darf ich dort arbeiten? Ich habe heute den ganzen Tag ausgeholfen und es hat tierisch Spaß gemacht.«

Mr und Mrs Michaelmore schauten sich an.

»Ich weiß nicht so recht, Julia«, sagte ihre Mutter vorsichtig. »Wir möchten wirklich, dass du Zickzack behalten kannst, aber es hört sich doch sehr danach an, als ob sie dir einfach einen großen Gefallen tun wollten.«

»Nein, wirklich nicht«, sagte Julia. »Anya hilft dort, um Reitstunden zu bekommen«, sagte sie mit einem

Seitenblick zu ihrer Freundin. »Und bei mir wäre es eben die Boxenmiete.«

»Ich weiß nicht«, sagte Mrs Michaelmore zögernd. »Du darfst auch die Schule nicht vernachlässigen. Die Arbeit auf dem Hof sollte nicht auf Kosten der Schule gehen. Wie willst du das alles unter einen Hut bekommen?«

»Ich fahre ja sowieso fast jeden Tag nach der Schule nach Blue Mountain«, erinnerte Julia ihre Eltern. »Von jetzt an werde ich dort eben arbeiten, statt Zickzack zu reiten und abzuhängen.«

»Du wirst völlig erschöpft sein und keine Energie mehr haben, deine Hausaufgaben zu machen, wenn du nach Hause kommst.«

»Anya schafft das doch auch!«, rief Julia. »Nicht wahr?«

Sie drehte sich zu Anya, die nickte.

»Ich bin jeden Abend kurz nach sechs zu Hause. Ich habe dann zwei Stunden Zeit, um meine Hausaufgaben vor dem Abendessen zu machen. Und auch wenn die Arbeit am Anfang ermüdend ist, man gewöhnt sich daran.«

»Und du bekommst nur Reitunterricht dafür?«, fragte Mrs Michaelmore nach.

Anya konnte sich vorstellen, was Julias Mutter mit dieser Frage bezweckte. Sie wollte wissen, ob Julia bevorzugt behandelt wurde oder Almosen bekam.

»Wenn ich mir ein eigenes Pferd leisten könnte,

würde ich gerne den Reitunterricht gegen die Unterhaltskosten eintauschen. Julia bekommt keine Sonderbehandlung. Ich kann nicht für mein eigenes Pferd arbeiten, weil ich keines habe.«

Mr Michaelmore seufzte und fuhr mit der Hand durch sein schwarzgrau meliertes Haar. »Das ist eine schwere Entscheidung.«

»Bitte, Dad. Ich verspreche auch, dass ich meine Hausaufgaben nicht vernachlässige«, bettelte Julia. »Das ist mir wichtiger als alles andere. Ich werde nicht riskieren, dass Zickzack verkauft wird, nur weil meine Noten schlechter sind. Ich werde noch mehr lernen!«

»Willst du damit sagen, dass du dich jetzt gar nicht voll engagierst?« Mr Michaelmore runzelte die Stirn. »Ich bin mir nicht sicher, ob du es in diesem Fall überhaupt verdienst, dass wir dieser neuen Vereinbarung zustimmen.«

Ein leichtes Lächeln umspielte seine Lippen. Julia fiel ihm kreischend um den Hals.

»Danke, danke, danke!«

»Mal langsam, wir haben noch nicht Ja gesagt«, gluckste ihr Vater.

»Aber ihr werdet es tun«, sagte Julia.

»Was meinst du, Carrie?« Mr Michaelmore schaute sein Frau an.

»Immer eins nach dem anderen«, sagte sie. »Aber es ist schön, zur Abwechslung auch mal Positives zu hören. Wir werden Kate morgen früh anrufen und uns für ihr Angebot bedanken.«

»Mensch, das ist Wahnsinn!« Mit einem Freudenschrei schlang Julia ihre Arme um ihre Mutter, dann wandte sie sich Anya zu. In ihren Augen standen Tränen. »Ich darf Zickzack behalten!«

Anya war unendlich erleichtert und freute sich für ihre Freundin.

»Super«, rief sie und sprang auf, um Julia zu umarmen. »Unglaublich!«

Ganz früh am nächsten Morgen schlich sich Anya zur Küchentür hinaus. Von ihrem Autowasch-Job am Abend vorher taten ihr alle Knochen weh. Gestern war viel passiert: Nachdem Julia einen Freudentanz im Wohnzimmer vollführt hatte, hatte Julia Mark und Sabine angerufen, um ihnen die guten Nachrichten mitzuteilen. Anya hatte ihre Freundin noch nie so glücklich erlebt.

Und es wird noch mehr Spaß machen, zu zweit auf Blue Mountain zu arbeiten, dachte Anya, als sie die hintere Tür der Garage öffnete. Sie schlängelte sich an Kartons mit Ramsch vorbei, um zu Julias Fahrrad zu gelangen. Aus Versehen warf sie dabei eine Schachtel herunter, die gefährlich auf zwei anderen Schachteln aufgestapelt worden war. Schallplatten fielen heraus und verteilten sich auf dem Boden. Verärgert bückte sich Anya, um alles wieder einzusammeln.

Warum behalten wir den ganzen Kram eigentlich noch? Wir haben doch schon lange keinen Plattenspieler mehr. Während sie die Platten wieder in die Schachtel packte, überlegte Anya: *Wie wäre es denn mit einem Garagen-Flohmarkt? Wenn ich einiges von dem Trödel verkaufen würde, könnte ich Platz schaffen und gleichzeitig Geld verdienen! Ihr Vater hatte schon so oft gesagt, dass er ausmisten wollte. Sicherlich würde er sich freuen, wenn sie ihm die Arbeit abnehmen würde. Ich könnte ein paar Plakate aufhängen, um für den Garagen-Flohmarkt zu werben. Am nächsten Samstag könnte er stattfinden.*

Sie war sicher, dass es für Diego in Ordnung wäre, wenn sie am Samstag erst etwas später nach Blue Mountain kommen würde. Jetzt war ja Julia als zusätzliche Hilfe da.

Ich schreibe heute Abend ein paar Plakate. Vielleicht darf ich eins im Kiosk aufhängen. Und ich kann auch in der Cafeteria fragen, ob ich dort eins ans Schwarze Brett hängen darf.

Ihr Kopf brummte vor lauter Ideen. Anya schob das Fahrrad aus der Garage und radelte die Straße hinunter. Der Flohmarkt würde ihre Ersparnisse für Riverton sprunghaft vermehren!

Am Nachmittag war Anya überrascht, dass Julia bereits beim Stallausmisten war, obwohl deren Schule weiter weg war als ihre.

»Du bist aber früh dran«, sagte sie.

»Ja, die Mutter einer Freundin hat mich mitgenommen«, sagte Julia. »Ich habe Zickzack zur Feier des Tages einen Pferdekeks gebracht und dann beschlossen, mich gleich in die Arbeit zu stürzen, da ich ja schließlich nun für seinen Unterhalt arbeiten muss.«

Anya lachte. »Ich ziehe mich nur schnell um und helfe dir dann.«

Als Anya zurückkam, war Julia bereits mit Marlowes Box fertig und hatte Caesar im Gang angebunden. »Wenn du so weitermachst, verliere ich noch meinen Job«, sagte sie, als sie ihre Mistgabel in die festgetretene Einstreu steckte. »Sie werden merken, dass sie mich nicht mehr brauchen, weil du für zwei arbeitest.«

Julia wischte mit dem Ärmel über ihre Stirn. »Ich möchte nur nicht, dass Kate und die anderen ihre Entscheidung bereuen. Wenn sie nicht gewesen wären ...«

Während sie eine Pause machte, folgte Anya ihrem Blick zur offenen Tür. Dort stand Marissa.

»Ich wollte bloß mal hören, ob die Gerüchte wahr sind«, sagte sie, wobei sie ihr glattes, dunkles Haar nach hinten warf.

»Welche Gerüchte?«, fragte Julia.

»Dass dein Vater rausgeflogen ist und du Zickzack an den Hof vermieten musst, weil du ihn dir nicht mehr leisten kannst.«

Marissas Augen waren weit aufgerissen und voller unechter Anteilnahme.

»Jetzt sag bloß nicht, dass ich mich bei dir ausweinen darf, wenn es mir schlecht geht«, antwortete Julia.

Ihr Gesicht zeigte keine Regung, dann drehte sie sich wieder um und mistete weiter aus.

»Tja, ich meine ja nur, dass es ein Abstieg vom Kunden zum Angestellten ist, nicht wahr?«, fuhr Marissa fort, als hätte Julia überhaupt nichts gesagt. Sie seufzte. »Ich hoffe nur, dass sie wenigstens nicht die Anfänger auf Zickzack loslassen. Es ist ja schon schlimm genug, dass sein Charakter durch die vielen verschiedenen Reiter verdorben wird. Da müssen ja nicht auch noch unsensible Hände am Maul herumzerren. Oh …!« Marissa hielt die Hände an die Wangen, als sei ihr gerade ein besonders schrecklicher Gedanke gekommen. »Wahrscheinlich wirst du dir Riverton jetzt auch nicht leisten können? Das ist ja ätzend!«

»Jetzt hör mal zu …«, begann Anya, aber sie hatte keine Chance, den Satz zu vollenden, denn Marissa unterbrach sie gleich.

»Ich mache jetzt mal Biskuit fertig«, sagte sie und schaute auf ihre Uhr. »Jake und ich werden ausreiten. Einen so tollen Nachmittag sollte man nicht drinnen verbringen.«

Mit einem geringschätzigen Blick in die Box verließ Marissa sie.

»Also wirklich, diese Zicke!« Anya schäumte vor Wut.

»Zähl auf zehn«, sagte Julia, die ebenfalls kochte.

»Du weißt ja, dass Zickzack gut behandelt werden wird«, sagte Anya, »so wie alle anderen Pferde hier. Marissa hat nur die Gelegenheit genutzt, dir eins auszuwischen.« Sie zögerte. »An Riverton hatte ich allerdings noch gar nicht gedacht. Du musst doch nicht wirklich zu Hause bleiben, oder?«

Julia zuckte mit den Schultern.

»Schon möglich. Aber es ist okay. Das Wichtigste ist, dass ich Zickzack behalten kann. Dad sagt, wenn er schnell einen anderen Job findet, kann ich vielleicht mit. Aber so wie es aussieht, werden meine Eltern erstmal die Schulden abbezahlen müssen, die sich jetzt dank Dads Arbeitslosigkeit ansammeln. Er war nicht lange genug bei der Firma, um eine hohe Abfindung zu bekommen.«

Anya fühlte sich schrecklich. Das hätte sie alles bedenken können, ohne dass Julia es hätte aussprechen müssen.

Wenn mein Flohmarkt genügend Geld einbringt, kann ich vielleicht auch Julias Aufenthalt in Riverton bezahlen. Der Gedanke daran hellte ihre Stimmung auf, aber sie sagte nichts zu Julia. Ihre Freundin hatte in letzter Zeit zu oft erlebt, dass ihre Hoffnungen enttäuscht wurden.

Am nächsten Nachmittag halfen Julia und Anya bei einer Pferde-Beautystunde aus, die Keira, eine der Reitlehrerinnen, für die Nachwuchsschüler anberaumt hatte. Die meisten Reiter, die nicht nach Riverton gingen, nahmen stattdessen in den Herbstferien an einem Kostümwettbewerb am Ort teil. Und Clem meinte, sie sollten schon mal üben, ihre Pferde schön zu machen.

Nachdem Anya in der Cafeteria ein Plakat mit der Ankündigung ihres Flohmarkts aufgehängt hatte, ging sie über den Hof, wo Julia bereits sechs Pferde angebunden hatte. Die meisten Reitschüler waren schon da und betrachteten das Putzzeug, das auf einer Bank bereitgelegt worden war.

»Anya, würdest du bitte Chance holen?«, fragte Keira, als sie mit der Reitkappe in der Hand um die Ecke bog.

»Krieg ich Chance?« Chloe wedelte mit der Hand in der Luft.

»Ich habe mich schon vor dir für Chance angemeldet«, sagte Emily.

»Um genau zu sein, wollte eigentlich jeder von euch Chance haben«, unterbrach Keira die Schüler, »deshalb werden wir Zettel mit euren Namen aus meinem Hut ziehen müssen.«

Lächelnd ging Anya, um die Fuchsstute zu holen.

»Es ist nun ganz offiziell, dass du das allerschönste Pferd auf dem Hof bist«, sagte sie und gab Chance ein Küsschen auf die Nase. »Sie schlagen sich schon um dich.«

Anya führte Chance nach draußen und band sie neben Ronnie an einem der Ringe in der Mauer fest.

»Okay. Mit Chance arbeiten darf… Chloe!«

Keira las den Namen von dem Zettel ab, den sie aus ihrer Reitkappe gezogen hatte. »Oh«, kam es von den enttäuschten Schülern. Chloe stellte sich neben Chance.

Anya lächelte. Sie war alles andere als überrascht,

dass Chance so beliebt war. Ihr leuchtendes, rötliches Fell und die goldfarbene Mähne boten ein unglaublich hübsches Bild.

»Okay!« Keira klatschte in die Hände. »Nun wisst ihr ja alle von euren Unterrichtsstunden in Stalldienst, wie man ein Pferd putzt. Ihr habt zwanzig Minuten, um eure Pferde zu bürsten, zu kämmen und die Hufe zu polieren. Dann könnt ihr euch entscheiden, ob ihr Mähne und Schweif einflechten wollt. Da es sich ja um eine Art Kostümwettbewerb handelt, könntet ihr euch aber auch etwas ganz anderes einfallen lassen. Hier ist eine Schachtel mit Bändern. Bedient euch! Wer am Ende sein Pferd am schönsten herausgeputzt hat, bekommt ein Getränk und ein Stück Kuchen aus der Cafeteria. Auf die Plätze, fertig, los!«

Die nächste Dreiviertelstunde halfen Anya und Julia, Hufe einzufetten, Mähnen und Schweife zu flechten und das Fell der Pferde mit Wischtuch und Putzhandschuh auf Hochglanz zu bringen.

»Uff«, stöhnte Anya und versuchte, sich in der Sonne des späten Nachmittags etwas Abkühlung zu verschaffen, indem sie mit ihrem T-Shirt wedelte.

»Anya, Millies Mähne hat sich mit dem Band verheddert!«, rief Caitlin.

»Okay, ich bin sofort bei dir«, versprach Anya und vollendete das Rautenmuster, das sie in Avas Fell bürstete.

»Caspar hat meine Flasche mit Huföl umgeworfen!«, rief Ben.

»Ich komme«, sagte Julia. »Sabine!« Sie winkte zur Aufsteighilfe hinüber, wo Sabine gerade auf Magic aufsitzen wollte. »Kannst du uns bitte helfen?«

Sabine führte Magic zu den anderen und band sie an, dann warf sie sich selbst ins Getümmel und half bei den letzten Verschönerungsarbeiten.

»Bitte sehr!«, sagte sie zu Caitlin, als sie Millies Mähne entwirrt und geholfen hatte, das Band wieder zu befestigen.

»Danke«, sagte Julia und klatschte Sabine ab.

Anya freute sich, dass sich ihre beiden Freundinnen langsam wieder annäherten.

Dann inspizierte Keira die Pferde. Die drei Freundinnen traten zurück. Die Reitlehrerin lief die Reihe der Pferde ab. Sie schaute jedes genau an. Ronnie langweilte sich und zupfte mit den Zähnen an dem roten Band in Chances Mähne.

»Oh nein!«, rief Chloe, als sich der eine dicke Zopf, den sie in Chances Mähne geflochten hatte, aufzulösen begann.

Mit einem mitfühlenden Lächeln in Chloes Richtung sprach Keira Caitlin den ersten Preis zu. Die Zehnjährige hatte gelbe, rote und blaue Bänder in Millies Mähne und Schweif eingeflochten und das Fell des Apfelschimmels gebürstet, bis es glänzte.

»Gut gemacht«, sagte Keira zu Caitlin. »Aber ihr wart alle toll!«

Sie lächelte ihre Reitschüler an.

»Vielen Dank für deine Hilfe, obwohl ich hoffe, dass du noch ein bisschen bleibst«, sagte Julia leise zu Sabine.

»Ja, nachdem du geholfen hast, ungefähr hundert Bänder einzuflechten, kannst du uns helfen, ungefähr hundert Bänder wieder zu entfernen«, sagte Anya grinsend.

»Wollt ihr mich loswerden?«, fragte Sabine zum Spaß.

»Dich loswerden?«, sagte Anya und hakte sich bei Sabine unter. »Auf keinen Fall!«

Siebtes Kapitel

»Wie sieht das aus?« Anya trat vom Fenster zurück und betrachtete kritisch die Szene, die sie gerade gemalt hatte.

Am anderen Ende des Klassenzimmers malte Mrs Bourne, die Kunstlehrerin. Auch sie betrachtete Anyas Bild.

»Sehr gut, so hatte ich es mir vorgestellt«, antwortete sie begeistert.

Anya biss auf ihre Unterlippe. »Meinen Sie nicht, dass der Rücken des Zentauren zu lang ist?«

Mrs Bourne hatte sie gebeten, nach Schulschluss noch etwas zu bleiben und ein Standbild aus »Die Chroniken von Narnia« zu malen, da ihr diesjähriges Thema »Monster, Mythen und Legenden« war.

»Nein, ändere nichts.« Mrs Bourne stellte sich neben sie. »Obwohl … wenn du die Beine etwas kräftiger malst, werden die Proportionen stimmiger.«

Anya verstärkte die Vorderbeine des Zentauren mit einigen Pinselstrichen.

»Ja«, sagte sie, »das ist besser.«

»Vielen Dank für deine Hilfe, Anya«, sagte Mrs Bourne. »Ich wasche noch die Pinsel aus. Wenn du gleich gehen möchtest …«

Anya schaute auf ihre Uhr. »Das wäre toll«, sagte sie. »Der nächste Bus kommt in fünf Minuten. Den würde ich kriegen, wenn ich gleich losdüse.«

Sie wusch die Farbe von ihren Händen und holte ihren Mantel und die Tasche. »Bis morgen dann!«

»Ja, bis morgen, und vielen Dank noch mal!«, rief ihr Mrs Bourne hinterher.

Der Bus brauchte nur zwanzig Minuten zum Blue Mountain Reiterhof, aber Anya wusste, dass sie sich beeilen musste, um alle ihre Aufgaben im Stall zu erledigen und dann rechtzeitig nach Hause zu kommen, damit sie sich um ihre Brüder kümmern konnte und ihr Vater es zu seiner Spätschicht im Taxiunternehmen schaffte. Schnell zog Anya ihre Arbeitsklamotten an, griff sich eine Schubkarre und eine Mistgabel und wollte sich ans Ausmisten machen.

»Ist alles schon fertig!«, rief ihr Julia zu. Sie musste dabei das Plätschern des Wasserstrahls übertönen, weil sie gerade die Stallgasse ausspritzte. Sie drehte das Wasser ab und begann, den Gang zu schrubben.

»Du hast alles allein ausgemistet, was wir eigentlich zu zweit hätten machen sollen?« Anya blinzelte verwundert.

»Ja, und ich habe auch schon die Pferde für den Fortgeschrittenenkurs aufgezäumt«, erklärte ihr Julia.

Anya sah die dunklen Ringe, die Julia unter den Augen hatte.

»Du siehst müde aus«, sagte sie. Sie hatte ein schlechtes Gewissen, weil sie nicht pünktlich gewesen war. Nun hatte Julia die doppelte Arbeit gemacht. »Es tut mir so leid, dass ich zu spät gekommen bin. Ich wollte echt nicht, dass du meine Arbeit mitmachen musst.«

»Ich weiß«, sagte Julia. Sie lehnte sich auf ihren Schrubber. »Ich wollte dir nur genug Zeit verschaffen, damit du mit Chance trainieren kannst.«

Anya war gerührt. »Ich werde aber nicht mit ihr trainieren, bevor ich dir nicht geholfen habe, hier alles fertig zu machen. Falls du mir überhaupt noch was übrig gelassen hast.«

»Das ist das perfekte Timing«, sagte Mark, der hinter den Mädchen auf der Bildfläche erschienen war. »Ich kann jetzt Punkte machen, indem ich euch meine Hilfe anbiete und dann ganz überrascht tun, wenn schon fast alles erledigt ist!«

»Glaub bloß nicht, dass wir deine Männertricks nicht durchschauen«, sagte Julia.

»Die andere Variante ist, einen Job so miserabel zu machen, dass du nie mehr um Hilfe gebeten wirst«, sagte Anya grinsend. »Vergiss nicht, ich lebe in einem Männerhaushalt. Ich kenne jeden Kniff, den ihr so draufhabt.«

In vorgetäuschtem Erschrecken schnipste Mark mit

den Fingern. »Und ich dachte, ich konnte euch die ganze Zeit täuschen.«

»Keine Chance, Mr Durchsichtig, wir haben dich von Anfang an durchschaut.«

Anya schaute zu Julia, die normalerweise immer noch ein paar Sprüche draufsetzte, und erwischte sie beim Gähnen.

»Hör mal, warum gehst du nicht nach Hause?«, schlug Anya vor. »Du hast es gerade von Mark gehört, dass wir beide zusammen aufräumen.«

»Danke, aber ich will nicht dabei erwischt werden, wie ich mich bereits in meiner ersten Arbeitswoche vorzeitig aus dem Staub mache«, erklärte ihr Julia. »Ich hole mir aus der Cafeteria was zu trinken. Das wird mich etwas aufwecken.«

»Julia hat diese Woche ein großes Geschichtsprojekt aufgedrückt bekommen«, erzählte Mark Anya, als Julia zur Cafeteria ging. »Sie hängt sich da echt rein und macht Extrastunden, um besonders gute Noten zu bekommen. Sie will ihren Eltern keinen Grund geben, sie nicht mehr hier arbeiten zu lassen.«

Anya starrte ihrer Freundin hinterher. »Sie macht sich fertig, wenn sie nicht einen Gang zurückschaltet«, sagte sie.

»Aber nicht, wenn wir ihr helfen«, sagte Mark und griff sich den Schrubber. »Möchtest du abspritzen oder schrubben?«

Anya lächelte ihn an: »Du bist wirklich okay.«

»Hast du das jemals bezweifelt?«, grinste Mark.

Das ist das Beste an guten Freunden, dachte Anya, als sie den Wasserhahn wieder anstellte. *Sie helfen dir immer. Und selbst wenn das Schlimmste passiert, sind sie für dich da.*

Es kam Anya komisch vor, an einem Samstag nicht nach Blue Mountain zu fahren. Sie lächelte Toby an, als er auf Zehenspitzen in ihr Zimmer huschte, und sagte: »Komm ruhig herein. Ich bin schon wach.«

Toby sprang auf ihr Bett und rief: »Heute ist Flohmarkt!«

»Shhh!«

Ollie kam mit Lucy, ihrem Hund, ebenfalls in Anyas Zimmer. »Du wirst Dad aufwecken.«

Mit heftigem Schwanzwedeln leckte Lucy begeistert Anyas Hand.

»Guten Morgen, Lucy.« Anya setzte sich auf. »Wir lassen Dad schlafen. Er war sehr müde, als er gestern von der Arbeit kam.«

»Ich dachte, dass Dad die Sachen vorsortieren wollte, die verkauft werden sollen?«, fragte Ollie, der mittlerweile auch auf Anyas Bett saß.

»Ich glaube, ich weiß schon, was Trödel ist und was nicht«, gähnte Anya. »Zieht euch beide doch schon mal an. Ich gehe runter und schau, ob ich was zum Frühstücken für uns finde.«

Sie wartete, bis die Jungs draußen waren, dann stand

sie auf. Sie zog Jeans und einen dünnen Pulli an, band ihr Haar zu einem Pferdeschwanz und ging die Treppe hinunter.

Als sie in der Küche war, stellte Anya einen Teller mit Blaubeer-Muffins auf den Tisch, schenkte für alle Saft ein und machte das Radio an, um den Wetterbericht zu hören. Der Tag sollte schön werden, aber Anya warf immer wieder sorgenvolle Blicke aus dem Fenster, wo sie einen mit grauen Wolken bedeckten Himmel sehen konnte. Das Licht am frühen Morgen war trüb.

Anya nahm sich einen Muffin und ging in die Garage. Sie hatte auf den Plakaten angekündigt, dass der Garagen-Flohmarkt um neun Uhr morgens beginnen sollte. Und sie wollte sicher sein, dass dann alles bereit wäre. Zuerst klappte sie den Tapeziertisch ihres Vaters auf und stellte ihn vor der Garage in die Einfahrt. Dann bedeckte sie ihn mit einem dunkelblauen Tischtuch. Daran befestigte sie ein Plakat, das sie am Abend vorher gemalt hatte:

»Flohmarkt! Alles muss raus!«

In der Garage begann sie, die Schachteln zu durchwühlen. In der ersten waren Klamotten, die sie ausschüttelte, ordentlich zusammenlegte und auf dem Tisch platzierte.

»Hast du Spielsachen gefunden?«, fragte Toby, der durch die Hintertür in die Garage kam. »Ollie wäscht noch ab«, fügte er hinzu und hob den Deckel der ihm am nächsten stehenden Schachtel. »Ihhh!«

Er hielt einen Ring aus Plastik hoch, auf dem ein gelber Schmetterling klebte.

»Man kann nie wissen, vielleicht gefällt er jemandem«, sagte Anya. »Geh doch bitte ins Haus und bring eine Schüssel, in die wir die kleinen Sachen legen können.«

Kurz darauf kam Toby in Begleitung von Ollie wieder. »Ich dachte, du könntest das brauchen, wenn die Leute mit Scheinen bezahlen«, sagte er und hielt Anya einen kleinen Plastikbehälter mit Kleingeld hin. »Ich habe meine Sparbüchse geleert.«

»Toll, dass du daran gedacht hast, Ollie«, sagte Anya und wollte durch sein lockiges Haar wuscheln. Sie erinnerte sich aber rechtzeitig daran, dass er das hasste.

»Was ist denn damit?«, fragte Toby, der einen Karton mit alten Schallplatten angeschleppt hatte.

»Oh ja, leg sie auf einen Stapel vor dem Tisch und zeichne sie mit einem Dollar pro Stück aus«, sagte Anya und griff nach einer Schachtel mit Krimskrams.

»Ein Dollar?«, fragte Toby ungläubig.

»Wir können bis auf fünfzig Cent runtergehen. Aber ich wette, dass einige Leute handeln wollen. Wenn wir sie jetzt höher auszeichnen, können wir uns runterhandeln lassen und bekommen trotzdem den Preis, den wir wollten«, erklärte Anya ihm.

»Guter Plan«, bewunderte Toby seine große Schwester.

Um neun Uhr war der Tisch mit Dekokram, alten Kleidern und Modeschmuck vollgestellt. Auf dem Boden standen Kartons mit Schallplatten, Büchern, alten Schuhen und gebrauchtem Spielzeug. Anya schaute die Straße rauf und runter, aber weit und breit war niemand zu sehen. Sie drückte ihre Hand gegen den Magen: »Ich glaub's ja nicht, aber ich habe ein Kribbeln im Bauch.«

»Das ist gar nichts. Mein Magen hüpft schon auf und ab«, scherzte Ollie.

»Ich verstehe nicht, warum ihr nervös seid«, sagte Toby, der mit einer Perlenkette spielte. »Wie kann man nervös sein, wenn man Unmengen von Geld verdienen wird? Was glaubst du? Wie reich werden wir sein, wenn wir alles verkauft haben?«

»Zuerst einmal brauchen wir Kunden«, erklärte ihm Anya. Ihr Mund war trocken.

Um halb zehn war immer noch niemand gekommen und Anya zweifelte daran, dass überhaupt jemand auftauchen würde.

Toby langweilte sich und fing an, mit einem Spielzeugauto zu spielen, das er aus der Schachtel mit gebrauchtem Spielzeug herausgenommen hatte.

»Tobs, warum gehst du nicht rein und holst uns was zu trinken?«, schlug Anya vor, als ihr Bruder das kleine Auto über den Tisch manövrierte, wobei er einen hochdrehenden Motor nachahmte.

Als Toby durch die Garage entschwand, bemerkte Anya, dass sich die hintere Tür des Nachbarhauses öffnete.

»Hallo, Mrs Humphries!«, rief sie.

»Hallo, Anya, wie läuft es denn?«, fragte die Nachbarin und kam näher, um die Waren auf dem Tisch zu mustern. »Oh, die ist hübsch!« Sie nahm eine kleine, schlichte weiße Vase in die Hand. »Wie viel möchtest du denn dafür?«

»Zwei Dollar fünfzig«, sagte Anya. Sie war ganz aufgeregt angesichts des ersten Verkaufs.

»Den nehme ich auch«, sagte Mrs Humphries und griff nach dem Ring mit dem Schmetterling. »Meine Enkelin liebt es, sich zu verkleiden. Der wird ihr sicherlich gefallen.«

Während sie nach ihrem Geldbeutel griff, kam ein Auto vorgefahren und parkte auf der gegenüberliegenden Straßenseite. Eine junge Familie stieg aus und kam herüber.

»Wir haben dein Plakat im Kiosk gesehen und dachten, wir schauen auf unserem Weg ins Schwimmbad mal hier vorbei«, erzählte die Mutter Anya. Die Kinder wühlten in der Spielzeugschachtel herum. »Ich denke, so ein Flohmarkt ist eine prima Sache. Wir reden auch schon lange davon, mal auszumisten.«

»Danke«, antwortete Anya. »Ich sammle Geld für mich und meine Freundin, damit wir ins Reitcamp fahren können.«

»Oh, wenn es für einen guten Zweck ist, dann nehme ich gleich zwei und nicht nur eines«, lächelte der Vater der Kinder und legte zwei Taschenbücher auf den Tisch.

»Das macht dann einen Dollar, bitte«, sagte Anya. »Vielen Dank!«

Die Familie kaufte noch einige alte Puzzles und Brettspiele und einen handgestrickten Pulli.

»Acht Dollar«, jauchzte Anya, als die Familie wieder in ihrem Auto saß. »Super!«

»Vergiss nicht, dass du noch unseren Lohn abziehen musst«, bremste sie Ollie.

»Ich bezahle euch in Keksen«, sagte Anya. »Ich backe sie heute Abend, ganz schokoladige Schokokekse.«

»Warum habe ich bloß den Verdacht, dass wir dabei ziemlich schlecht wegkommen?«, maulte Ollie.

Bevor sie sich allerdings deswegen streiten konnten, kam ein Mann auf einem Fahrrad angefahren. Er lehnte es gegen die Garagenwand und begann schweigend in dem Karton mit den Schallplatten zu wühlen. Die Platten, die er auswählte, stapelte er auf dem Boden neben der Schachtel. Schließlich lag ein kleiner Stapel vor ihm. Er schaute zu Anya hoch: »Wie viel?«

»Sie kosten einen Dollar pro Stück, aber ich gebe Ihnen elf für zehn Dollar«, sagte Anya und konnte ihr Glück kaum fassen, als der Mann ihr einen Zehn-Dollar-Schein gab, ohne sie herunterzuhandeln.

Als der Mann die Schallplatten gerade in seinen Rucksack verstaute, kam ihr Vater mit einer Tasse Kaffee in der Hand heraus. Toby folgte ihm mit einem Tablett, auf dem er drei Gläser balancierte.

»Ihr habt schon angefangen?«

Mr Hart warf Anya einen missbilligenden Blick zu.

»Wir wollten dich nicht stören«, erwiderte Anya. »Wir dachten, du würdest gerne ausschlafen.«

Ihr Vater schien ihr nicht zuzuhören.

»Entschuldigung, kann ich die Schallplatten mal sehen?«, rief er dem jungen Mann zu.

»Kumpel, die hab ich schon gekauft«, antwortete der Mann, ohne aufzublicken.

Mr Hart stellte seine Kaffeetasse ab und ging zu dem Mann hin. »Entschuldigung«, sagte er. »Die hätten niemals zum Verkauf angeboten werden dürfen. Ich muss Ihnen Ihr Geld zurückgeben.«

Der Mann schob seinen langen Pony aus den Augen und gab ein bellendes Lachen von sich. »Tut mir leid, aber die gehören mir. Nach denen suche ich schon ewig.«

»Hören Sie, ich sehe das ja ein, aber meine Tochter hätte sie nie verkaufen dürfen.«

Der Mann warf Anya einen desinteressierten Blick zu.

»Wollen Sie damit sagen, dass Sie ihr gar nicht erlaubt haben, den Flohmarkt abzuhalten?«

»Doch, schon«, antwortete Mr Hart, »aber …«

Der Mann zuckte mit den Schultern.

»Dann sind Sie selbst schuld, wenn Sie den Verkauf nicht beaufsichtigen.«

Mr Hart fuhr sich mit der Hand durch das Haar. »Okay, wie viel?«

»Zehn Dollar das Stück«, sagte der Mann. »Und damit tu ich Ihnen noch einen Gefallen.«

»Gefallen?«, explodierte Anya. »Das haben Sie für alle Platten zusammen bezahlt!«

Mr Hart schloss die Augen und zuckte zusammen. Dann drehte er sich zu Ollie und sagte: »Geh und hole meine Brieftasche.«

Anyas Wangen brannten, als ihr Vater sie enttäuscht anschaute. »Es tut mir so leid«, sagte sie.

Sie standen in peinlicher Stille herum, bis Ollie zurückkam. Mr Hart zählte die knisternden Banknoten und gab sie dem Mann, der ihm dafür die Schallplatten zurückgab.

»Das nächste Mal sollten Sie sich vorher überlegen, was verkauft werden soll. Dann müssen Sie die Leute nicht zum Narren halten«, sagte der Mann und stopfte die Geldscheine in seine hintere Hosentasche.

»So eine Frechheit…«, wollte Anya sich ereifern.

»Das reicht«, sagte Mr Hart kurz angebunden. Er wartete, bis der Mann weggeradelt war, bevor er ein Album in die Höhe hielt und sagte: »Allein dieses hier ist schon dreißig Dollar wert. Ich habe Glück gehabt, dass er sich auf hundertzehn eingelassen hat.«

Anya fühlte sich so erbärmlich, aber bevor sie sich noch einmal entschuldigen konnte, sagte ihr Vater: »Du sagst mir lieber gleich, was du noch verkauft hast.«

»Äh, eine weiße Vase, ein paar Puzzles und Spiele, einen alten Pulli mit Rautenmuster und einen Ring mit einem Plastikschmetterling drauf«, sagte Anya, wobei sie mit ihrer Schuhspitze am Boden scharrte.

Ihr Vater bedeckte sein Gesicht mit den Händen und stöhnte.

»Nein! Bitte sag mir, dass du wenigstens weißt, an wen du das verkauft hast.«

»Aber das war doch nur Trödelkram«, meldete sich Toby zu Wort.

»Die Vase habe ich eurer Mutter zum ersten Hochzeitstag geschenkt«, sagte Mr Hart erschöpft. »Den Pulli habe ich getragen, als eure Mutter Anya zur Welt brachte. Und den Ring hab ich in dem Badeort gekauft, als ich um ihre Hand anhielt. Ich wollte, dass sie einen Ring trägt, bis ich einen richtigen Verlobungsring kaufen konnte.«

Anya presste ihre Hände vor ihrer Brust zusammen.

»Das wusste ich nicht«, flüsterte sie.

»Es ist meine Schuld, dass ich die Sachen nicht im Haus verwahrt habe«, seufzte ihr Vater. »Es hätte mir weh getan, sie jeden Tag zu sehen. Aber sie bedeuten mir viel.«

»Aber den Ring und die Vase können wir zurückholen!«, rief Ollie. »Mrs Humphries hat sie gekauft.«

»Und die Leute, die den Pulli gekauft haben, haben das Flohmarktplakat im Kiosk gesehen«, fügte Anya mit einem Hoffnungsschimmer hinzu. »Ich hänge dort noch ein Plakat auf und bitte um Rückgabe des Pullis. Sie werden ihn sicher zurückbringen.«

Mr Harts finsterer Blick wurde etwas freundlicher. »Ich gehe jetzt zu Mrs Humphries und erkläre ihr alles. Wenn ich zurückkomme, schaue ich alles durch und sage dir genau, was du verkaufen kannst und was nicht. Bis dahin wirst du kein Stück mehr weggeben.«

Mark kam vorbei, als der Flohmarkt fast schon gelaufen war. »Wie war's?«

»Wir haben gar nicht so schlecht angefangen, aber dann ging alles schief«, erzählte Anya kläglich.

»Wir haben 72 Dollar und 85 Cent eingenommen«, verkündete Ollie, der gerade die letzten Münzen einsackte.

»Das ist doch super«, sagte Mark.

»Ja, das wär's, wenn ich meinem Vater nicht 110 Dollar schulden würde«, erklärte Anya. »Was bedeutet, dass ich mehr als 30 Dollar Miese gemacht habe.«

»Und eine Ladung Schokokekse«, fügte Toby hilfreich hinzu.

»Wie ist denn das passiert?«, fragte Mark etwas verwirrt.

»Das ist eine lange Geschichte«, stöhnte Anya.

»Du könntest später wiederkommen und mit uns Kekse essen, während wir dir die ganze Geschichte erzählen«, schlug Toby vor.

»Das hört sich super an.« Mark zwinkerte ihm mit seinen blauen Augen zu. »Wenn das für Anya auch okay ist.«

»Das ist völlig in Ordnung, allerdings wird es wohl Mitternacht werden, bis ich hier aufgeräumt habe, meine Arbeit auf Blue Mountain gemacht und dann alle Taxis geputzt habe«, seufzte Anya.

Allein der Gedanke an all die Anstrengungen, die sie unternahm, um Geld zu verdienen, machte sie mutlos.

Und von wegen »ich verdiene genug, um auch Julias Aufenthalt zu finanzieren«.

»Wie wär's, wenn ich deinen Verkaufserlös aufstocken würde?«, sagte Mark und hob eines der letzten Dinge hoch, die noch übrig geblieben waren. »Was ist denn das?« Er drehte einen Hund aus schwarzem Kunstleder in seinen Händen.

»Du wirst es nicht glauben, aber es handelt sich um einen Papiertaschentuchspender«, antwortete Anya. »Man zieht die Taschentücher aus seinem Maul heraus.«

»Und die Leute haben sich nicht um ihn geschlagen?« Mark tat überrascht.

»Ich dachte eigentlich eher, dass wir jemandem Geld geben müssen, damit er ihn mitnimmt«, kicherte Anya.

»Hier«, Mark legte einige Münzen auf den Tisch. »Was hältst du davon, wenn ich deine Einnahmen auf fünfundsiebzig Dollar aufrunde?«

»Wo wirst du ihn hinstellen?«, fragte Anya, als Ollie das Geld einsammelte.

»Auf meinen Nachttisch«, grinste Mark. »Wer kann schon von sich behaupten, dass er einen Taschentuchspender hat, der seinen Schlaf bewacht?«

»Du bist verrückt!«, lachte Anya. »Aber nett verrückt.«

Achtes Kapitel

Am nächsten Morgen war Anya nicht mehr so niedergeschlagen wie am Abend vorher. Das schöne Wetter hielt an. Außerdem hatte sie für den frühen Vormittag eine Reitstunde bei Kate gebucht.

Chances erste Springstunde, dachte sie froh und aufgeregt.

»Guten Morgen.« Keira grüßte sie und führte Caesar und Marlowe an ihr vorbei in Richtung Stall. Trinity folgte mit Magic und Ronnie.

»Ich glaube, Chance weiß schon, dass du sie zum Unterricht holen willst«, sagte Trinity. »Sie versteckt sich hinter der Ulme. Nicht mal als wir Ronnie von der Koppel geholt haben, ließ sie sich hervorlocken.«

»Das würde heißen, dass sie entweder die menschliche Sprache versteht oder meine Gedanken lesen kann«, antwortete Anya lachend. »Wie sonst könnte Chance wissen, was ich für heute geplant habe?«

Als sie zur Koppel kam, sah sie Chance neben dem Baum grasen.

»Hallo, meine Süße!«, rief sie. Doch Chance graste weiter. »Du freche kleine Hexe!«, sagte Anya. Noch einmal versuchte sie, die Stute herbeizurufen, dann drehte sie ihr den Rücken zu. »Okay, wenn du dieses Spiel spielen willst.« Sie schaute Richtung Hof, summte ein Lied und wartete. Kurz darauf spürte sie, wie sie sanft an der Schulter angestupst wurde. Anya drehte sich um und zog Chance das Halfter über.

»Ich sag's ja nicht gerne, aber wir werden unsere ganze Energie für Kates Unterrichtsstunde brauchen.«

Als sie über den Hof gingen, fragte sich Anya zum wiederholten Mal, ob die Stute in der Vergangenheit schon mal gesprungen war.

»Ich wünschte, ich würde deine ganze Lebensgeschichte kennen«, murmelte Anya und führte Chance in ihre Box. Sie begann, die Stute zu putzen, wobei sie wieder einmal das glatte Fell und die seidige Mähne bewunderte. »Du bist so wunderhübsch, dass es mir nicht langweilig wird, dich anzuschauen«, sagte sie leise und fuhr sanft mit der Bürste über Chances Nase. Das Pferd blinzelte mit seinen langen Wimpern. Anya legte die Bürste in die Putzbox zurück und holte den Sattel und das Zaumzeug der Stute aus der Sattelkammer.

Chance stellte die Ohren auf, als Anya die Zügel über ihren Hals legte und ihr vorsichtig das Zaumzeug überzog. Dann platzierte sie den weichen Sattel auf ihrem Rücken, wobei sie darauf achtete, dass sich keine Hautfalten unter dem Sattelgurt befanden.

»Braves Mädchen«, sagte sie. »So, jetzt bist du fertig. Wir können gehen.«

Als Chances Hufe auf dem betonierten Hof klapperten, schauten ein paar Pferde aus ihren Boxen heraus. Marlowe hob den Kopf und gab ein leises Wiehern von sich.

»Ob er dir wohl Glück wünscht?« Anya zog eine Strähne von Chances Stirnmähne unter dem Stirnriemen heraus. »Hoffentlich ist das überflüssig, dass dir jemand Glück wünscht!«

Auf dem Weg zum Springplatz konnte Anya schon Kate sehen, die die Hindernisse aus Bodenstangen und Cavaletti abschritt. Zu Anyas Überraschung saß Sabine auf dem Gatter.

»Hallo! Ich hoffe, es macht dir nichts aus, wenn ich zuschaue. Ich bin einfach so neugierig und würde gern Chance beim Springen zusehen«, sagte Sabine.

»Machst du Witze? Ich find's toll, dass du da bist!«, antwortete Anya und hielt Chance vor ihr an.

»Und wie lief dein Flohmarkt gestern?« Sabine schirmte mit der Hand die Sonne ab, um zu Anya hochschauen zu können.

»Das war die totale Katastrophe!«, gab Anya zu.

Immerhin hatte ihr Vater es noch geschafft, die Sachen, die ihm wichtig waren, wieder zurückzubekommen.

»Ist denn niemand gekommen?«, fragte Sabine.

»Doch«, antwortete Anya. »Aber ich hatte meinen Vater vorher nicht gefragt, was ich verkaufen darf und was nicht. Ich habe dann einige wertvollen Platten aus seiner Schallplattensammlung verkauft. Ich hatte keine Ahnung und habe elf Stück für zehn Dollar hergegeben. Der Typ wollte sie nicht zurückgeben, zumindest nicht für den gleichen Preis. Zum Schluss mussten wir mehr als hundert Dollar zahlen, um Dads Platten zurückzubekommen.«

»Oh nein! Dann hast du ja Verlust gemacht.« Sabine fühlte mit. »Das tut mir wirklich leid. Ich habe ein ganz schlechtes Gewissen, dass ich nicht vorbeigekommen bin, aber meine Eltern haben mich zu einem Besuch bei Tante und Onkel mitgeschleppt.«

»Das ist schon in Ordnung.«

Anya sagte es zwar nicht, aber es wäre ihr unangenehm gewesen, wenn Sabine in einem der dicken Autos ihrer Familie vorgefahren wäre, um in ihrer Trödelsammlung herumzukramen.

»Wäre es nicht toll, wenn wir mit Reiten Geld verdienen könnten?«, dachte Sabine laut vor sich hin. »Wir vier könnten mit unserer Quadrille auf Tournee gehen.«

»Das würde sicherlich ein paar Probleme lösen«, stimmte Anya zu. Sie nahm die Zügel auf, denn Kate winkte ihr zu, nun einzureiten.

Sabine rutschte vom Tor, um es zu öffnen. Während Anya hindurchritt, grübelte sie über die Worte ihrer Freundin nach.

Vielleicht gibt es da noch etwas, mit dem ich Geld verdienen könnte.

»Okay, lass mal sehen, was deine Stute so alles kann!«, rief Kate und zog damit Anyas volle Aufmerksamkeit auf sich.

Anya trabte mit Chance über den Reitplatz, um sie aufzuwärmen. Nachdem sie mit beiden Zügeln gearbeitet hatte, gab sie die Hilfen zum Angaloppieren und freute sich, dass Chance sofort reagierte.

»Sehr schön!«, rief Kate aus. »So langsam arbeitet sie richtig gut auf der Vorhand. Spürst du, dass sie schon viel leichter geht?«

Anya nickte. »Sie kommt langsam dahinter, dass ihre Hinterhand ganz nützlich ist.«

»Und sie wird sie noch viel nützlicher finden, wenn sie erst mal mit dem Springen anfängt«, stimmte Kate zu. »Aber vergiss nicht, dich aufs Springen einzustellen. Wir sind hier nicht bei der Dressur. Chance muss sich nach vorne strecken können, wenn sie an einen Sprung kommt. Nur weil sie dann nicht mehr am Zügel geht, muss sie trotzdem noch aus den Sprunggelenken gehen. Kopf und Nacken müssen im Gleichgewicht sein. Wenn sie dazu in der Dressurhaltung verbleibt, wäre das so, als müsstest du mit an den Körper gebundenen Armen hochspringen. Erlaube Chance von Anfang an, sich ganz natürlich zu bewegen, damit sie Spaß am Springen hat.«

Als Anya klar wurde, dass es auch an ihr lag, ob Chance gerne springen würde oder nicht, wurde sie nervös.

»Nimm dir Zeit.« Kate zeigte in Richtung des Hindernisses.

Anya galoppierte Chance um die Hindernisse herum. Bevor sie die ersten gekreuzten Stangen erreichten, wechselten sie in den Trab. Ohne zu zögern, sprang Chance über das niedrige Hindernis, trabte dann über die am Boden liegenden Stangen und segelte über das letzte Hindernis hinweg.

War das alles?, schien sie sagen zu wollen, als sie stoppte und mit dem Schweif schlug.

»Also, ich würde sagen, dass Chance schon im Springreiten ausgebildet wurde. Es kann natürlich auch sein, dass sie schnell lernt oder ein Naturtalent ist«, bemerkte Kate grinsend. »Oder alles zusammen. Aber egal. Das Training mit dir hat jedenfalls geholfen, sie im Gleichgewicht zu halten und sie von hinten nach vorne zu reiten. Möchtest du nun etwas höhere Hindernisse angehen?«

»Auf alle Fälle«, antwortete Anya.

Sie trieb Chance an und ritt mit ihr eine Acht, während Kate die Hindernisse auf sechzig Zentimeter erhöhte und einen dritten Sprung mit gekreuzten Stangen in der Mitte aufbaute.

»Tu so, als ob die Hindernisse die gleiche Höhe wie vorher hätten«, sagte Kate und wischte sich ihre schmutzigen Hände an ihren dunkelblauen Reithosen ab. »Ändere nichts. Du bist in der letzten Runde völlig richtig geritten. Es war gut, dass du ruhig gesessen bist und ihr die Möglichkeit gegeben hast, rhythmisch und im

Gleichgewicht zu gehen. Du hast die leichtesten Hände und den leichtesten Sitz, den ich je bei einem Reiter deines Ausbildungsstandes gesehen habe. Ich bin sicher, dass Chance zu schätzen weiß, wie du sie reitest.«

Anya freute sich über Kates Lob und strahlte. Sie wendete Chance und gab die Zügel auf den letzten Sprüngen vor dem Hindernis etwas nach, sodass die Stute sich strecken und Hals und Kopf senken konnte. Chance segelte über den ersten Sprung, zögerte dann aber bei der Landung, als sie das nächste Hindernis sah.

»Los, Chance! Nicht nachlassen!«, ermutigte Anya sie und schloss die Beine. Chance hatte jedoch ihren Rhythmus verloren und warf die Stange ab. Dann fing sie sich aber gleich wieder und nahm den letzten Sprung mit Leichtigkeit.

»Tja, das sieht so aus, als ob sie sich zu einer guten Allrounderin entwickeln würde«, sagte Kate.

Chance kaute auf dem Gebiss herum. »Ich glaube, sie möchte noch mal springen«, lachte Anya und klopfte Chances Hals.

»Sabine, kannst du mir bitte helfen, die Hindernisse zu verändern?«, rief Kate.

Sabine sprang vom Tor und lief über die Springbahn. Ihr blondes Haar wippte mit jedem Schritt.

»Ich weiß nicht so recht, ob ich helfen soll. Es sieht aus, als ob Chance in Kürze zu einer starken Konkurrenz für Magic wird«, witzelte sie.

Während Anya mit Chance über den Springplatz

trabte, träumte sie davon, beim Schlussspringen in Riverton eine Nullrunde zu reiten.

Als der Parcours fertig umgebaut war, ritt Anya mit Chance eine Runde, damit die Veränderungen die Stute nicht überraschen würden. Drei Hindernisse waren im Kreis aufgebaut, zwei mit gekreuzten Stangen standen nicht weit entfernt.

»Nimm das erste Hindernis im Kreis, dann reitest du geradeaus auf die gekreuzten Stangen zu. Dann drehst du, nimmst die nächsten gekreuzten Stangen und kehrst zum ersten Sprung zurück, bevor du die Runde mit den beiden Sprüngen im Kreis beendest«, erklärte Kate. »Wenn du das Gefühl hast, dass sie gestresst ist, zwing sie nicht durch den ganzen Parcours. Schau immer weit nach vorn und halte deinen Oberkörper so ruhig wie möglich!«

Anya ließ Chance in einem langsamen, rhythmischen Galopp laufen. Die Stute flog so leicht über das erste Hindernis, dass Anya den Sprung fast gar nicht mitbekam. Chance nahm die nächsten fünf Sprünge im gleichen Tempo. Als sie aus dem Parcours ritten, buckelte sie sogar ein bisschen vor Freude.

»Das hat dir Spaß gemacht, nicht wahr?«, sagte Anya und tätschelte Chances Hals. »Das machst du super! Braves Mädchen!«

»Ich denke, wir belassen es für heute dabei.« Kate kam rüber und lobte Chance. Während sie ihre Nase streichelte, sagte sie: »Es ist gut, wenn wir mit einem positiven Erlebnis aufhören können. Du solltest für den Rest der Woche bei dieser Höhe bleiben, aber wir werden die Hindernisse anders anordnen. Wenn sie weiterhin so gut springt wie heute, bauen wir nächste Woche einen richtigen Parcours für sie auf.«

Anya rutschte von Chances Rücken und umarmte sie.

»Du bist ein Star«, sagte sie und platzte beinahe vor Stolz.

»Ich kann kaum glauben, wie toll Chance gesprungen ist«, sagte Sabine, als sie Anya zum Stall begleitete.

»Sie hat uns alle überrascht«, gab Anya zu. Gerne hätte sie gewusst, wie viel von Chances Leistung auf einer früheren Ausbildung und wie viel auf ihrem natürlichen Talent beruhte.

Julia stand im Hof neben Ava, die sie für eine Privatstunde gesattelt hatte. Chloe wartete, während Julia Avas Sattelgurt überprüfte.

Anya hörte von hinten kommendes Hufgeklapper und drehte sich um. Erstaunt riss sie die Augen auf, als sie Marissa auf Zickzack vorbeireiten sah. Sie wusste, dass Marissa am Wochenende oft Privatstunden nahm, aber immer auf Biskuit, ihrem eigenen Pferd.

Warum reitet sie Zickzack?

»Biskuit lahmt«, sagte Marissa, als ob Anya die Frage laut ausgesprochen hätte, »deshalb habe ich mich für Zickzack eingetragen. Aber das war ein großer Fehler.«

Als Julia den Namen ihres Pferdes hörte, drehte sie

sich um. Auch sie schaute überrascht, als sie Marissa auf Zickzack sitzen sah.

»Ein verdammt großer Fehler«, betonte Marissa jedes Wort. »Er reagiert überhaupt nicht und ist schlecht ausgebildet. Zickzack muss das störrischste Pferd auf dem ganzen Hof sein. Ich habe keine Ahnung, wie Max, Clem und Kate auf die Idee gekommen sind, ihn als Schulpferd einzusetzen. Ich werde mich bei Diego beschweren.«

»Könnte es nicht sein, dass es an deinen mangelhaften Reitkünsten liegt?«, fragte Julia eisig.

Zickzack wieherte leise und wollte zu Julia hinüberlaufen. Marissa riss an seinem Maul. »Ich habe nicht gesagt, dass du loslaufen darfst.«

Anya zuckte zusammen, als Marissa ihren rechten Absatz in Zickzacks Seite rammte und grob am linken Zügel riss. »Hier geht's lang.«

Widerwillig ging Zickzack auf den Stall zu. Seine Ohren waren angelegt und das Weiße in seinen Augen war deutlich zu sehen.

Julia war knallrot im Gesicht, als sie sich umdrehte, um Chloe beim Aufsitzen zu helfen. Anya tauschte einen hilflosen Blick mit Sabine.

Arme Julia! Aber sie wird sich daran gewöhnen müssen, dass andere Leute ihr Pferd reiten. Nur so wird sie ihn behalten können.

Anya sah, dass Julia Chloes Bein zu früh losließ. Das kleine Mädchen schwankte und würde gleich aus dem Sattel kippen.

Anya hielt den Atem an und rief warnend: »Julia!«

Julia griff schnell zu und konnte Chloe gerade noch am Arm fassen.

»Alles okay?«

Chloe nickte.

Aus den Augenwinkeln sah Anya Keira im Eingang der Reithalle stehen und die Szene beobachten.

»Sabine, bitte tu mir einen Gefallen und führe Chloe zur Reitstunde!«, rief sie, während sie auf Julia zuging.

Mit ungutem Gefühl nahm Sabine Avas Zügel aus Julias Hand und führte die Fuchsstute zum Reitplatz. Anya umklammerte Chances Zügel, als Keira sich an Julia wandte.

»Es geht nicht, dass deine Aufmerksamkeit nachlässt und du einen Reitschüler auch nur eine Sekunde aus den Augen lässt. Wenn du hier arbeitest, musst du hundert Prozent geben.« Sie unterbrach sich und fixierte Julia. »Du siehst erschöpft aus. Ich möchte, dass du eine Pause machst und erst wieder kommst, wenn du dich wieder voll konzentrieren kannst.«

Keira drehte sich auf dem Absatz um und marschierte zum Reitplatz. Anya ging zu der niedergeschlagenen Julia.

»Ich kann es nicht fassen, dass Chloe wegen mir fast heruntergefallen ist!«

Anya drückte sie mitfühlend. »Das war der Schock, weil du Marissa auf Zickzack gesehen hast.«

Julia presste die Lippen zusammen. »Ich hätte mich

davon aber nicht ablenken lassen dürfen und Chloe gefährden.« Sie rieb mit den Händen über ihr Gesicht.

»Du siehst wirklich müde aus«, sagte Anya, als sie Julias rot geränderte Augen sah.

»Ich bin erst um eins ins Bett gekommen«, gab Julia zu. »Ich muss dieses Riesenprojekt für Geschichte fertig machen.«

»Hallo«, sagte Sabine, als sie wieder bei ihnen war. »Keira war gerade viel zu barsch zu dir. Seit sie dich eingestellt haben, hast du bis zum Umfallen geschuftet und keiner verliert darüber ein Wort. Aber in dem Moment, in dem dir nur der kleinste Fehler passiert, machen sie dich zur Schnecke.«

Julia schüttelte den Kopf. »Keira hat nur ausgesprochen, was hätte passieren können. Wenn Chloe heruntergefallen wäre und sich verletzt hätte, während ich für sie verantwortlich war, hätte das für Blue Mountain blöd ausgesehen.« Sie schüttelte wieder den Kopf. »Und weißt du was? Wenn dein Vater nicht meinen Vater rausgeschmissen hätte, bräuchten wir uns um all das keinen Kopf zu machen. Warum fällst du nicht über ihn her?«

Sabine war verletzt. »Das ist einfach nicht fair …«

»Nein, wenn ich mit dem Job hier nicht klarkomme und deshalb Zickzack hergeben muss – das ist nicht fair. Und die Schuld liegt bei niemand anderem als bei deinem Vater!«

Mit funkelnden Augen drehte sich Julia um und lief

davon. Chance warf den Kopf und ging einige Schritte rückwärts. Die Spannungen zwischen den Mädchen machte sie nervös. Anya strich Chance beruhigend über die Nase und schaute zu Sabine hinüber.

»Sicher meint Julia das nicht so. Sie ist einfach zu müde und zu aufgeregt.«

»Sie meint das genau so.« Sabine schüttelte den Kopf. »Wenn Zickzack verkauft werden muss, wird sie mich für alle Zeiten hassen. Aber ich hab's satt, dauernd den Sündenbock spielen zu müssen. Ich habe ihren Vater nicht entlassen und mein Vater hätte es auch nicht getan, wenn es nicht unbedingt notwendig gewesen wäre. Ich habe wirklich alles getan, um ihr zu helfen. Aber wenn Julia nicht aufpasst, stößt sie ihre Freunde weg, die sie jetzt am dringendsten braucht.« Wütend drehte sich Sabine um und machte sich in Richtung Stall auf.

Das ist verrückt, dachte Anya. *Julia muss unbedingt einsehen, dass sie sich selbst schadet, wenn sie so um sich schlägt.*

Im Stall hörte Anya schon einige Meter vor Zickzacks Box Julias Stimme. Anya hielt an und überlegte sich, wer wohl bei ihrer Freundin sein könnte.

»Ich wünschte, ich wäre mutig genug, eine Tasche zu packen und einfach mit dir wegzureiten.«

Julias Stimme klang heiser vor Aufregung. Anya merkte, dass Julia mit Zickzack sprach. Sie war sich nicht sicher, ob sie sich einmischen sollte.

»Du bist alles für mich, Zickzack. Und du weißt, dass ich alles für dich tun würde, aber ich kann nicht mehr. Ich versuche, gut in der Schule zu sein, bin aber so müde und ausgepowert, dass ich nicht mehr geradeaus denken kann.« Sie schluchzte. »Ich habe solche Angst, dass ich irgendeinen Blödsinn mache und dann meinen Job hier verliere oder meine Noten schlechter werden und meine Eltern mich nicht mehr hier für deinen Unterhalt arbeiten lassen. Ich brauche Ewigkeiten für meine Schulprojekte und muss an allen Ecken wieder Zeit reinholen, damit ich alles unter einen Hut bekomme. Ich weiß, dass ich momentan ungenießbar bin und ich mich gerade Sabine gegenüber schrecklich verhalten habe, aber ich kann nicht anders. Ich will dich nicht verlieren. Wenn Dad nur einen neuen Job finden würde, dann könnte ich dich behalten. Aber so wie die Dinge liegen, kann alles im nächsten Moment zu Ende sein.« Julia konnte vor lauter Weinen nicht mehr weitersprechen.

Als Anya das hörte, wollte sie zu Julia gehen und sie trösten, aber ihr war klar, dass momentan nur Zickzack sie beruhigen konnte. Traurig drehte sie sich um und ging leise weg. Sie wusste, dass sie Julia nichts übers Austeilen und Einstecken sagen musste – Julia wusste es schon.

Neuntes Kapitel

Am nächsten Tag konnte sich Anya im Unterricht kaum konzentrieren, weil sie die ganze Zeit daran denken musste, was zwischen ihren Freundinnen vorgefallen war. Selbst im Kunstunterricht war sie abgelenkt und tauchte ihren Pinsel mehrfach in die falsche Farbe.

Als sie nach Blue Mountain kam, bemühte sie sich besonders, ihren Job mit voller Konzentration zu erledigen. Sie dachte an Keiras Worte vom Tag vorher. Anstatt zuerst Chance zu begrüßen, fing Anya sofort an zu arbeiten. Sie wollte so viel wie möglich von Julias und ihrer Arbeit erledigt haben, bevor Julia kam.

Nach einer Stunde hatte sie alle Ställe ausgemistet und das Futter für den Abend vorbereitet. Sie wunderte sich, dass Julia nicht auftauchte. Dann half sie, die Pferde für die Springklasse der Erwachsenen vorzubereiten. Sie war nicht zum Reiten eingeteilt und wollte auch Chance nicht trainieren, solange niemand da war, der ihr mit dem Aufstellen der Hindernisse helfen konnte. Daher wollte sie ein bisschen an der Idee arbeiten, die ihr am Wochenende gekommen war. Sie zog den Skizzenblock aus ihrer Schultasche, nahm sich einen Eimer aus der Futterkammer und ging damit zu Zickzacks Box.

»Hallo, Zickzack, wie geht's dir, mein Süßer«, sagte sie leise und öffnete die Tür.

Zickzack blinzelte sie an, bevor er seine Aufmerksamkeit wieder seiner Heuraufe widmete. Anya stellte den Eimer in einer Boxenecke umgekehrt auf den Boden und setzte sich drauf. Den Skizzenblock legte sie auf die Knie. Mit vorsichtigen Strichen begann sie, den Wallach zu zeichnen. Sie versuchte, alles detailgetreu wiederzugeben: seine großen, sanften Augen mit dem übermütigen Funkeln, seine zottelige Stirnmähne und die Barthaare um sein Maul. Anya fügte noch seine schwarzweißen Flecken hinzu. Dann hielt sie das Bild hoch und bemühte sich, es kritisch zu betrachten. Sie hatte seine Persönlichkeit sehr gut eingefangen, aber war es so gut, dass jemand Geld dafür bezahlen würde?

Plötzlich hob Zickzack den Kopf und wieherte. Julia schob den Riegel zur Box zurück und entdeckte Anya.

»Hallo«, sagte sie überrascht, »was machst du denn hier?«

Anya drehte den Skizzenblock um und zeigte ihn ihr. Julia kam näher und nahm den Block in die Hand.

»Das ist ja perfekt getroffen«, sagte sie leise.

»Das ist für dich«, sagte Anya. »Du darfst es behalten.«

Julias Augen füllten sich mit Tränen, die sie immer wieder wegblinzeln musste.

»Ich lege es gleich in mein Schließfach«, sagte sie und rannte aus der Box.

Anya sah hinter ihr her und dachte nach: *Wäre es wohl möglich, mit den Zeichnungen so viel zu verdienen, dass ich nicht nur meine Schulden bei Dad zurückzahlen kann, sondern auch einen Beitrag zu Zickzacks Unterhalt leisten könnte? Selbst wenn ich nur ein bisschen dazuzahlen könnte, müsste Julia nicht mehr ganz so viel arbeiten und wäre nicht so müde. Vielleicht ist es einen Versuch wert?*

Anya verteilte das Abendfutter. Dann nahm sie ihren Skizzenblock und ging damit aufgeregt zum Büro. Beim Überqueren des Hofs übte sie im Geiste ihr Verkaufsgespräch mit Diego.

»Hallo, Diego«, murmelte sie. »Wie findest du meine Bilder? Und du sagst das nicht nur so? Würdest du dann deinen Worten auch Taten folgen lassen?«

Sie kicherte. Würde ihr Block im Papierkorb landen? Als sie an den Reitplätzen vorbeikam und Kate zuwinkte, die die Entfernungen zwischen den Hindernissen auf dem Springplatz abschritt, kam Anya auf andere Gedanken.

Vielleicht kann ich mit Chance nächste Woche über diese Hindernisse springen, dachte sie voller Hoffnung.

Sie ließ die Reitplätze hinter sich und ging den Weg zum Büro. Sie überlegte sich, welches ihrer Bilder sie Diego zuerst zeigen sollte. Das neueste war eins von

Chance und Ronny, die dicht beieinander im Schatten des Kastanienbaums standen. Sie blätterte durch ihre Sammlung, bis sie ein Bild von Chance fand, auf dem sie mit gespitzten Ohren über den Koppelzaun schaute und ihre ausdrucksstarken Augen vor Zufriedenheit strahlten.

Das ist es, beschloss sie.

Ihr Mund war ganz ausgetrocknet, als sie sich der Blockhütte näherte, in der das Büro des Hofmanagers untergebracht war. Sie wiederholte den Eröffnungssatz, mit dem sie Diego ansprechen wollte, da wurde plötzlich die Bürotür geöffnet. Anya zögerte, als sie den Geschäftsführer des Reiterhofs mit Julia und zwei Besuchern auf die Veranda heraustreten sah. Überrascht erkannte sie, dass es Julias Eltern waren. Mrs Michaelmore wickelte sich trotz des warmen Wetters in ihre bodenlange Strickweste.

»Vielen Dank für Ihr Verständnis«, konnte Anya noch hören.

Mr Michaelmore gab Diego die Hand, dann legte er den Arm um seine Frau. Diego kehrte wieder in sein Büro zurück. Julias Eltern schauten traurig, aber das war nichts, verglichen mit Julias aschgrauem Gesicht. Anyas Magen zog sich zusammen, als sie instinktiv erfasste, dass das Schlimmste geschehen sein musste. Julia blieb stocksteif stehen, als ihre Eltern sie umarmten und dann langsam zum Parkplatz gingen. Anya wartete, bis sie außer Sichtweite waren, dann eilte sie zu ihrer Freundin.

»Bist du okay?«

Stumm schüttelte Julia den Kopf. Tränen liefen über ihre Wangen.

»Mein Geografielehrer hat heute meine Eltern angerufen und ihnen gesagt, dass er über mein Ergebnis bei der Klassenarbeit vom Freitag beunruhigt wäre. Ich habe anscheinend nur vierzig Prozent der Fragen richtig beantwortet.«

Anya blinzelte überrascht. Obwohl Julia keine Einserschülerin wie Sabine war, hatte sie doch selten eine schlechtere Note als eine Zwei.

Julia tupfte die Augen mit einem Taschentuch, bevor sie sagte: »Meine Eltern haben meine Noten in den restlichen Fächern kontrolliert und dabei herausgefunden, das ich eine Hausarbeit in Biologie nicht rechtzeitig abgegeben habe, und jetzt haben sie entschieden …« Ihre Stimme brach ab und sie atmete stoßweise ein, bevor sie sagte: »Sie haben beschlossen, dass ich nicht gleichzeitig hier arbeiten und für die Schule lernen kann. Sie haben Diego gebeten, Zickzack zu verkaufen.«

»Nein!«, rief Anya, wobei ihr der Skizzenblock aus den Fingern glitt. »Es sollte doch nur vorübergehend sein, bis sich eine andere Lösung gefunden hätte, zum Beispiel ein neuer Job für deinen Dad.«

Oder bis ich genug Geld mit meinen Bildern verdient hätte …

Julia seufzte. »Ich habe alle Argumente vorgebracht, aber meine Eltern haben die Entscheidung getroffen und lassen sich nicht mehr davon abbringen.«

»Kannst du Zickzack nicht vollständig an die Reitschule ausleihen?«, fragte Anya verzweifelt. »Du würdest ihn dann zwar nicht mehr reiten oder pflegen können, aber er würde immerhin noch dir gehören.«

»Das wäre eine Möglichkeit gewesen, bevor Marissa sich über Zickzack beschwert hat«, sagte Julia bedrückt. »Aber da er ein junges Pferd ist, braucht er einen erfahrenen Reiter und deshalb können sie ihn nicht bei den Anfängern einsetzen. Weil bereits eine Beschwerde vorliege, sagte Diego, er könne nicht verantworten, ihn ganz zu übernehmen.«

Anya seufzte. Es war alles so unfair! Marissa hatte sich doch nur beschwert, um Unruhe zu stiften.

»Besten Dank, liebe Marissa«, sagte Anya bitter. Sie legte ihren Arm um Julia. »Was kann ich tun?«

»Nichts.« Julia hörte sich müde an. »Wir haben alles versucht, damit ich Zickzack behalten kann. Ich muss mich einfach mit der Tatsache abfinden, dass er verkauft wird.« Sie schaute auf den Boden, aber Anya sah neue Tränen. »Entschuldige, ich will die restliche Zeit mit Zickzack verbringen. Wir sehen uns später.«

Fassungslos starrte Anya ihrer Freundin hinterher. Sie konnte sich das Leben auf Blue Mountain nicht ohne Julia vorstellen. Und sie konnte sich Julia nicht ohne Zickzack vorstellen.

Das darf einfach nicht passieren, dachte sie.

Als sie sich nach ihrem Zeichenblock bückte, wurde die Bürotür wieder geöffnet.

»Anya, wolltest du zu mir?« Diego schaute ernst.

»Ähm, nein … ich meine … doch«, stammelte Anya. Sie war sich nicht sicher, ob sie noch Begeisterung fürs Geldverdienen aufbringen konnte, jetzt, wo sie Julia nicht mehr damit helfen konnte. Selbst das Reitcamp in Riverton hatte seine Anziehungskraft verloren.

»Komm rein.« Diego trat in sein Büro zurück und hielt für Anya die Tür auf.

Wie unter Schock schleppte sie sich vorwärts und setzte sich Diego gegenüber vor seinen Schreibtisch.

»Ich habe mir überlegt, ob ich nicht vielleicht meine Zeichnungen zum Verkauf anbieten könnte«, sagte sie und vergaß alle ihre vorher eingeübten Sätze, während sie ihren Zeichenblock vor Diego auf den Tisch legte.

Diego hob überrascht seine dunklen Augenbrauen, während er ihre Zeichnungen von Chance betrachtete. »Du hast die gemacht?«

Anya nickte. Diego blätterte den Skizzenblock durch und nickte, als er zwischen den Pferdebildern auch Zeichnungen von Anyas Freunden, ihrer Familie und ihrem Hund entdeckte.

»Du bist gut«, sagte er, als er damit fertig war. »Du willst Bilder von den Pferden und Ponys hier auf Blue Mountain verkaufen, richtig? Wahrscheinlich würden einige Reiter dich gerne beauftragen, sie mit ihrem Lieblingspferd zu zeichnen.«

Diego nahm ihren Vorschlag viel ernster, als Anya erwartet hatte.

»So weit hatte ich noch gar nicht gedacht«, gab sie zu, »aber ja, das wäre kein Problem.«

»Das würde es sicher werden, wenn du die Schule vernachlässigen würdest«, sagte Diego jetzt barsch. »Ich möchte nicht noch einmal erleben, dass die Pferde guten Noten im Weg stehen und die Eltern dann zu mir kommen.«

»Julia hat auf dem Hof mehr gearbeitet als ich. Und in ihrer Schule bekommt man viel mehr Hausaufgaben auf«, sagte Anya schnell und wusste dabei, dass sie gerade einen großen Teil ihrer Freizeit verplante. »Ich würde nichts annehmen, das ich nicht schaffen kann. Das schwöre ich! Außerdem habe ich daheim schon einen ganzen Stapel fertiger Bilder, die ich verkaufen kann.«

Diego blätterte noch einmal ihre Zeichnungen durch. »Du wirst sie rahmen müssen – hast du das mit einkalkuliert?«

Anya war ernüchtert. Sie konnte sich keine Rahmen für die Bilder leisten, bevor sie Geld verdient hatte.

»Ich mache dir einen Vorschlag«, sagte Diego. »Du zeichnest ein Bild von Seltzer für mich. Dafür kaufe ich dir ein halbes Dutzend preiswerte Rahmen. Dann kannst du ein paar hier im Büro aufhängen.« Er nickte zu der Wand neben der Vitrine mit den Pokalen. »Und sicher darfst du auch in der Cafeteria welche aufhängen. Wie wäre es denn mit diesen …« Er wählte eine Zeichnung von Chance, eine von Magic, wie sie gerade über ein Hindernis sprang, eine, auf dem Zickzack über das Gattertor blickte, eine von Ronnie im Galopp, eine mit einem dösenden Spider und ein Porträt von Ava.

»Das ist toll. Danke, Diego!«, sagte Anya dankbar.

Ein paar Zeichnungen seiner umwerfenden spanischen Stute hatte sie schon gemalt. Sie würde sie Diego morgen geben, beschloss sie beim Hinausgehen.

»Ich muss dich aber warnen: Wenn sich deine Geschäftsidee zur Goldmine entwickeln sollte, wollen Max, Clem und Kate sicher Prozente!«

Diego schenkte ihr ein kurzes Lächeln.

»Schön wär's!« Anya versuchte zu scherzen, doch es klappte nicht so recht.

Eigentlich müsste ich Purzelbäume schlagen vor Freude über Diego, dachte sie, aber Julias traurige Nachricht trübte alles. *Wenn Zickzack verkauft wird, wird hier nichts mehr so sein, wie es war. Gar nichts.*

Schweren Herzens holte Anya Chances Sattel- und Zaumzeug. Auf dem Weg zum Stall traf sie Sabine, die gerade mit dem Schlauch ihre Stiefel abspritzte.

»Hi«, sagte Sabine und lächelte, bis sie Anyas finstere Miene sah. »Was ist los?«

»Julias Eltern haben beschlossen, Zickzack zu verkaufen«, antwortete Anya geknickt. »Sie sagen, Julia soll sich auf die Schule konzentrieren. Sie könne nicht auf Blue Mountain arbeiten und gleichzeitig gute Noten in der Schule bekommen.«

»Oh nein, das ist ja schrecklich!« Sabine hob ihre Hände vors Gesicht.

Anya erinnerte sich an die bösen Worte, die Julia am Tag zuvor zu Sabine gesagt hatte, und beruhigte die Freundin schnell: »Sie gibt dir nicht die Schuld!«

»Wie geht's ihr?«, wollte Sabine wissen.

»Schlecht«, gab Anya zu. »Aber sie kämpft gar nicht mehr dagegen, was total untypisch für sie ist. Ich glaube, sie hat es noch gar nicht richtig begriffen.«

»Wahrscheinlich weil man ihr schon so oft gesagt hat, dass sie sich von Zickzack verabschieden muss«, sagte Sabine.

»Ich glaube aber, jetzt ist es endgültig«, seufzte Anya. »Sie ist bei Ziggy, um noch Zeit mit ihm zu verbringen.«

»Sollen wir mal nachschauen, ob alles okay ist?« Sabine wirkte unsicher.

»Ich weiß nicht.« Anya zögerte. »Ich hatte das Gefühl, sie will allein sein.«

»Vielleicht sollten wir trotzdem nachsehen«, schlug Sabine vor.

Ohne auf Anyas Zustimmung zu warten, eilte sie zu den Mietställen. Zögernd folgte Anya ihr, und ihr Unbehagen wuchs, als sie wütende Stimmen hörte.

»Macht es dir eigentlich Spaß, anderen Leuten zu schaden und ihnen weh zu tun, Marissa?« Julias Stimme kippte. »Soll jeder so unglücklich werden wie du – ist das dein Ziel?«

»Hey, nur weil deine Familie Pech hatte, muss das

nicht heißen, dass wir alle im selben Boot sitzen!«, giftete Marissa.

»Jetzt hör aber auf!«, antwortete Julia sarkastisch. »Jeder hier weiß doch, dass du verzweifelt versuchst, den Erwartungen deiner Eltern gerecht zu werden und es einfach nicht schaffst.«

Julia und Marissa standen sich vor Zickzacks Box gegenüber. Die Wut zwischen ihnen war fast greifbar.

»Leute, ich glaub nicht, dass das hier irgendwie …«, setzte Anya an.

»Verzieh dich, Anya!«, keifte Marissa, ohne Julia aus den Augen zu lassen. »Das hier hat nichts mit dir zu tun!«

Beim Klang der hohen Stimme warf Zickzack den Kopf hoch und zog sich in seine Box zurück. Zwei Boxen weiter wieherte Midnight Flight nervös.

»Du mischst dich doch immer in die Angelegenheiten anderer Leute!« Julias Augen blitzten. »Wer hat dir das Recht gegeben, dich bei Diego über Zickzack zu beschweren? Wegen dir darf er nicht auf dem Hof bleiben!«

»Gute Entscheidung!«, antwortete Marissa scharf. »Er ist nicht als Reitpferd geeignet. Niemand würde ihn reiten wollen.«

»Das ist Quatsch!«, unterbrach Sabine. »Zickzack ist super zu reiten.«

»Dein Versuch, alles wieder gutzumachen, kommt zu spät!« Julia drehte sich zu Sabine um. »Wenn du wirklich hättest helfen wollen, hättest du deinen Vater dazu gebracht, meinem Dad den Job zurückzugeben!«

Sabine wurde rot. Anya blickte bestürzt von einer Freundin zur anderen.

»Oh, jetzt schiebst du schon wieder die Schuld auf andere.« Marissa strich ihre Haare zurück. »Überleg mal, Julia, ist es mein Fehler, dass Zickzack gehen muss, oder Sabines? Oder ...«, sie lächelte fies, »könnte es vielleicht sein, dass dein Vater schuld ist, weil er einfach nicht gut genug war für seinen Job?«

Mit klopfendem Herzen stellte sich Anya zwischen die beiden. In dem Moment kam Mark den Gang entlanggeeilt.

»Was ist denn hier los? Man hört euch ja auf dem ganzen Hof. Ihr macht die Pferde nervös!«

Julia beachtete ihn gar nicht. »Du verlierst Magic ja nicht. Was auch passiert, dein Vater wird dafür sorgen, dass es dir an nichts fehlen wird.«

Sabine schüttelte ihren Kopf. »Ich würde alles dafür tun, dass Zickzack nicht verkauft wird! Und das weißt du genau!«

»Mann, Julia, weißt du nicht, wann du aufhören musst?« Marissa legte den Arm um Sabine. »Es ist nicht Sabines Schuld, dass das passiert ist!«

Julia war leichenblass geworden. Anya fühlte sich schrecklich, denn sie wusste ganz genau, dass Julia in Wirklichkeit große Angst hatte, Sabines Freundschaft zu verlieren.

Wie konnte es nur so weit kommen?, dachte sie hilflos.

Mit einer schnellen Bewegung öffnete Julia die Box und streifte dem Wallach das Zaumzeug über. Mit der einen Hand griff sie in seine Mähne, mit der anderen hielt sie sich am Widerrist fest und schwang sich auf Zickzacks breiten Rücken. Die anderen wichen zurück, als Julia unter lautem Hufgeklapper aus der Box kam und die Stallgasse entlangtrabte. In der Box gegenüber schlug Jetstream aufgebracht gegen seine Tür und reagierte damit auf die ganze Aufregung.

Nach einigen Augenblicken sprach Marissa in die geschockte Stille. »Hm. Eine echte Drama-Queen!«

»Halt die Klappe, Marissa!« Mark klang ungehalten. »Du warst keine große Hilfe!«

»Oh, entschuldige, dass ich atme!« Marissa warf den Kopf zurück und stolzierte die Stallgasse entlang.

Anya legte den Arm um Sabine. »Julia ist wegen des ganzen Ärgers und ihres Schmerzes ausgetickt.«

»Schon okay.« Sabine schniefte. »Versuch gar nicht erst, es zu beschönigen. Alles bricht auseinander. Und Julia wird mich bis ans Ende ihrer Tage hassen, es sei denn, mein Dad gibt Mr Michaelmore seinen Job zurück.«

Zehntes Kapitel

Am Nachmittag des nächsten Tages brachte Anya ihre Mappe mit den Zeichnungen von Seltzer mit nach Blue Mountain. Trinity hatte begonnen, die Pferde tagsüber statt abends auf die Koppel zu lassen, und Anya sah, wie sich Zickzack und Magic gegenseitig die Mähnen kraulten. Zickzacks bunte Mähne wippte, während er mit seinen Zähnen an Magics Mähne knabberte.

Wenigstens lassen sich die Pferde nicht vom Streit zwischen ihren Besitzern anstecken, dachte Anya und blieb stehen, um die beiden zu beobachten.

In einem Anfall von Übermut galoppierte Zickzack über die Koppel und bockte ein bisschen, als er an Marlowe, Caesar und Spider vorbeikam. Anya verfolgte seine wilde Jagd und bemerkte weiter oben am Ende der Einfahrt einen Mann in einem schwarzen T-Shirt und einem khakifarbenen Anzug, der den Schecken ebenfalls genau beobachtete. Als Zickzack anhielt und den Kopf senkte, um zu grasen, hob der Mann eine Kamera und machte ein paar Fotos.

Anya runzelte die Stirn. Warum machte der Fotos von Zickzack? Als ihr aufging, dass dies wahrscheinlich der Fotograf einer Zeitschrift war, in der Zickzack zum Kauf angeboten werden sollte, wurde sie traurig.

Stockmaß 150 Zentimeter, vierjähriger gescheckter Wallach. Guter Charakter mit viel Potenzial. Aus persönlichen Gründen abzugeben.

So oder so ähnlich würde wohl die Anzeige für Zickzack aussehen. Sie fragte sich, ob Julia es ertragen würde, wenn Leute kämen, um den Wallach zur Probe zu reiten.

Diego war nicht im Büro. Deswegen nahm Anya die Zeichnungen von Seltzer aus der Mappe und legte sie auf seinen Schreibtisch. Als sie wieder gehen wollte, bemerkte sie überrascht, dass Diego die anderen sechs Zeichnungen bereits gerahmt und aufgehängt hatte.

So sehen sie echt gut aus, dachte Anya, bemerkte dann aber erschrocken die Preisschildchen, die Diego auf die Rahmen geschrieben hatte.

Fünfzehn Dollar! Würde jemand so viel Geld für ihre Zeichnungen ausgeben? Sie runzelte die Stirn und verließ das Büro. *Sollte ich Diego bitten, die Preise zu senken*?

»Hi, Anya!«, rief Dominik, doch sie grüßte nicht zurück. »Was ist los? Heute scheint jeder schlecht drauf zu sein. Da brauche ich erst mal einen Zuckerschock aus der Cafeteria. Maeves Double-Chocolate-Brownies – lecker!« Er schmatzte übertrieben laut.

Anya zwang sich zu einem Lächeln, aber je näher sie zu den Ställen kam, desto unwohler fühlte sie sich.

Wir sollten eigentlich alle an einem Strang ziehen und nicht gegeneinander sein.

Julia fegte den Hof. Anya freute sich, als sie sah, dass Sabine und Mark dabei halfen. Vielleicht kommen sie wieder miteinander klar.

»Hi Leute«, sagte sie und bemühte sich, fröhlich zu klingen, als ob es den gestrigen Streit nicht gegeben hätte. »Gebt mir eine Sekunde, dann schnapp ich mir auch einen Besen.«

»Wir sehen wie Mitglieder eines Hexenzirkels aus, nicht wie Reiter.« Mark schwang ein Bein über seinen Besen. »Nur tragen wir die falschen Hüte.«

»Hier gibt's nur eine Hexe«, sagte Julia, sodass Marissa, die gerade mit Jake über den Hof ging, es hören musste. Marissa betrachtete sie voller Abneigung.

»Du hast da was vergessen.« Sie deutete auf ein paar Strohhalme auf dem Boden. »Du willst doch nicht wegen Schlampigkeit gefeuert werden, noch bevor Zickzack verkauft ist, oder? Am Ende hättest du noch Schulden, die du niemals bezahlen könntest.«

»Hör auf, Marissa!«, sagte jetzt Jake. Er schaute Julia entschuldigend an. »Wir kommen zu spät zur Reitstunde.« Er zögerte. »Es tut mir leid wegen Zickzack«, fügte er verlegen hinzu. »Das muss wirklich sehr hart für dich sein.«

»Na ja, zumindest kann sie von diesem Fotografen

ein paar schöne Erinnerungsfotos kriegen«, sagte Marissa mit einem falschen Lächeln. »So kann sie sich immer an Zickzack erinnern.«

Sobald Marissa im Stall verschwunden war, fragte Julia: »Was hat sie gemeint? Welcher Fotograf?«

»Da war vorher ein Typ hier, der Fotos von Zickzack gemacht hat«, erzählte ihr Anya. »Weißt du nichts davon?«

Julia runzelte die Stirn. »Warum sollte jemand Fotos von ihm machen?« Sie zog scharf die Luft ein. »Ihr glaubt doch nicht, dass er ins Visier von professionellen Pferdedieben geraten ist? Was, wenn die sich Ziggy ausgesucht haben?« Ihre Stimme wurde höher, je aufgeregter sie wurde.

»Ich glaube nicht, dass ein Dieb am helllichten Tag Fotos machen würde«, sagte Sabine zweifelnd.

»Warum nicht?« Julia sah sich panisch um. »Kriminelle sind keine Vampire. Die tauchen nicht nur nachts auf.« Sie ließ ihren Besen fallen. »Ich muss sofort nach Ziggy sehen.«

Anya tauschte besorgte Blicke mit Sabine und Mark, als Julia davonstürmte.

»Sie ist nicht mehr sie selbst«, sagte Anya beunruhigt.

»Los, kommt, wir gehen ihr besser nach«, sagte Mark. »Wahrscheinlich hat dieser Fotograf was mit Ziggys Verkauf zu tun, aber wir überprüfen das mal.«

Anya nickte. Sie wählten den Weg zwischen den Reitbahnen und nahmen die Abkürzung Richtung Einfahrt.

Dort fanden sie Julia, die hinter einem silbernen Jeep herstarrte.

»Ich habe ihn nicht mehr erwischt, mir aber sein Kennzeichen gemerkt«, sagte sie, als die anderen zu ihr kamen. »Aber ich werde die Polizei rufen.« Sie fischte ihr Handy aus ihrer Tasche.

»Du kannst die Polizei nicht rufen!«, rief Sabine aus. »Du weißt doch gar nichts über ihn!«

»Er hat ohne meine Erlaubnis Fotos von meinem Pferd gemacht«, antwortete Julia störrisch.

»Ähm, Julia, soweit ich weiß, steht darauf nicht die Todesstrafe«, sagte Mark und fuhr sich durch die Haare. »Glaubst du nicht, es ist logischer, dass dieser Mann, wer er auch ist, von Ziggys Verkauf gehört hat und ihn sich mal anschauen wollte?«

Eine Ader pochte an Julias Schläfe, als sie einige Schritte zurücktrat.

»Das ist überhaupt nicht logisch, wenn man bedenkt, dass meine Eltern erst gestern beschlossen haben, Ziggy zu verkaufen.«

»Vielleicht kennt Diego jemanden, der ein Pferd sucht, und hat ihn angerufen.« Anya versuchte, Julia zu beruhigen.

»Nein, das hätte er mir gesagt.« Julia schüttelte den Kopf.

Sie ist einfach total stur, stellte Anya fest.

Sie biss sich auf die Unterlippe, weil sie unsicher war, ob es etwas bringen würde, Julia von ihrem Standpunkt zu überzeugen. Sabine war offensichtlich zum selben Schluss gekommen.

»Schau, lass uns das einfach vergessen.«

»Vergessen?«, fragte Julia ungläubig. »Vergessen, dass Zickzack zum Verkauf steht?«

»Ich dachte, du glaubst, dass Pferdediebe hinter ihm her sind.« Mark war am Rand der Verzweiflung. »Was denn jetzt?«

»Hört auf!«, brüllte Anya plötzlich. »Hört euch doch mal zu! Was geht denn hier ab? Wir haben bisher immer zusammengehalten, wenn etwas Schlimmes passiert ist, und jetzt schaut uns an!«

Total frustriert drehte sie sich um und ging zurück zum Stall. Genervt erledigte Anya ihre Stallaufgaben. Weil sie ihre schlechte Laune nicht an Chance auslassen wollte, entschied sie sich gegen ein Training mit ihr und nahm den frühen Bus nach Hause.

»Hallo, Schatz, du bist heute aber früh zurück.« Mr Hart öffnete die Tür, bevor Anya ihren Schlüssel benutzen konnte.

»Ich wollte heute noch ein bisschen zeichnen«, antwortete Anya. »Ich habe meine Hausaufgaben schon in der Freistunde in der Schule gemacht.«

»Okay«, sagte Mr Hart. »Warte mal kurz.« Er ging ins Treppenhaus und holte eine schwarze Plastiktüte, die am Geländer hing. »Hier«, sagte er, »das ist für dich.«

»Ein Geschenk für mich?«

»Ich bin sehr stolz darauf, wie hart du arbeitest, um Geld für Riverton dazuzuverdienen«, erklärte ihr Vater. »Ich wollte dir einfach nur eine kleine Belohnung schenken.«

Riverton?

Anya hielt einen Moment inne. Bei all dem, was gerade auf Blue Mountain passierte, hatte sie gar nicht mehr an das Reitcamp gedacht. Anya griff in die Tüte und zog eine schmale Metallbox und einen Zeichenblock hervor.

»Aquarellfarben! Du hast mir Aquarellfarben und Aquarellpapier gekauft!«

Sie umarmte ihren Vater.

»Du hast noch eine Stunde vor dem Abendessen, wenn du sie ausprobieren willst«, lächelte Mr Hart.

Anya rannte hoch in ihr Zimmer und nahm dabei zwei Stufen auf einmal. Sie setzte sich an ihren Schreibtisch, der direkt unter dem Fenster stand, das viel natürliches Licht hereinließ.

In der nächsten Stunde malte Anya ihr Lieblingsmotiv von Chance als Aquarell. Während sie Farben mischte und die mit kraftvollen Strichen auf das Papier brachte, schob sie den Ärger und die Sorgen wegen ihrer Freunde in den hintersten Winkel ihrer Gedanken.

Vielleicht kann ich auch einige Aquarelle verkaufen, nicht nur die Zeichnungen, überlegte sie. *Es wäre einfach Wahnsinn, wenn ich Dad das Flohmarkt-Geld zu-*

rückzahlen könnte und gleichzeitig noch mehr in den Topf für Riverton legen könnte.

Während Anya ihr Bild zum Trocknen weglegte, wurde ihr bewusst, wie schnell sich alles ändern konnte. Sie fragte sich, ob sie ihre Freunde anrufen und versuchen sollte, zwischen ihnen zu vermitteln.

Ich warte eine Weile, bis sich alle wieder beruhigt haben, beschloss sie. *Julia hat mit ihrem Verhalten die Grenze überschritten, aber wahrscheinlich braucht sie einfach nur Ruhe.*

Am nächsten Nachmittag war keiner ihrer Freunde auf dem Hof. Julia war mit Ziggy ausgeritten. Auf dem Zettel, den sie am Schwarzen Brett in der Sattelkammer zurückgelassen hatte, stand, dass sie ihre Stallarbeit später erledigen würde. Weder Mark noch Sabine waren irgendwo zu sehen. Anya machte ihren und Julias Teil der Arbeit. Als sie damit fertig war, führte sie Chance auf die Koppel, damit sie die Nacht über draußen bleiben konnte.

»Tut mir leid, dass ich dich die letzten Tage vernachlässigt habe«, sagte sie und nahm Chance das Halfter ab. »Morgen machen wir ein bisschen Bodenarbeit, versprochen!«

Chance stupste leicht gegen Anyas Schulter und legte ihren Kopf kurz auf, als ob sie sagen wollte, dass sie alles verstehe.

»Danke«, murmelte Anya und streichelte über Chances Nase. Einen Moment später trabte die Stute zu den anderen Pferden, die auf der Koppel grasten. Ronnie hob seinen Kopf und begrüßte sie mit einem tiefen Wiehern. Als Anya diese Szene beobachtete, wünschte sie sich, die Beziehungen zwischen Menschen wären genauso unkompliziert.

Auf der Heimfahrt im Bus plante Anya ihr nächstes Aquarell. Sie wollte für ihren Vater ein Bild von Ollie und Toby malen. Damit wollte sie ihren Fehler beim Flohmarkt wiedergutmachen. Außerdem konnte sie ihrem Dad so zeigen, wie sehr sie sich über die Farben freute.

Zu Hause sah sie ins Wohnzimmer, wo Ollie und Toby vor dem Fernseher saßen.

»Jungs«, flüsterte sie, »kommt mal in mein Zimmer!«

»Können wir nicht noch diese Sendung zu Ende schauen?«, fragte Toby. »Sie dauert nur noch ein paar Minuten.«

»In Ordnung, kommt dann nach oben«, sagte Anya und ging in ihr Zimmer. Sie holte ihre Farben und befestigte gerade das Aquarellpapier auf ihrem Schreibtisch, als ihre Brüder mit lautem Fußgetrappel hereinstürmten.

»Was ist los?«, fragte Ollie.

»Ich möchte eine Zeichnung von euch beiden machen – als Geschenk für Dad«, erklärte ihm Anya.

»Klasse«, sagte Toby begeistert.

»Wie lange wird das dauern?« Ollie war kritischer.

»Schon eine ganze Weile«, gab Anya zu.

Auf dem Hof konnte sie Diegos Kamera benutzen, um Fotos von den Pferden zu machen, doch ohne den Apparat musste sie ihre Motive die ganze Zeit vor sich haben.

»Warte, ich habe eine Idee.« Bevor Anya ihn aufhalten konnte, war Ollie aus dem Zimmer geeilt.

»Glaubst du, er kommt zurück?«, fragte Toby, nachdem fünf Minuten verstrichen waren. »Oder meinst du, er hat sich aus dem Staub gemacht?«

»Warum sollte er sich aus dem Staub machen?« Anya setzte sich auf ihr Bett.

»Weil er denkt, dass das hier langweilig ist«, grinste Toby.

»Frechdachs!« Sie tat so, als sei sie sauer, und warf ein Kissen nach ihrem kleinen Bruder. Der duckte sich, schnappte das Kissen und warf es zurück.

»Hoffnungslos!«, rief Anya, als es sein Ziel weit verfehlte und neben ihrem Schreibtisch landete. Ollie kam herein, bevor das Ganze in eine richtige Kissenschlacht ausartete.

»Ich habe mir die Kamera von Mrs Humphries von nebenan geborgt«, erklärte er und hielt einen silbernen Apparat in die Höhe. »Wir können den Selbstauslöser einstellen und uns dann alle drei fotografieren. Mrs Humphries wird das Bild für dich ausdrucken. Und dann kannst du dir so viel Zeit zum Malen lassen, wie du willst, ohne dass Tobs und ich hier für dich Modell stehen müssen – und vor Langeweile sterben.«

»Das ist eine brillante Idee«; lächelte Anya. »Danke, Ollie!«

Ollie stellte den Selbstauslöser ein und eilte zu Anya, die im Sessel in der Zimmerecke saß. Toby setzte sich auf die eine Lehne und Ollie platzierte sich auf die andere, wobei er einen Arm um seine Schwester legte.

»Cheese!«, riefen sie im Chor, bis der Blitz wieder erloschen war.

»Gut, ich bringe die Kamera zurück und lasse mir gleich den Ausdruck machen«, sagte Ollie und nahm die Kamera von der Kommode.

»Was würde ich nur ohne meine genialen Brüder tun?«, fragte Anya dankbar.

»Tja, ich weiß, was Toby und ich tun würden«, grinste Ollie. »Statuen spielen für die nächsten paar Stunden!«

Er verließ das Zimmer und kam kurz darauf mit dem Ausdruck zurück.

Zuerst zeichnete Anya mit dem Bleistift ihre Pose so genau nach, dass sie einen Krampf in der Hand bekam. Sie beschloss, eine kurze Pause zu machen, und ging hinunter, um sich etwas zu trinken zu holen. Dort mischte ihr Vater gerade Trocken- und Dosenfutter in Lucys Fressnapf. Lucy wedelte mit dem Schwanz, als Anya sie streichelte, ließ ihren Napf aber keinen Moment aus den Augen.

»Hast du Freude an den Aquarellfarben?«, fragte Mr Hart.

»Total, vielen Dank!«, sagte Anya begeistert. »Für

den Fall, dass sich meine Zeichnungen verkaufen lassen, werde ich auch die Aquarelle anbieten, dann ist die Auswahl größer.«

»Du klingst ja wie eine richtige Unternehmerin«, lächelte ihr Vater und stellte Lucys Napf auf den Fliesenboden. »Und ich glaube, ich habe noch was, das deine Geschäftspläne unterstützt.«

»Dad, noch so ein Geschenk kannst du dir doch gar nicht leisten!«, protestierte Anya.

»Oh, mach dir keine Sorgen. Das hat mich gar nichts gekostet«, erklärte ihr Vater. »Obwohl ich mich wundere, dass du sie neulich in der Garage nicht schon entdeckt hast.«

Verblüfft sah Anya zu, wie ihr Vater unter den Küchentisch griff und einen abgenutzten Pappkarton hervorzog.

»Ganz offensichtlich dachtest du nicht, dass du die hier verkaufen könntest – ganz im Gegensatz zu anderen Dingen, die wir hier nicht mehr erwähnen wollen«, neckte Mr Hart seine Tochter.

Anya wickelte einen rechteckigen Gegenstand aus und freute sich, als das Zeitungspapier mehrere Bilderrahmen aus Walnussholz mit billigen Drucken darin freigab.

»Die Drucke sind wertlos«, erklärte ihr Vater. »Einfach ein paar billige Bilder, die deine Mum und ich in den ersten Jahren unserer Ehe gekauft haben. Nimm sie raus und benutze die Rahmen für deine Aquarelle. Ich bin sicher, dass Mum auch lieber deine Bilder darin sehen würde.«

In der Schachtel befanden sich mindestens dreizehn Bilderrahmen. Anya drehte sich um und umarmte ihren Vater.

»Das ist so toll, Daddy. Tausend Dank. Und wo wir gerade von Tausendern reden: Ich werde auf jeden Fall an dich denken, wenn ich meine ersten verdient habe!«

Am nächsten Tag brachte Anya ihr gerahmtes Aquarell von Chance mit auf den Blue Mountain Reiterhof.

»Gefallen sie dir?«, fragte Diego und nickte in Richtung ihrer Bilder. Eine Zeichnung seines Pferdes Seltzer hatte er an die Wand über seinem Schreibtisch aufgehängt, ein Stück weg von den anderen.

Anya nickte. »Ich hoffe nur, dass sie anderen Leuten auch gefallen.« Sie zögerte. »Findest du nicht, dass fünfzehn Dollar ein bisschen viel sind?«

»Warum wartest du nicht einfach ab, ob jemand sie kauft, bevor du den Preis niedriger machst?«, schlug Diego vor.

»Okay.« Anya war nicht überzeugt, aber Diego hatte so viel getan, um ihr zu helfen, dass sie sein Urteilsvermögen nicht infrage stellen wollte. Sie streckte ihm das Aquarell von Chance hin. »Kannst du das hier bitte zu den anderen hängen?«

Diego nahm es. »Willst du das nicht für dich selbst behalten?«

»Die Wände in meinem Zimmer sind schon voller Bilder«, lachte Anya, »aber das ist das erste Aquarell, das ich gemalt habe.« Sie drehte sich um und zögerte. »Ähm, Diego … Hast du eigentlich jemandem erzählt, dass Zickzack zu verkaufen ist?«

Diego schüttelte den Kopf. »Nein, ich schicke ihn am Ende des Monats zu einer Auktion – so hat Julia nicht den Stress mit den potenziellen Käufern. Und ihre Eltern können sich darauf verlassen, dass er auch verkauft wird.«

Merkwürdig, dachte Anya. *Wer war dann dieser Mann, der Zickzack beobachtet hat*?

Ein trauriger Ausdruck huschte über Anyas Gesicht. Diego hatte Anyas Zögern bemerkt.

»Die Auktion hat einen ausgezeichneten Ruf und Zickzack wird ganz sicher ein gutes Zuhause bekommen.«

»Er hat schon eins«, sagte Anya traurig, als sie das Büro verließ. Sie machte sich auf die Suche nach Julia und den anderen, fest entschlossen, alle wieder zu versöhnen. Julia brauchte jetzt jeden ihrer Freunde zu ihrer Unterstützung.

Keira öffnete gerade das Tor zum Springplatz für ihre Reitschüler, als Anya zu ihr lief.

»Hast du Julia irgendwo gesehen?«

»Sie hat Zickzack vor etwa einer Stunde zur Koppel runtergebracht«, sagte ihr Keira. »Fersen nach unten, Molly!«, rief sie einem jungen Mädchen zu, das gerade auf Ava vorbeiritt. »Ich glaube, sie ist noch nicht zurückgekommen«, fügte sie hinzu.

»Danke«, sagte Anya und ging davon, um nachzusehen, ob Julia immer noch bei Ziggy war. Sie nahm den Pfad hinunter zur Koppel. In der Ferne sah sie Julia, Sabine und Mark am Tor zur zweiten Koppel stehen.

Also hatten es ihre Freunde geschafft, sich ohne ihre Hilfe zu versöhnen! Das war gut.

Sie überquerte die obere Koppel und gesellte sich zu der kleinen Gruppe.

»Hi, Leute«, sagte sie und forschte in deren Gesichtern nach Anzeichen für Spannungen.

Keiner grüßte zurück. Sie starrten alle zum Zaun. Anya folgte ihren Blicken und sah, dass der Fotograf wieder da war. Zickzack graste neben Magic. Wenige Meter entfernt stand der dunkelhaarige Mann und sprach in sein Handy. Dabei beobachtete er Zickzack die ganze Zeit und schien jemandem am anderen Ende der Leitung den Schecken zu beschreiben.

»Warum ist er schon wieder da?«, fragte Julia. »Wollt ihr mir immer noch erzählen, dass hier nichts Verdächtiges vor sich geht?«

Ein unbehagliches Gefühl beschlich Anya.

»Ich habe Diego gefragt, ob er jemandem von Ziggys Verkauf erzählt hat, und er sagte Nein«, erzählte sie ihnen.

»Und selbst wenn dieser Mann gehört hätte, dass Zickzack zum Verkauf steht und ihn sich mal über den

Zaun ansehen wollte, hätte doch ein seriöser Käufer einen Termin ausgemacht«, sagte Mark.

»Sieht so aus, als hättest du recht gehabt, Julia«, gab Sabine zu. »Ich kann mir keinen anderen Grund vorstellen, warum ein Fremder vorbeikommen und sich ein einzelnes Pferd anschauen sollte.«

»Genau!« Julias Augen verengten sich zu Schlitzen. »Ich gehe einfach hin und frage ihn, was er für ein Spiel spielt.«

Elftes Kapitel

»Das kannst du nicht machen!« Mark griff nach Julias Arm.

»Dann pass mal auf!«, antwortete Julia grimmig.

»Wenn er vorhat, Zickzack zu stehlen, glaubst du ernsthaft, dass er dir das sagen wird?«, gab Mark zu bedenken. »Du erreichst damit nur, dass er vorgewarnt ist.«

»Also, was soll ich tun – einfach abwarten, bis Zickzack von der Weide verschwunden ist?«, erwiderte Julia scharf.

»Warte, ich hole schnell mein Fahrrad und folge ihm«, erklärte ihr Mark. »Ich finde heraus, wohin er verschwindet, und falls Zickzack gestohlen wird, wissen wir, wo er ist.«

»Das würdest du für mich tun?« Julia zwinkerte überrascht. Sie biss sich auf die Unterlippe. »Wenn er dich sieht, könnte er böse werden.«

»Ich bin vorsichtig«, versprach Mark.

Sie eilten über die Koppeln, kletterten über das

Tor und rannten zu den Fahrradständern neben dem Büro. Beim Anblick der Reihe von Rädern hatte Anya eine spontane Idee. Sie schlich schnell ins Büro und schnappte sich einen Post-it-Block. »Notfall – hab mir dein Fahrrad geliehen, brings so schnell wie möglich zurück«, kritzelte sie drauf, bevor sie wieder nach draußen eilte und den Zettel an den Fahrradständer klebte. Schnell zog sie Clems Rad hervor.

»Ich komme mit dir«, erklärte sie Mark und schwang sich aufs Rad.

»Der Zettel gilt auch für mich«, sagte Julia und griff nach dem Lenker von Kates Rad.

»Für mich auch«, sagte Sabine und nahm Dominiks Rennrad.

Sie radelten den Weg entlang, der zum Parkplatz führte, und immer schneller die Einfahrt hinunter.

»Er fährt weg!«, rief Julia.

Der silberne Jeep fuhr langsam vom Grünstreifen gegenüber der Stelle, von wo der Mann telefoniert hatte.

»Ich verfolge ihn«, schrie Mark und gab noch mehr Gas.

Am Ende der Einfahrt bog der Jeep rechts ab. Julia und Mark blieben direkt hinter ihm. Sabine und Anya fielen jedoch zurück, weil sie warten mussten, bis zwei Autos vorbeigefahren waren.

Wir können nicht an ihm dranbleiben. Mit den Rädern sind wir viel zu langsam, dachte Anya bestürzt, als der Jeep beschleunigte.

Weiter vorne wurde die Ampel rot, wodurch sie wieder aufschließen konnten. Bei der zweiten Ampel bog der Jeep nach rechts in die Hauptstraße ein. Während sie an den Geschäften vorbeiradelten, betete Anya, dass der Jeep am Ende der Straße nicht nach links auf die Schnellstraße einbiegen würde. Geradeaus war ein Wohngebiet und rechts ging es über schmale Feldwege, auf denen der Jeep langsamer fahren musste. Erleichterung überkam sie, als sie den Jeep rechts blinken sah.

»Alles klar?«, rief sie über ihre Schulter zu Sabine, die ein bisschen hinter ihr war.

»Euer Tempo ist mir zu schnell«, schrie Sabine zurück. »Ich versuche mitzuhalten, aber wartet nicht auf mich.«

Anya schaltete in einen niedrigeren Gang, als der Weg steiler wurde. Sabine fiel weiter zurück. An der Spitze trat Mark kraftvoll in die Pedale, während er die Hügelkuppe erklomm und dann aus ihrem Blickfeld verschwand.

»Ich hoffe, er behält den Jeep im Auge«, keuchte Julia.

Als sie das Ende des Aufstiegs erreichte, konnte Anya Mark sehen, der den Hügel schon wieder hinabraste, kurz bevor der Jeep in einer Kurve verschwand.

»Los, Mark, los!«, schrie sie. Ihre Oberschenkelmuskeln schmerzten, weil sie so wild in die Pedale trat.

Während der Wind ihr Haar nach hinten blies, musste sie etwas langsamer werden, um nicht aus der Kurve zu fliegen. Erleichtert sah sie, dass der Jeep in einer Einfahrt hielt. Sie und Julia stoppten neben Mark, der ein Holzschild anstarrte, das seitlich neben der Einfahrt angebracht war.

»Harrys Qualitätspferdefutter«, japste Anya die Wörter hervor.

»Vielleicht will er Zickzacks Futter auch stehlen?«, sagte Mark trocken. »Da stimmt doch was nicht. Wozu sollte ein Hersteller von Pferdefutter ein Pferd stehlen wollen?«

»Vielleicht ist er dort nur zu Besuch«, schlug Julia vor, während sie versuchte, wieder zu Atem zu kommen.

Mark schüttete den Kopf. »Auf seinem Rückfenster ist ein Aufkleber, auf dem ›Harrys Qualitätspferdefutter‹ steht, deshalb glaube ich nicht, dass er ein Kunde ist. Aber wir können ja warten, ob er wieder rauskommt.«

Mark zuckte mit den Schultern, als Sabine angeradelt kam.

»Ich glaube nicht, dass er ein Pferdedieb ist, und wir wissen, dass er kein potenzieller Käufer ist.«

»Was will er dann mit Zickzack?« Julia starrte die Kieseleinfahrt hinauf. »Und wie können wir das herausfinden?«

Zwei Tage später waren sie der Antwort noch keinen Schritt näher, aber Anya hatte auf dem Weg zum Hof andere Dinge im Kopf. Kate wollte bei der Bodenarbeit mit Chance zuschauen, um zu sehen, ob die Stute schon bereit für einen längeren Parcours mit Hindernissen wäre. Es war Samstag und Anya war schon früh auf dem Hof, sodass sie ihre Stallarbeit vor der Stunde mit Kate erledigen konnte.

Julia kam, als Anya gerade die Pferde, die heute nicht bewegt würden, nach draußen auf die Koppeln brachte.

»Kannst du Earl und Wagner nehmen?«, fragte sie über das Hufgetrappel von Phoenix und Marlowe.

»Klar, ich schau nur noch kurz nach Zickzack«, erwiderte Julia.

»Ich habe schon nachgeschaut. Er ist immer noch in der Box«, erklärte ihr Anya, obwohl es bei den Sicherheitsmaßnahmen auf dem Hof ohnehin nicht einfach wäre, ein Pferd zu stehlen. Außerdem hatte sie zwei Tage nach ihrer Jagd auf den geheimnisvollen Mann das Gefühl, dass ihre Befürchtungen ziemlich dumm gewesen waren.

Am Koppeltor nahm Anya den Braunen die Halfter ab und ging dann zurück, um auszumisten. Der Himmel sah unheilvoll grau aus und sie warf einen ängstlichen Blick auf die dicken Wolken.

»Mach dir keine Sorgen, der Wetterdienst sagt, dass es später wieder aufklart!«, rief Trinity, als sie die Türen zur Reithalle aufstieß.

»Ich reite um zehn«, sagte Anya.

»Ach, ich wette, bis dahin scheint die Sonne«, sagte Trinity fröhlich.

Mit einer Schubkarre voller Sägespäne ging Anya

in den Stall. Julia begleitete sie, und während sie die feuchte Einstreu entfernten, sagte sie: »Glaubst du, dass Diego mich an den Wochenenden noch aushelfen lässt, wenn Zickzack verkauft ist? Ich weiß, dass ich niemals die ganzen Stunden abarbeiten könnte, die nötig wären, um Ziggys Lebensunterhalt zu verdienen, aber ich kann mir nicht vorstellen, gar nicht mehr auf dem Hof zu sein, wenn er erst mal weg ist.«

»Das macht er bestimmt.«

Anya fühlte Mitleid für ihre Freundin. Sie versuchte, so tapfer zu sein, obwohl man ihr das geliebte Pferd nehmen würde. Sie misteten die restlichen Boxen schweigend aus, bevor sie die Geräte wegbrachten.

»Ich reite mit Zickzack aus«, sagte Julia beim Händewaschen in der Sattelkammer. »Wir sehen uns beim Mittagessen in der Cafeteria.«

»Viel Spaß.« Anya hob Chances Zaumzeug vom Regal.

»Dir auch. Ich drücke dir die Daumen, dass bei deiner Stunde mit Chance alles gut läuft«, erwiderte Julia.

Auf dem Weg zu Chances Box fragte sich Anya, was Kate wohl vom Auftritt der Stute halten würde. Chance war zuverlässig über die Stangen gegangen, die sie ihr an den vergangenen Nachmittagen hingelegt hatte, und Anya war sehr stolz auf sie.

»Vielleicht reiten wir heute unseren ersten richtigen Parcours«, erzählte sie Chance, als sie die Box betrat. »Was hältst du davon, hm?« Chance kaute weiter ruhig auf ihrem Heu herum, als wäre heute Entspannung angesagt.

»Ich hab Neuigkeiten für dich«, lächelte Anya und begann, die Stute zu striegeln, die sich zweifellos auf dem Boden gewälzt hatte. »Ich schwöre dir, auf der Weide gibt es kein bisschen Staub oder Dreck mehr, denn es hängt alles in deinem Fell!«, grummelte sie, während sie versuchte, den hartnäckigen Schmutzfleck auf Chances Hinterhand zu entfernen. Als Chances Fell wieder glänzte und ihre Hufe ausgekratzt waren, zäumte Anya sie auf. »Jetzt bin ich dran«, sagte Anya, stülpte sich den Reithelm auf und zog die Schutzweste über. Nachdem sie Chances Sattelgurt ein letztes Mal überprüft hatte, griff sie nach den Zügeln. »Auf geht's«, sagte sie und drückte einen Kuss auf Chances Nase.

Friedlich klapperte Chance die Stallgasse entlang und wartete geduldig, bis Anya aufgestiegen war. Als sie über den Hof ritten, stellte die Stute die Ohren auf. Anya klopfte ihren Hals, froh darüber, dass Chance sich anscheinend auf die Stunde freute.

»Ich habe immer noch jede Menge Reitstunden frei, also wie wäre es, wenn wir beide morgen einen langen Ausritt machen würden?«, fragte sie. Einen Moment erwartete sie fast, dass Chance ihr antworten würde, und sie lachte über sich selbst. »Aber du verstehst mich, das weiß ich«, sagte sie, als sie auf den Platz ritten.

Kate hatte vier parallele Sprünge aufgebaut und eine Einsprungstange vor den ersten Sprung gelegt.

»Lass dich durch das Aussehen nicht täuschen«, sagte sie, als Anya neben ihr anhielt. »Ich habe die Abstände so gelegt, dass du im Galopp anreiten kannst und zwei Galoppsprünge zwischen jedem Hindernis hast. Die Parallelsprünge sollen Chance dazu bringen, sich zu öffnen und wieder zu versammeln, damit ich ihr Reaktionsvermögen und ihre Elastizität einschätzen kann.«

Anya wärmte Chance auf, indem sie an beiden Zügeln arbeitete, bis die Stute entspannt und im Gleichgewicht war. Als Anya das Gefühl hatte, dass Chance bereit war, ritt sie sie auf die Hindernisse zu. Chance biss auf das Mundstück und nahm begeistert Geschwindigkeit auf. »Ruhig«, murmelte Anya, wobei sie die Beine schloss und die Zügel straffte. Sie ritt Chance im Zirkel, ehe sie auf das erste Hindernis zuritt. Chance setzte weit über den ersten Sprung und machte zwei weiche Galoppsprünge vor dem zweiten Hindernis. Sie behielt diesen Rhythmus die ganze Strecke über bei. Und als sie fehlerfrei über das letzte Hindernis ging, brach Kate in Applaus aus.

»Genauso sollte man das reiten!«, rief sie begeistert. »Gut gemacht, ihr beiden! Okay, lass uns mal sehen, wie Chance in einem richtigen Parcours klarkommt.«

Anya beugte sich nach vorne und lobte Chance überschwänglich. Dann richtete sie sich mit vor Aufregung klopfendem Herzen wieder auf und folgte Kate zum mittleren Reitplatz, wo ein Parcours aus insgesamt acht Kombinationen und Steilsprüngen aufgebaut war. Kate schloss das Tor hinter ihnen und hielt einen braunen Lederriemen hoch.

»Ich schnalle ihr den um den Hals, damit du dich daran festhalten kannst, wenn du Probleme hast«, erklärte sie. »Wir machen aber nichts, das ihr die Lust am Springen nimmt.«

Anya ließ sich von einer kleinen Gruppe, die sich am Rand des Platzes versammelte, ablenken.

»Max und Clem wollten sehen, wie ihr euch macht«, sagte Kate lächelnd.

Sabine und Mark saßen auch auf dem Zaun, zusammen mit einigen jüngeren Reitern, die eben ihre Neun-Uhr-Stunde beendet hatten.

»Nur kein Leistungsdruck«, sagte Anya halb im Scherz.

»Reite sie genauso wie bei der Bodenarbeit«, erklärte ihr Kate. »Nimm sie gleichmäßig abwechselnd im Galopp und Trab, damit du sie im Gleichgewicht und auf der richtigen Hand halten kannst. Und achte darauf, dass du die Hindernisse in der Mitte anreitest und den Parcours nicht zu eng nimmst. Wir wollen ja, dass Chance Spaß dabei hat.« Chance schlug mit dem Schweif und stampfte mit dem Vorderbein auf. »Ich glaube, sie will loslegen«, sagte Kate lachend.

Anya trieb Chance vorwärts und fiel in Leichttrab. Sie nahm die Zügel kürzer und setzte sich tiefer in den Sattel, als Chance angaloppierte. Sie umrundeten den Platz zweimal, bevor Anya Chance auf das erste Hindernis ritt. Mit etwa neunzig Zentimetern war der rote

Steilsprung ungefähr fünfzehn Zentimeter höher als alles, was sie je gesprungen war, aber Anya ritt ihn genauso wie die anderen. Chance sprang zu früh und warf die Stange ab.

»Schon gut, reg dich nicht auf, du machst das gut«, sagte Anya, ließ sie um das erste Hindernis traben und galoppierte sie dann wieder an zum nächsten Steilsprung. Dieses Mal sprang die Stute korrekt ab und landete sauber.

»Braves Mädchen!«

»Weiter, Anya!«, schallte Marks Stimme über den Platz.

Anya trieb Chance auf den nächsten, blau-weißen Steilsprung zu. Als sie abhoben, blickte Anya nach unten und fühlte, wie Chance einen runden Rücken machte, während sie auf die linke Seite des Hindernisses zusteuerte. Chance legte die Ohren an und stolperte beim Aufkommen. Anya fiel nach vorne. Chance warf ihren Kopf hoch. Um Gleichgewicht bemüht, verlangsamte Anya die Stute bei einem weiß-roten Gatter, bevor sie sie in einen gleichmäßigen Galopp auf einen gelben und grünen Parallelsprung nahe der Platzumzäunung anritt. Mit einem leichten Stöhnen hob sich Chance in die Luft und überraschte Anya mit einem Riesensatz. Sie hielt sich am Halsriemen fest, um Chance nicht im Maul zu reißen oder sie aus dem Gleichgewicht zu bringen. Aus dem Augenwinkel sah sie, wie Sabine erschrocken ihre Hand vor den Mund hob. Sobald sie von dem Hindernis weggaloppierten, ließ Anya den Halsriemen wieder los und konzentrierte sich darauf, Chance in einem langsamen Galopp zu halten, während sie erst eine leichte Biegung und dann eine scharfe Kurve ritten. Chance wurde langsamer, als sie den rot-weißen und unmittelbar dahinter den blau-gelben Steilsprung sah.

»Auf geht's, das schaffen wir!«, ermunterte Anya sie und schloss die Beine fester. Chance sprang zu früh ab und ihre Vorderbeine krachten gegen die Stange, die aber liegenblieb. Nach der Landung und zwei kurzen Galoppsprüngen flogen sie über den zweiten Sprung. Anya richtete Chance auf einen grün-weißen Parallelsprung, bevor sie in großen Galoppsprüngen auf das letzte Hindernis, den rot-weißen Zauntritt, zuritten. Nachdem Chance sauber gelandet war, war Applaus zu hören, und die Stute buckelte zur Antwort ein bisschen. Anya lachte vor Freude, während sie sich im Sattel vornüberbeugte und Chances Hals klopfte.

»Gut gemacht!«

»Toll!« Kate gratulierte ihnen. »Ich glaube, ein neuer Stern geht auf! Über dem vierten Hindernis hatte sie bestimmt noch fünfzehn Zentimeter Luft!« Sie wartete, bis Anya Chance angehalten hatte, und rieb dann die Nase der Stute. »Bei einigen Hindernissen war Chance ein bisschen zu tief und ein paarmal zu stark auf der Vorhand, wodurch sie ihre Schultern nicht richtig einsetzen konnte. Aber das liegt größtenteils an ihrer Unerfahrenheit. Arbeite mehr im Galopp mit ihr und mach weiter mit der Bodenarbeit, damit sie ihre Galoppsprünge verkürzen und strecken kann, was ihren Absprung verbessern wird.«

»Okay«, sagte Anya, errötend bei Kates Lob. Sie trieb die Stute vorwärts und ließ sie auf dem Weg zum Zaun am langen Zügel neben der Reitlehrerin gehen.

»Du leistest gute Arbeit mit ihr«, lobte Clem sie. »Was für eine Verwandlung! Aber ich glaube, wir sollten darüber nachdenken, sie von einem zweiten, erfahrenen Reiter ein- oder zweimal die Woche reiten zu lassen. Wir wollen nicht, dass sie irgendwann nur noch dich auf sich reiten lässt. Obwohl du sie natürlich noch eine ganze Weile hauptsächlich reiten wirst.«

Anya dachte sofort an Julia. Bei Chances Training mitzumachen, könnte ihr helfen, nicht mehr ständig an Zickzacks Fortgehen zu denken.

»Ich glaube, es ist ein bisschen zu spät, um Chance klarzumachen, dass du nicht ihre einzige Bezugsperson bist«, bemerkte Max. »Aber sie ist gutwillig und deshalb denke ich, dass sie sich nicht allzu sehr gegen einen anderen Reiter sträuben wird.« Er langte durch den Zaun und klopfte Chances Schulter. »Tolle Leistung, Anya!«

»Danke.« Anya fühlte, wie sich ihre Wangen rosa färbten.

»Ich wünschte, ich könnte so reiten«, sagte Molly und starrte zu Anya hoch. »Wieso bist du nicht runtergefallen, als sie diesen Riesensatz machte?«

»Klettverschlüsse am Sattel und an meiner Reithose«,

neckte Anya sie, bevor sie ihr den Halsriemen zeigte, der unter Chances dicker Mähne verborgen war.

Als die drei Besitzer des Blue Mountain Reiterhofs mit den jüngeren Reitern zum Hof zurückkehrten, gratulierten Sabine und Mark Anya.

»Ich sehe schon, dass Magic nicht mehr allzu lange Schleifen gewinnen wird«, scherzte Sabine.

Anya lächelte, denn sie wusste, dass Chance noch weit von Sabines Turnierpferd entfernt war.

»Bist du sicher, dass dies das Pferd von der Auktion ist?« Mark verzog seine Augen zu Schlitzen. »Ich meine, mich an ein dürres, schmutziges Pferd zu erinnern, das lieber ganz hinten in seiner Box stand, als sich in die Welt zu wagen. Du hast die Pferde ausgetauscht, stimmt's?«

Anya lachte. »Ich würde sie niemals eintauschen!« Sie legte sich nach vorne und umarmte Chance. »Nicht für hundert andere Pferde!«

Anya machte sich auf den Weg zum Büro, um zu sehen, ob sie für einen der Nachmittagskurse eingeteilt war. Sie träumte dabei vor sich hin und sah sich, wie sie auf Chance über einen kompletten Parcours bei einem Springturnier ging, wie sie einen silbernen Pokal entgegennahm und wie ihr Vater und ihre Brüder sie bejubelten, wie sie eine Ehrenrunde ritt, wobei die rote Schleife im Wind flatterte.

Über ihren Tagtraum lächelnd, trat sie auf die Veranda der Blockhütte und sah durch die offene Tür ins Büro. Sie blieb wie angewurzelt stehen. Vor Diegos Schreibtisch stand der Fremde, der so großes Interesse an Zickzack gezeigt hatte. Konzentriert starrte er auf den Computerbildschirm. Anya hielt den Atem an. Was machte er da? Er würde doch nicht nach Zickzacks Daten suchen, oder? Anya drehte sich um und raste zur Cafeteria, wo sie mit den anderen verabredet war.

Julia und Mark saßen draußen an einem der Tische, von wo man die Reitplätze überblicken konnte. Sabine kam gerade aus der Cafeteria.

»Sabine!« Anya winkte sie zu sich, als sie zu dem Tisch eilte. »Der Fotograf«, keuchte sie, »der Fotograf ist in Diegos Büro und geht die Computerdateien durch!«

»Bist du sicher?« Sabine kam hinter ihr her.

Julia schoss hoch. »Los! Auf keinen Fall lasse ich den noch mal entkommen. Ich will jetzt ein paar Antworten!«

Anya rannte mit klopfendem Herzen mit ihren Freunden zurück zum Büro. Sie eilten über die Veranda und platzten in den kleinen Raum. Der Fremde schaute überrascht hoch.

»Stopp, Sie Dieb!«, schrie Julia.

Zwölftes Kapitel

»Was hast du gesagt?« Die Frage kam nicht von dem Fremden, sondern von Max Westerhoff, der mit den Fingern auf den Schreibtisch klopfte, an dem er saß. »Nun?«

Julias Wangen färbten sich rot. Sie schaute zwischen dem Fremden und Max hin und her. »Ich …«

»Am besten gestehst du gleich alles, Victor«, meinte Max, ohne seinen Blick von Julia zu wenden.

Der Fremde ging um den Tisch herum und setzte sich auf einen Stuhl, den er so drehte, dass er alle anschauen konnte.

Anya trat einen Schritt nach vorne. »Das ist alles meine Schuld.«

»Ich wünschte, jemand würde mir einfach erklären, was hier los ist.« Max klang gereizt.

Anya schaute zu dem Fremden, der sie alle mit einem verwirrten Lächeln musterte. Er trug eine khakifarbene Hose und ein sauberes weißes Hemd. Plötzlich erschien es ihr absurd, ihn als Pferdedieb zu verdächtigen.

Mark trat einen Schritt näher, sodass er neben ihr

stand. »Vor einigen Tagen sah Julia …« Er brach ab und sah hilflos zu dem Fremden hinüber.

»Mr Mortimer«, erwiderte Max.

»Mr Mortimer«, fuhr Mark fort, »der Fotos von Zickzack auf der Koppel machte. Und dann kam er wieder und beobachtete Zickzack, während er in sein Handy sprach. Das kam uns irgendwie seltsam vor, weil er die anderen Pferde überhaupt nicht beachtete.«

»Und dann habe ich Diego gefragt, ob er schon bekannt gemacht hätte, dass Zickzack zum Verkauf steht. Aber das hatte er noch nicht«, fügte Anya hinzu.

»Und deshalb dachten wir, dass Sie Zickzack stehlen wollten«, sagte Julia kleinlaut.

Hinter ihnen ertönte ein lautes Lachen.

»Victor? Ein Pferdedieb? Ich hab's gerade erst gehört!«

Diego kam in das Zimmer und ging neben einer Ecke seines Schreibtisches in die Hocke, die Arme verschränkte er auf dem Tisch.

»Sie müssen zugeben, dass es verdächtig aussah, wie Sie die Dateien durchsuchten, wobei Anya Sie beobachtet hat«, äußerte Sabine.

Victor Mortimer lächelte und um seine Augen bildeten sich Fältchen.

»Du musst reingeschaut haben, als Max sich gerade nach unten gebückt hatte, um seinen Stift unter dem Schreibtisch vorzuholen. Ich habe die Website unserer Firma aufgerufen, keine Dateien gecheckt.«

»Aber warum haben Sie Fotos von Zickzack gemacht?« Julia klang verunsichert.

»Es tut mir leid. Wenn ich bemerkt hätte, dass ihr mich gesehen habt, wäre ich zu euch gekommen und hätte mich vorgestellt«, entschuldigte sich Victor. »Ich kann verstehen, warum ihr das Schlimmste angenommen habt.« Er stand auf und gab jedem die Hand. »Darf ich fragen, wer von euch Julia ist?«

»Das bin ich«, sagte Julia und ihre haselnussbraunen Augen blickten verwirrt.

»Ich möchte das hier korrekt machen«, lächelte er. »Ich bin Victor Mortimer und ich bin der Vertriebsleiter von ›Harrys Qualitätspferdefutter‹.«

Anya tauschte einen schnellen Blick mit Mark, froh darüber, dass sie hier nicht erzählen mussten, wie sie Victor dorthin gefolgt waren.

»Ich bin seit einigen Wochen auf der Suche nach einem neuen Pferd, das unsere Marke repräsentiert, hatte aber kein Glück. Dann kam ich vor einigen Tagen geschäftlich hierher und habe die Zeichnung von Zickzack an der Wand gesehen.« Er nickte dem Bild zu, das Anya vor ein paar Monaten von Zickzack gemalt hatte. »Ich dachte, dass er genau das sein könnte, was wir suchen.«

Eine meiner Zeichnungen, dachte Anya verblüfft.

»Suchen?«, wiederholte Julia.

Victor nickte. »Wir wollten ein Pferd, das für unsere Marke wirbt. Dass unser Aushängepferd gesund und aufgeweckt aussehen muss, ist klar. Aber Zickzack hat eine solche Ausstrahlung, die einfach fesselt.« Er winkte mit der Hand zu Anyas Zeichnung. »Seine Persönlichkeit ist mir sofort ins Auge gesprungen. Aber ich musste ihn in natura sehen und einige Fotos von ihm machen, um mich zu vergewissern, dass die Kamera seinen Charakter auch einfangen kann.«

»Wir wollten zunächst nichts sagen, damit du dir keine falschen Hoffnungen machst, für den Fall, dass sich Victor gegen Zickzack entscheidet«, sagte Diego zu Julia.

Julia schüttelte den Kopf. »Warum sollte ich mir Hoffnungen machen? Er gehört mir doch gar nicht mehr lange.«

»Ja, Max hat mir die Situation gerade erklärt«, sagte Victor. »Wenn Zickzack unser Werbepferd ist, wäre sein Futter gratis. Wir können ja nicht zulassen, dass er uns repräsentiert und das Futter eines Konkurrenten frisst. Und selbstverständlich sind wir bereit, all seine Fotoaufnahmen, die Werbefilme und alle Auftritte zu bezahlen, für die wir ihn brauchen. Es gibt nicht zu viel Geld, aber es wäre sicherlich mehr als ausreichend, um die Kosten für seine Unterbringung zu decken, könnte ich mir vorstellen.« Er zögerte, als Julia scharf die Luft einzog. »Alles in Ordnung mit dir?«

Julias Augen glänzten. »Mehr als in Ordnung! Das ist einfach super!«

Victor lächelte. »Jetzt, wo ich dich kennengelernt habe, hätte ich noch ein weiteres Angebot. Ich frage mich, ob du dir vorstellen könntest, unser Model zu sein. Du hast einen sehr natürlichen Look und, wenn ich das so sagen darf, eine Ausstrahlung, die von der Kamera gut eingefangen werden kann.«

»Muss ich dann auch das Pferdefutter essen?« Julia lachte.

»Nur wenn du magst, aber das ist keine Voraussetzung für den Job«, lachte Victor leise. »Wegen deines Alters brauchen wir natürlich die Zustimmung deiner Eltern. Glaubst du, dass das ein Problem wird?«

»Ich sorge dafür, dass es keines gibt«, sagte Julia fest.

»Am besten sagst du ihnen, dass es nur ein paar Fotoaufnahmen sind. Für die TV-Werbespots brauchen wir nur ein oder zwei Tage«, sagte Victor und stand auf. »Natürlich zahlen wir deine Auftritte zusätzlich zu dem, was wir dir für Zickzack geben. Hier ist meine Karte. Deine Eltern sollen mich anrufen und dann machen wir einen Termin für eine Besprechung aus.« Er nickte Max und Diego zu. »Ich sehe euch beide dann. Hoffentlich hängt bis dahin kein Steckbrief von mir an der Wand!«

Max und Diego brachen in Gelächter aus und Victor verließ mit einem Winken das Büro.

Anya legte eine Hand unter Julias Ellbogen und schob sie halb, halb führte sie sie zu dem leeren Stuhl. »Atmen! Atmen!«, sagte sie zu ihr.

Julia schlug beide Hände vor ihr Gesicht. »Ich träume, weckt mich nicht auf!«

»Gratuliere, Julia. Ich freue mich sehr, dass wir dich hier nicht verlieren«, sagte Max herzlich.

Diego nickte und lächelte dann Anya zu. »Jetzt habe ich auch ein paar gute Nachrichten für dich.«

Als Anya ihn verwirrt ansah, ging er auf die andere Seite seines Schreibtisches und zog eine Schublade auf. Er nahm einen Umschlag heraus und schob ihn ihr hin.

Als sie ihn öffnete, sah Anya sieben Zehn-Dollar-Scheine und fünf einzelne Dollarmünzen. Mit einem Blick auf die Wand sah sie, dass fünf Zeichnungen fehlten.

»Die sind alle schon verkauft?«, fragte sie verwundert.

»Sie sind sehr beliebt«, lächelte Diego.

Anya drehte sich zu Mark und Sabine.

»Ich kann das Geld meinem Vater zurückbezahlen«, strahlte sie, »und etwas für Riverton beiseitelegen.«

»Und wenn aus deiner Karriere als Goldmedaillengewinnerin nichts wird, kannst du immer noch eine Karriere als Künstlerin anstreben«, scherzte Max.

Anya drehte sich zu Julia. »Wie wäre es, wenn wir zu Ziggy gehen und ihm die Neuigkeit sagen?«

»Er gehört wieder mir!« Julia strahlte vor Glück.

»Ihr gehört zusammen«, erklärte ihr Anya. »Und wenn etwas zusammengehört, dann muss es auch zusammenbleiben.«

Am nächsten Nachmittag führte Anya Chance auf den Hof und schwang sich in den Sattel. Unter Hufgeklapper holten Julia, Sabine und Mark ihre Pferde aus dem Stall. Julia grinste Anya zu, als sie Zickzack anhielt und aufstieg.

Anya nahm ihre Zügel in eine Hand und zog den Hüftgurt ihres Rucksacks fester, sodass er während des Ritts nicht hochrutschen konnte.

»Na, geht's zu einem letzten gemeinsamen Picknick?«, tönte Marissas Stimme vom anderen Ende des Hofs. »Das ist nett.« Sie schenkte Julia ein falsches Lächeln. »Ich schätze, jetzt wirst du bald auf einem Fahrrad sitzen und nicht mehr auf einem Pferd.«

»Du hast die Neuigkeit wohl noch nicht gehört?«, erwiderte Julia das Lächeln. »Zickzack bleibt!«

»Du hast jemanden gefunden, der für ihn bezahlt?«, sagte Marissa abschätzig.

»Ja«, nickte Julia, während sie Zickzack in Marissas Richtung stupste. Nur wenige Zentimeter vor ihr hielt sie ihn an und sagte: »Harry bezahlt. Harry von ›Harrys Qualitätspferdefutter‹. Also musst du dir keine Sorgen mehr machen, dass Zickzack und ich vom Hof verschwinden. Bald wirst du unsere Gesichter überall lächeln sehen, wo du auch hinsiehst.«

Stirnrunzelnd hob Marissa ihre Brauen. »Ich versteh …«

»Wir sind die neuen Models für Harrys Werbekampagne«, grinste Julia. »TV-Spots, Magazine, Plakate.« Sie lehnte sich aus dem Sattel nach unten. »Und wenn du ganz besonders nett zu mir bist, gebe ich dir vielleicht mal ein Autogramm.«

Anya ritt neben Julia. »Ich hoffe, der Ruhm wird dir nicht zu Kopf steigen, oder?«, lachte sie.

»Keine Sorge, ich bleibe die alte Julia«, kam die fröhliche Antwort. »Aber du musst zugeben, dass Marissa es nicht anders verdient hatte!«

»Ich habe sie noch nie sprachlos erlebt«, kicherte Sabine. »Hast du ihr Gesicht gesehen?«

»Ich glaube, ›Harrys Qualitätspferdefutter‹ hat eben seinen ersten Kunden verloren, weil du und Zickzack die neuen Models seid«, kommentierte Mark.

Sie ritten hintereinander, als sie dem schmalen Weg zur Außenanlage folgten. »Das wird unsere nächste Herausforderung«, erklärte Anya Chance, indem sie auf das erste der Hindernisse deutete.

»Das ist wie eine Epidemie« sagte Mark zu Henry. »Erst hat Julia große Ideen, dann Anya – was kommt als Nächstes? Erzählt uns Sabine, dass sie am Grand Prix teilnimmt?«

»Das weißt du schon?«, fragte Sabine mit todernstem Gesicht.

»Ich glaube, ich muss mich bei einem Galopp austoben!« Mark nahm die Zügel kürzer.

Lachend richtete sich Anya im Sattel auf. »Ich warte oben auf euch!«

Während der nächsten beiden Stunden ritten sie

durch das Waldgebiet und überquerten die Hügel, bis sie zu ihrem Lieblings-Picknickplatz kamen. Sie lösten die Sättel der Pferde. Mark spannte eine Leine zwischen den Bäumen, an die sie die Pferde banden, bevor sie ein kurzes Stück davon entfernt eine Picknickdecke ausbreiteten. Die Aussicht auf das Tal war atemberaubend. Als Anya ihren Blick über das kilometerweit reichende Wald- und Farmgebiet mit Bauernhöfen und kleinen Häusergruppen schweifen ließ, fühlte sie sich richtig zufrieden. Die Sonne kam hinter einer Wolke hervor und wärmte sie. Anya legte sich auf die Decke.

»Könnt ihr euch etwas Besseres vorstellen?«

»Zum Beispiel Kuchen und Sandwiches, die nicht zermatscht sind«, sagte Mark, während er sie nach oben zog und den Rucksack rettete.

Sabine fing an, Ziegenkäse und Traubensalat, kalte Hähnchenflügel und geräucherten Lachs auf Vollkornbrot auszupacken.

»Ich wünschte, wir hätten normale Sachen in unserem Kühlschrank«, sagte sie mit einem sehnsüchtigen Blick auf die Kräcker, Eiersandwiches, Chips und Schokoladenkuchen der anderen.

»Wie wäre es, wenn wir zusammenlegen, wie immer?«, schlug Anya vor.

»Klingt gut«, sagte Mark und biss in einen Hähnchenflügel. »Beklag dich nie darüber, dass ihr einen eigenen Koch habt«, seufzte er. »Besonders nicht wenn er solches Essen kocht.«

Anya warf Julia eine Tüte mit Chips zu. »Hier. Ich glaube, du musst ein bisschen rausgefüttert werden.«

»Während der letzten Tage habe ich kaum gegessen und schlecht geschlafen«, gab Julia zu, während ihr Gesicht einen ernsten Ausdruck bekam. »Ich muss in letzter Zeit ein Albtraum für alle gewesen sein.«

»Willst du damit sagen, dass du das normalerweise nicht bist?«, neckte sie Mark.

Julia schnitt eine Grimasse, bevor sie sich Sabine zuwandte. »Ich hätte dir niemals das Gefühl geben dürfen, dass du schuld daran bist, wenn Zickzack verkauft wird. Es tut mir wirklich leid.«

»Ich verstehe das«, sagte Sabine, und ihre blonden Haare fielen ihr ins Gesicht, als sie Julia umarmte. »Du warst außer dir vor Sorge. Ich weiß, dass du die Dinge, die du gesagt hast, nicht so gemeint hast.«

»Und dann hab ich auch noch jeden davon überzeugt, dass Victor Mortimer ein Pferdedieb ist.« Julia kicherte.

»Jaaah, vielen Dank auch noch. Ich habe immer noch Muskelkater in den Beinen, nachdem ich mit Raketengeschwindigkeit über diese Feldwege gedüst bin«, witzelte Mark und griff nach einem Sandwich.

»Ich wollte eigentlich nur sagen, dass ich es zu schätzen weiß, wie ihr mir zur Seite gestanden habt, obwohl ich es euch schwer gemacht habe«, erklärte Julia.

»Ich bin einfach nur froh, dass wir wieder Freunde sind«, gab Julia zu. »Ich fand es schrecklich, als es einen Moment so aussah, als würde alles auseinanderbrechen.«

»Keine Sorge. Du hast das so gut verborgen, dass es fast keiner von uns gemerkt hat.« Mark grinste.

»Hey, wir führen gerade eine ernste Unterhaltung«, erklärte ihm Sabine.

»Heute ist kein Tag, um ernst zu sein«, sagte Mark träge. »Heute ist ein Tag zum Faulenzen und Feiern.«

Er hat recht, dachte Anya, nahm einen Bissen von ihrem Sandwich und blickte zu den Pferden hinüber, die im Schatten dösten. Nach dem ganzen Hin und Her der letzten Wochen war es schön, einen Tag lang mit nur reinem Vergnügen zu verbringen.

»Dann sind deine Eltern also einverstanden, wenn du und Ziggy als Models arbeitet?«, fragte Sabine nach, während sie eine Flasche Quellwasser öffnete.

Julia nickte. »Ich glaube, ich habe sie mürbe gemacht mit meiner ›*Behaltet Ziggy!*‹-Kampagne«, bekannte sie. »Jedes Mal, wenn sie ihn zum Verkauf angeboten haben, kam ich mit einem neuen Aktionsplan an. Wahrscheinlich dachten sie, wenn sie das jetzt auch noch ablehnen, würde ich mich mit Ziggy einem Zirkus anschließen und abhauen.«

»Du meinst, an die Idee hatten sie noch gar nicht gedacht?« Mark täuschte Unglauben vor.

Julia warf den Rest ihres abgenagten Apfels nach ihm. »Und«, fuhr sie fort, »als sie mit Victor telefonierten, um die Vertragsbedingungen abzuklären, haben sie festgestellt, dass das Geld ausreicht für Riverton *und* meine Reitstunden *und* Ziggys Unterbringung.«

»Das ist ja echt super.« Anya klatschte Julia ab, bevor sie sich zurücklehnte und in den Himmel blickte.

Als sie ihre Augen langsam schloss, rief Mark plötzlich: »Pass auf!«

Weil sie dachte, dass er sie mal wieder veräppeln wollte, rührte sich Anya nicht – und hatte im nächsten Moment ein haariges Maul im Gesicht. Prustend kam Anya hoch und starrte in Zickzacks dunkle, spitzbübische Augen.

»Er hat die Leine niedergerissen«, kicherte Julia, während Zickzack sich ein Käsesandwich schnappte. »Du wolltest auch beim Picknick mitmachen, nicht wahr?«, sagte sie und umarmte ihn, bevor sie nach seinen Zügeln griff. »Schließlich ist das genauso deine Feier wie unsere!«

Anya schaute nach den anderen Pferden, die auch näher gekommen waren, aber im Gegensatz zu Zickzack kurz vor der Picknickdecke angehalten hatten.

Chance sah sie an, als wollte sie sagen: *Das war nicht meine Idee!*

Anya warf den Kopf zurück und musste schallend lachen.

»Ein Trinkspruch!«, rief sie aus, griff nach einer Wasserflasche und ging zu Chance.

»Worauf trinken wir?«, wollte Mark wissen, als er das Seil erneut sicherte.

»Die Zukunft«, sagte Julia.

»Und Riverton«, lächelte Sabine.

»Auf die Freundschaft«, fügte Anya hinzu. Den Arm um Chance gelegt, hob sie ihre Flasche in die Höhe.

Es lagen viele glückliche Tage vor ihnen. Und sie hatten die besten Freunde und die tollsten Pferde der ganzen Welt, mit denen sie das alles genießen konnten.

Ella Montgomery

Blue Mountain

Ein Herz für Pferde

Aus dem Englischen
von
Michaela Kolodziejcok

Erstes Kapitel

Anya lehnte ihre Mistgabel gegen die Wand der Stallgasse.

»Fertig, Chance«, sagte sie und löste die Stricke, mit denen die Fuchsstute angebunden war. »Bringen wir dich in deine Box zurück.«

Regen peitschte gegen die kleine Fensterscheibe. Chance trat zur Abendfütterung in ihre Box und senkte ihre Nase in den Futtereimer. Während Anya zuhörte, wie die Stute zufrieden kaute, fragte sie sich, warum sie sich so bedrückt fühlte. Konnte es sein, dass sie das Reitcamp vermisste? Seit ihrer Rückkehr waren genau sechs Tage vergangen. Und obwohl Anya es nicht gerne zugab, fand sie es merkwürdig, dass sie nicht mehr 24 Stunden am Tag mit ihren Freunden zusammen war. Von der Zeit mit Chance mal ganz zu schweigen. Es war eine ganze Woche mit Dressur, Springen, Geländereiten, Picknickritten und Reiterspielen gewesen.

Im Gelände war Chance besonders gut gewesen. Anya erinnerte sich, wie die Stute ihre Unerfahrenheit durch ihren großen Mut wettgemacht hatte, und musste lächeln.

»Morgen ist Samstag. Da haben wir den ganzen Tag Zeit für uns und können über ein paar Hindernisse springen.«

Sie streckte die Hand aus, um Chances Hals zu klopfen. Anya zog die Schultern hoch. Die paar Stunden, die ihr nach der Schule noch blieben, reichten leider kaum für die Stallarbeiten auf Blue Mountain, geschweige denn, um Zeit mit Chance zu verbringen. Mit einem Blick auf ihre Armbanduhr stellte sie fest, dass ihr nur noch eine Stunde blieb, um die Futtereimer wieder einzusammeln und eine Kiste gebrauchtes Sattelzeug zu reinigen, das der Reitshop von Blue Mountain heute bekommen hatte.

»Ich schaue nachher noch mal kurz zu dir rein«, versprach sie dem Pferd, bevor sie ging.

Weiter vorne in der Stallgasse gab die Tierärztin Karla Howard eine kleine Unterrichtsstunde in Pferdepflege. Ihr Sohn Mark hielt seinen Haflinger Henry, während sich Karla an ihre Schüler wandte.

»Ich weiß nicht, ob jemand von euch schon mal die Redewendung ›ein Pferd ist nur so gut wie seine Hufe‹ gehört hat. Aber das ist einer der Gründe, weshalb ihr eure ganze Aufmerksamkeit auf die Hufe eures Pferdes richten solltet.« Sie fuhr mit der Hand an Henrys Bein entlang und nahm seinen Huf auf. Die Gruppe rückte etwas näher, um besser sehen zu können.

»Ein Pferdehuf sollte etwa alle sechs bis acht Wochen ausgeschnitten werden, damit er keine Risse bekommt.«

»Millie hatte einmal einen Riss im Huf und lahmte dann genau vor einem Turnier«, meldete sich einer der Schüler zu Wort.

Karla nickte. »Für uns ist das ärgerlich, wenn ein Pferd lahmt. Aber das Wichtigste ist eigentlich, dass ein Pferd keine Schmerzen hat, die wir durch gründliche Hufpflege vermeiden können.«

Anya quetschte sich an der Gruppe vorbei und ging die Stallgasse entlang, um Mistgabel und Schubkarre wegzuräumen. Nachdem sie die Futtereimer eingesammelt und ausgespült hatte, nahm sie das Futter, das Mark für Henry rausgestellt hatte.

Der Unterricht sollte nun eigentlich vorbei sein, dachte sie, als sie wieder in die Stallgasse trat.

Aber die Schüler standen immer noch um Karla herum, die ihre Hand über Henrys Rücken gleiten ließ.

Als Mark Anya sah, warf er einen ungeduldigen Blick auf seine Uhr und ließ dabei die Zügel einen Moment locker. Henry trat zwei Schritte zurück, bevor Mark ihn wieder unter Kontrolle hatte.

Karla schaute ihren Sohn überrascht an und verkündete: »Das bedeutet wohl das Ende der heutigen Stunde. Noch Fragen?«

Ein halbes Dutzend Hände wurden in die Luft gestreckt. Mark schielte fragend zu seiner Mutter.

»Dafür brauchst du Henry doch nicht, oder?«

»Nein, ist schon in Ordnung, bring ihn in seine Box«, antwortete Karla, aber sie war offensichtlich leicht verärgert über die Ungeduld ihres Sohnes und warf ihm einen strengen Blick zu.

Anya folgte Mark in die Box und befestigte den Futtereimer des Wallachs in seiner Halterung.

»Alles klar?«, fragte sie, als Mark schon wieder auf seine Uhr schaute.

»Ja.« Mark fuhr sich mit der Hand durch sein blondes Haar. »Ich bin nur ein bisschen spät dran, das ist alles. Aber Henry muss noch versorgt werden. Und ein paar andere Dinge muss ich auch noch erledigen.«

»Berge von Hausaufgaben?«, fragte Anya voller Mitgefühl.

Mark schüttelte den Kopf. »Ich habe mich mit ein paar Typen aus der Schule verabredet. In zwanzig Minuten sollte ich dort sein, aber ich habe noch nicht ausgemistet.«

Anya zögerte. Henry hatte bis vor Kurzem Vollpension gehabt, aber Marks Mutter Karla hatte das rückgängig gemacht, sodass Mark sich nun selbst um sein Pferd kümmern musste.

Vielleicht sollte ich anbieten, dass ich für ihn ausmiste? Das würde allerdings bedeuten, dass ich einen späteren Bus nach Hause nehmen muss. Dad hat sicher nichts dagegen.

Mark war erst kürzlich hierher gezogen und er tat

sich schwer damit, neue Freunde in der Schule zu finden.

»Ich kann heute Abend für dich ausmisten«, bot sie an.

Marks grüne Augen strahlten. »Wirklich? Das wäre echt cool. Dafür schulde ich dir was!«

»Danke, Anya«, sagte Karla, die das Gespräch mit angehört hatte. »Aber für Henry ist Mark verantwortlich.« Sie schaute ihren Sohn mit hochgezogenen Augenbrauen an. »Ich bin sicher, deine Freunde verstehen, dass du dich erst mal um dein Pferd kümmern musst, bevor du dich mit ihnen triffst.«

»Du hast ja recht«, antwortete Mark ohne rechte Überzeugung. »Ich hole mal die Schubkarre.« Er marschierte ohne ein weiteres Wort aus der Box.

Mit einem unbehaglichen Gefühl sagte Anya: »Ich habe Matt versprochen, Zaumzeug zu putzen.«

Karla lächelte sie freundlich an. »Danke für dein Angebot.«

»Gerne«, antwortete Anya, bevor sie die Box verließ. Sie traf Mark, der gerade mit einer Mistgabel und der Schubkarre zurückkam. »Wir sehen uns morgen!« rief sie. »Zehn Uhr, stimmt's?«

»Zehn Uhr?«, wiederholte Mark.

»Erde an Mark«, neckte ihn Anya. »Wir wollen doch morgen einen Picknick-Ausritt machen, erinnerst du dich?«

Marks Gesicht hellte sich auf. »Ach, ja, richtig.

Wenn das Wetter allerdings so wie heute ist, werden wir in Henrys Box essen müssen.« Er schielte in die Schubkarre. »Aber wenigstens ist es dort sauber«, sagte er scherzend und hob seine Augenbrauen.

Trotz des Seitenhiebs auf seine Mutter musste Anya bei der Vorstellung kichern, wie Henry mit gekreuzten Beinen auf einer Picknickdecke saß und belegte Brote verspeiste.

Sie ging über den Hof zum Reitshop, der an die Reithalle grenzte, und öffnete die Holztür.

»Hi, Matt.« Sie schaute den untersetzten Mann an, der hinter dem Tresen stand und sich ein Stück Kuchen schmecken ließ. »Ich melde mich zum Dienst.«

»Steht schon alles für dich bereit.« Matt klopfte die Krümel von seinem Rugby-Shirt, bevor er in die entgegengesetzte Ecke des Geschäfts deutete. »Molly hat das Zaumzeug nach hinten gebracht.«

Matts sieben Jahre alte Tochter Molly kam meist nach der Schule vorbei. Wenn sie nicht gerade Reitstunden hatte oder bei den Pferden war, half sie ihrem Vater Matt im Laden.

Anya bahnte sich einen Weg an Ledersätteln, Zaumzeugen und Ständern mit Halsriemen und Führstricken vorbei, zum hinteren Ende des Ladens, wo Matt das gebrauchte Sattel- und Zaumzeug aufbewahrte. Sie strich mit der Hand über den Sattel, der ganz oben auf dem Gestell lag. Er war griffig und Anya wusste, dass es sich um gute Qualität handelte.

»Ich habe dir schon einen Eimer Wasser und Sattelseife bereitgestellt!«, rief Matt. »Steht unter dem Gestell mit den Sätteln.«

Anya feuchtete das Leder an, bevor sie es mit der Seife einrieb. Während sie den kräftigen Duft einatmete und ihre Hände sich in gleichmäßigen Kreisen bewegten, entspannte sie sich.

Matt stellte die Stereoanlage an. Der neueste Song von Coldplay klang durch den Raum und langsam zeigte das Leder unter Anyas Händen einen kastanienfarbenen Glanz. Sie hatte drei von den vier Sätteln gereinigt, als sie hörte, wie Molly die Treppe heruntergepoltert kam.

»Ich geh jetzt zur Reitstunde, Dad.«

»Alles klar, Süße, grüß Ava von mir.« Damit meinte Matt Mollys Lieblingspferd.

Ein Blick auf die Uhr zeigte Anya, dass sie den Bus verpassen würde, wenn sie sich jetzt nicht beeilte. Der nächste Bus würde erst in einer halben Stunde gehen.

»Ich muss auch los, Matt. Tut mir leid, dass ich nicht alle Sättel geschafft habe«, entschuldigte sie sich.

Matt drehte sich von der Pinnwand weg, an die er gerade ein Plakat für die kommende Geländeprüfung auf Blue Mountain hängen wollte.

»Das, was du geschafft hast, ist mir schon eine große Hilfe«, dankte er ihr und nickte dann zu dem Plakat. »Ich nehme an, du startest bei diesem Turnier?«

»Ja, mit Chance.«

Anya spürte plötzlich die Aufregung. Im letzten Monat war der Parcours um neue Hindernisse erweitert worden, und sie konnte es kaum erwarten, ihn endlich einmal auszuprobieren. Kate Cornell, Max Westerhoff und Clementine Houseman, die drei Besitzer des Blue Mountain Reiterhofs, wollten an diesem Tag nicht nur die Strecke freigeben, sondern zur Feier des Tages auch ein Turnier veranstalten. Anya rechnete nicht mit einer Platzierung, weil Chance gerade erst mit dem Training angefangen hatte, aber sie war sicher, dass es der Ritt ihres Lebens werden würde.

»Ich bin wieder da!«, rief Anya, als sie die Haustür öffnete. Lucy, die Hündin der Familie, flitzte durch den Flur ihr entgegen und geriet auf dem glatten Boden ins Rutschen.

»Langsam, langsam«, begrüßte Anya das Tier lachend und bückte sich, um den Windhund zu streicheln. Lucy leckte ihr liebevoll das Gesicht ab, wobei sie so heftig mit dem Schwanz wedelte, dass sie fast das Gleichgewicht verlor.

Als sie wieder aufschaute, sah Anya ihren jüngsten Bruder Toby auf den Treppenstufen sitzen. Er hatte sein Kinn in beide Hände gestützt und blickte sie mit seinen blauen Augen niedergeschlagen an.

»Was ist denn passiert?«, fragte Anya besorgt.

Sie setzte sich neben ihn und legte den Arm um seine Schultern. Toby seufzte tief.

»Ollie hat einen Freund zu Besuch und sie lassen mich nicht mitspielen.«

Anya unterdrückte ein Lächeln.

»Wahrscheinlich wollen sie einfach eine Weile allein spielen. Ich wette, etwas später lassen sie dich mitmachen.«

Toby schüttelte den Kopf, sodass ihm das blonde Haar in die Stirn fiel.

»Ollie hat gesagt, wenn ich noch einmal an seine Tür klopfe, spielt er nie wieder mit mir.«

»Und was sagt Dad dazu?«, fragte Anya.

Toby zuckte mit den Schultern. »Er sagt, dass ich sie allein spielen lassen soll.«

»Das stimmt nicht ganz, Toby«, kam die liebevolle Stimme ihres Vaters von der Treppe her. »Ich habe gesagt, du sollst ihnen eine Stunde Zeit für sich geben. Und dann werde ich sie fragen, ob du auch in Ollies Zimmer darfst.« Anya erhob sich, um ihren Vater zu umarmen. »Wir haben schon gegessen«, sagte er zu ihr. »Dein Essen steht im Backofen.«

»Danke«, erwiderte sie lächelnd. »Wann gehst du zur Arbeit?«

»In etwa einer Stunde«, sagte er.

Anya ging vor Toby in die Hocke. »Wie wäre es, wenn wir beide mit Lucy Gassi gehen, bevor ich esse?«

»Darf ich Lucys Leine halten?«, fragte Toby.

Anya nickte. »Und du darfst auch ein paar Bälle für sie werfen.«

Tobys Mundwinkel gingen langsam nach oben. »Das klingt gut.«

»Danke, dein Vertrauen ehrt mich sehr«, neckte ihn Anya. Sie sah zu ihrem Vater auf. »Ich mache das jetzt noch schnell, bevor du gehst.«

»Okay, das ist lieb von dir.« Er streichelte über ihr Haar. »Hast du über das Wochenende viele Hausaufgaben auf?«

»Mehr als mir lieb ist«, witzelte sie. »Aber die mache ich morgen Abend.«

»Hauptsache, du machst sie«, sagte ihr Vater, schon auf dem Weg durch den Flur zur Küche. »Die Klassenlehrerin, die du dieses Jahr hast, macht mir Angst. Ich möchte nicht, dass sie mich zu einem Elterngespräch bittet!«

»Sie macht mir auch Angst«, antwortete Anya grinsend und zog Toby auf die Beine.

Während sie darauf wartete, dass Toby seine Jacke zuknöpfte, dachte sie daran, dass früher ihre Mutter für die Elternsprechtage zuständig gewesen war. Aber seit ihre Mum vor zwei Jahren gestorben war, hatte ihr Vater auch das übernommen. Das gehörte, wie sie wusste, nicht zu seinen Lieblingsaufgaben. Aber dafür, dass er sich trotzdem darum kümmerte, liebte sie ihn umso mehr.

Nachdem Toby auch endlich seine Schuhe angezogen hatte, marschierte Anya mit ihm und Lucy zum Ende der Straße, wo unbebautes Gelände begann. Sobald sie von der Straße weg waren, ließ sie Lucy von der Leine. Der Windhund rannte die ganze Zeit in Blitzgeschwindigkeit in großen Kreisen um sie herum. Das brachte sie zum Lachen.

Toby schob seine Hand in ihre, während sie den Trampelpfad entlanggingen.

»Wir hätten Ollie mitnehmen sollen. Das hätte ihm auch gefallen.«

Anya drückte seine Hand. »Toby, manchmal braucht Ollie ein bisschen Zeit mit Freunden, die in seinem Alter sind. Aber das heißt nicht, dass er uns nicht mehr mag.«

»Ich weiß«, grummelte Toby. »Obwohl ich nicht verstehe, warum er einen Freund braucht, wo er doch immer mit mir spielen kann.«

Anya lächelte und beschloss, das Thema zu wechseln.

»Freust du dich schon darauf, Chance und mich beim Geländeturnier anzufeuern?«

Toby nickte. »Ollie sagt aber, du fällst wahrscheinlich runter. Er sagt, Chance hat nicht genug Erfahrung, um schon bei so einem Turnier mitzumachen.«

Anya warf ihren Kopf zurück und lachte. »Er legt seinen Finger immer in die offene Wunde.« Sie hielt einen Moment inne. »Es macht mir nichts aus, wenn Chance und ich nicht gewinnen. Ich will sie einfach nur reiten, damit jeder sieht, wie großartig sie ist. Verstehst du?«

Toby dachte schweigend über ihre Worte nach, dann

nickte er. »Du möchtest beweisen, dass es richtig war, sie auf Blue Mountain zu behalten und dass sie genauso gut ist wie die anderen Pferde.«

Anya nickte und dachte daran, wie verängstigt und vernachlässigt Chance auf den Reiterhof gekommen war und was für ein Kampf es gewesen war, dass die Stute nicht weiterverkauft wurde, sondern bleiben durfte. Es hatte eine Weile gedauert, bis alle überzeugt gewesen waren.

»Weißt du was, Toby?«, sagte Anya langsam. »Das hätte ich nicht besser sagen können.«

Zweites Kapitel

Am nächsten Tag brachte Anya die Morgenfütterung, so schnell sie konnte, hinter sich.

»Du hast dir einen freien Tag verdient«, murmelte sie, drückte Chance einen Kuss auf das weiche Maul und nahm dann ihren Eimer auf. »Heute ist schulfrei!«

Sie befestigte einen Führstrick an Chances Halfter und führte sie zur Koppel. Der kleine Falbe Ronnie galoppierte zum Gatter und hob seine Nase nach oben, um Chance zu begrüßen. Sein Atem dampfte in der kalten Morgenluft. Sobald Anya Chances Halfter abgenommen hatte, drehte die Stute sich um und galoppierte über die Wiese. Ihr hoch erhobener Schweif wehte wie eine Fahne hinter ihr her. Ronnie setzte zur Verfolgung an.

»Du wirst sie niemals kriegen!«, rief Anya ihm lachend zu.

Hinter sich hörte Anya Hufschläge. Sie drehte sich um und öffnete das Gatter für Trinity.

»Ich danke dir«, sagte die Chef-Pferdepflegerin und führte Fern und Caesar auf die Koppel.

»Gern geschehen«, sagte Anya fröhlich, bevor sie zum Hof zurückging, um die anderen Pferde zu holen, die nicht für den Vormittagsunterricht benötigt wurden. Als Nächstes musste sie nachsehen, welche Pferde für den Anfängerunterricht um neun Uhr vorgesehen waren.

Während sie mit ihrem Finger die Liste an der Wand der Sattelkammer entlangging, schwang die Tür auf.

»Guten Morgen!«, sang Sabine Ford, die zusammen mit Julia Michaelmore einen großen Weidenkorb hereintrug.

»Ihr wisst schon, dass wir nur einen Picknick-Ausritt machen?« Anya grinste und eilte zur Tür, um sie für ihre beiden besten Freundinnen aufzuhalten. »Kein zweites Reitcamp.«

»Mum hat unserer Haushälterin aufgetragen, dafür zu sorgen, dass genug Essen für alle da ist«, sagte Sabine, während die Mädchen den Korb auf den Tisch schoben. »Und Mrs Baker hat dann einfach den Korb ganz voll gemacht.«

»Ja, ja, so ist das bei den oberen Zehntausend«, stichelte Julia.

Anya warf ihr einen Blick zu. Geld war immer noch ein heikles Thema für Julia, seit ihr Vater vor ein paar Wochen seinen Job verloren hatte. Mit Erleichterung nahm sie Julias lachendes Gesicht zur Kenntnis, die sich gerade über den Korb beugte.

»Kaviar, Wachteleier, Gänseleber – und das ist nur der Proviant für die Pferde!«

»Schluss mit den Witzen!« Grinsend gab Sabine Julia einen kleinen Schubs. »Verschont mich!«

Während des spielerischen Gezänks ihrer Freundinnen schnappte sich Anya das Sattelzeug.

»Ich lass euch jetzt mal alleine. Ein paar von uns müssen schließlich arbeiten«, sagte sie und wandte sich zur Tür.

»Wo wir gerade von Arbeit reden: Ich muss Magic noch vor dem Unterricht fertigmachen.« Sabine holte ihr Putzzeug vom Regal.

»Und ich Zickzack«, warf Julia ein.

»Dann sehen wir uns später«, sagte Anya und verließ den Raum.

Sie ging zur ersten Box, um Caspar zu satteln. Der blies seinen Bauch auf, während sie versuchte, den Sattelgurt festzuziehen. Sie wartete, bis er sich wieder entspannte. Dann zog sie den Gurt an und klopfte ihm entschuldigend auf den Hals. Danach ging sie weiter zu Avas Box.

»Hi, Anya.« Kate schaute zur Tür herein. »Ich weiß, dass du eigentlich bei den Anfängern helfen sollst, aber ich würde dich gerne mal kurz entführen.«

»Klar.« Anya legte Avas Stallhalfter über die kleine Mauer und schaute die Hofeigentümerin fragend an.

»Ich möchte dich mit zur Springstrecke nehmen«, erklärte ihr Kate. »Du darfst natürlich nicht über die neuen Hindernisse springen«, fügte sie hastig hinzu. »Ich kann dir ja keinen Wettkampfvorteil vor den anderen Teilnehmern geben. Aber ich hätte gerne deine Meinung zu den neuen Sprüngen für die Anfänger. Nimm Willow! Der braucht etwas Bewegung.«

Anya war aufgeregt. Die Anfängersprünge lagen neben der Hauptstrecke, sodass sie zumindest einen Blick auf die Hindernisse werfen konnte.

Ich bin mir allerdings nicht sicher, ob Willow gefallen wird, dass er nicht springen darf.

Mit seiner Größe von 143 Zentimetern ließ Willow beim Querfeldeinrennen oft viel größere Pferde alt aussehen. Der Araber-Cob-Mischling hatte ein Herz wie ein Löwe, wenn es darauf ankam, schwierige Sprünge zu meistern.

»Wann willst du los?«, fragte sie.

»In einer halben Stunde«, antwortete Kate. »Wir treffen uns im Hof.«

Anya nickte. So hatte sie genug Zeit, um Willow fertig zu machen und die Pferde für den Anfängerunterricht zu satteln.

»Sagen wir in zwanzig Minuten«, sagte sie fröhlich.

»Wir haben vier neue Hindernisse zur alten Strecke hinzugefügt«, erklärte Kate, als sie wenig später dem Pfad zur Querfeldeinstrecke folgten. »Jetzt haben wir insgesamt dreizehn Sprünge. Wir erhoffen uns einiges von den Anfängersprüngen, die direkt neben die bestehenden gebaut wurden. Denn jetzt hat man an jedem Hindernis die Möglichkeit, zwischen drei Schwierigkeitsgraden zu wählen: fortgeschritten, mittelschwer …«

»Und leicht für die Anfänger«, schloss Anya aufgeregt.

Bis jetzt waren die Hindernisse nur in »fortgeschritten« und »mittelschwer« unterteilt gewesen, wobei die meisten Sprünge in zwei unterschiedlichen Höhen gebaut waren. Nur ein paar wenige Hindernisse waren für Anfänger geeignet gewesen.

Kate hielt ihren grauen Wallach Cloud Cuckoo am Tor zum Geländeparcours an. Sie lehnte sich aus dem Sattel und wartete, bis Anya durchgeritten war. Sobald Willow auf dem weiten, offenen Feld war, biss er auf die Trense.

»Heute springen wir nicht, Willow.« Anya strich mit der Hand über seinen Hals.

Sie befanden sich am höchsten Punkt der Strecke. Die beiden riesigen Felder lagen vor ihnen. Anya ritt Willow an den Zuschauerrängen vorbei zum ersten Hindernis. Ein Teil der Hecke war ausgeschnitten worden. So war ein einfacher Sprung von ungefähr sechzig Zentimetern Höhe für die Anfänger entstanden. Willow tänzelte protestierend, als sie die Hecke nur umrundeten, um dem abschüssigen Gelände zu folgen.

»Ganz ruhig«, redete ihm Anya zu, obwohl sie auch

frustriert darüber war, dass sie an den Hindernissen nur entlangritten und nicht darübersprangen!

Das nächste Hindernis bestand aus einem kleinen Stapel Holzscheite neben dem größeren aus Baumstämmen. Anya konnte sich gut vorstellen, was für einen Spaß die Anfänger an dem langgezogenen Sprung haben würden.

Dort, wo das Gelände langsam anstieg, sah Anya ein einfaches Anfängerhindernis aus kleinen Ästen. Kate galoppierte Cloud Cuckoo an. Anya gab die Zügel frei und genoss Willows kraftvolle Bewegungen, als er den beiden folgte. Der nächste Sprung war ganz neu. Anyas Augen wurden groß, als sie den Wassergraben sah.

»Die Fortgeschrittenen gehen über die Baumstämme, die Mittelstufe springt über die Rollen und die Anfänger müssen ihre Pferde die Böschung hinunter ins Wasser bringen und am anderen Ende wieder hinausspringen lassen«, erklärte Kate.

Sie galoppierten in einem weiten Bogen um den Graben herum und Anya sah weiter vorne zwei Winkelsprünge, wieder in unterschiedlichen Höhen. An ihrer Seite war für die Anfänger ein einfacher Steilsprung mit einem Brett aufgestellt worden.

Der ist hoch genug, um den Pferden einen kräftigen Satz abzuverlangen, überlegte Anya, *und durch die seitliche Begrenzung mit den Baumstämmen können sie auch nicht einfach drumherumgehen, wenn sie über links angeritten werden.*

»Wie findest du es bis jetzt?« Kate winkte Anya zu sich.

»Die Anfänger werden sich total freuen, dass sie auch die gesamte Strecke reiten dürfen«, sagte Anya.

»Sie können Erfahrung in einem Geländeparcours sammeln, aber die Hindernisse sind nicht so schwer, dass sie entmutigt werden.«

Kate galoppierte Cloud Cuckoo wieder an, als sie sich Stufen näherten, die den Hügel hinunterführten. Je nach Fähigkeit konnte man sich für den Weg mit einer, drei oder fünf Stufen entscheiden.

Sie trabten mit den Pferden die Böschung hinunter und galoppierten unten wieder an. Bald kamen sie zu einem Hohlweg. Ein kleines Buschhindernis war für die Anfänger seitlich angebracht.

»Ich bin froh, dass die Anfänger nicht den Hohlweg nehmen müssen«, sagte Anya und stellte sich vor, wie verschiedene Reiter im Graben feststeckten und befreit werden mussten.

Etwas weiter vorne war der Durchgang zu einem zweiten Feld. Zu Anyas Überraschung lenkte Kate Cloud Cuckoo heimwärts.

»Ich muss zu meiner nächsten Stunde!«, rief sie Anya zu. »Aber vielen Dank für deine Einschätzung.«

Anya war sehr stolz, dass Kate auf ihre Meinung Wert legte. Bevor sie jedoch antworten konnte, setzte Willow zum Galopp an.

»Es ist nicht fair, die beiden zurückzubringen, ohne

sie wenigstens einmal springen zu lassen. Wie wäre es, wenn wir die letzten zwei Sprünge nehmen?«, schlug Kate lachend vor.

»Super, das machen wir!« Anya verkürzte die Zügel und galoppierte die vertrauten letzten beiden Hindernisse des Parcours an.

Cloud Cuckoo setzte über den höheren Teil des Steilsprungs, während Anya nach links ritt und Willow über den niedrigeren Teil lenkte. Als der Wallach überraschenderweise einen Riesensatz machte, musste sie sich an seiner Mähne festhalten.

»Wir sind doch keine Olympiasieger!«, lachte sie, als sie auf das letzte Hindernis zuritten. »Also müssen wir auch niemandem was beweisen.«

Sie gab Willow eine halbe Parade, um seine volle Aufmerksamkeit zurückzugewinnen, lenkte ihn zu den Fässern. Beim Sprung jauchzte sie vor Vergnügen.

»Du hast den besten Beruf der Welt«, sagte sie zu Kate, als sie die Pferde anhielten.

Kate lachte leise. »Weißt du was, Anya… das lässt sich wirklich nicht bestreiten!«

»Bitte schön!« Anya schloss die letzte Schnalle an Willows Pferdedecke, bevor sie den Wallach mit einer vollen Heuraufe in seiner Box zurückließ. In der Sattelkammer wischte sie Willows Zaum- und Sattelzeug ab und hängte es dann auf.

In knapp zwanzig Minuten würden sie zu ihrem

Picknick-Ausritt aufbrechen – es wurde Zeit, Chance von der Koppel zu holen.

Die fuchsfarbene Stute graste am anderen Ende der Wiese, aber auf Anyas Rufe hin kam sie zum Gatter getrabt. Anya beobachtete stolz die eleganten Bewegungen der Stute. Chance hielt an, streckte sich und schnupperte zärtlich an Anyas Schulter.

»Du hast mir auch gefehlt.«

Anya schob lächelnd den Halsriemen über den Kopf der Stute, um sie zum Hof zurückzuführen.

Sabine wartete mit Anyas Rucksack vor Chances Box.

»Hi, ich hoffe, es ist okay, dass ich den Proviant auf unsere Rucksäcke verteilt habe«, sagte sie. »Den riesigen Picknickkorb können wir ja schlecht mitnehmen. Hast du Mark irgendwo gesehen?«

»Das ist ja merkwürdig«, sagte Anya und führte Chance in die Box, bevor sie zurückkam und ihren Rucksack in Empfang nahm. »Hast du in Henrys Box nachgesehen, ob er dort ist?«

Sabine schüttelte den Kopf. »Lass uns mal nachschauen.«

Anya und Sabine gingen ans Ende der Stallgasse und warfen einen Blick in Henrys Box, wo Mark gerade frische Streu aufschüttelte.

»Wo ist Henry?«, fragte Anya überrascht. »Wir wollen doch in zehn Minuten los.«

»Er ist immer noch draußen auf der Koppel.« Mark

richtete sich auf und schaute sie entschuldigend an. »Tut mir wirklich leid, aber ich werde es heute nicht schaffen mitzukommen.«

»Du lässt uns hängen?« An der Tür trat Julia zu ihnen.

»Tja, äh … ich habe seit gestern ein riesiges Wissenschaftsprojekt an der Backe und ich werde den Nachmittag für meine Recherchen brauchen.« Er strich sein Haar zurück. »Tut mir leid.«

»Du musst dich nicht entschuldigen«, sagte Anya zu ihm und schluckte ihre Enttäuschung hinunter. »Schließlich musst *du* ja auf einen Picknick-Ausritt verzichten.«

Mark verzog sein Gesicht. »Erinnere mich nicht daran!«

»Bist du ganz sicher, dass du nicht mitkommen kannst?«, fragte Sabine noch einmal nach. »Meine Mum hat das genialste Picknick für uns einpacken lassen.«

»Hey!« Julia gab Sabine einen Stups. »Hör auf damit! Womöglich ändert er seine Meinung und dann bleibt für uns weniger von den leckeren Sachen!«

Überrascht nahm Anya zur Kenntnis, dass Mark den Köder nicht schluckte.

Auf den Boden starrend, murmelte er nur: »Ich hoffe, ihr habt trotzdem Spaß!«

Er ist echt zerknirscht, dass er nicht mitkommen kann, bemerkte sie.

»Du kannst es auch so betrachten: Jetzt haben wir die perfekte Entschuldigung, um möglichst bald wieder einen Picknick-Ausritt zu machen«, sagte sie.

»Als hätten wir dafür schon je eine Ausrede gebraucht«, witzelte Julia, während Mark Anya ein kurzes Lächeln schenkte.

Als sie in die Box zurückging, um Chance zu satteln, hatte Anya ein schlechtes Gewissen, weil sie drei nun ausreiten konnten, während Mark daheimbleiben musste, um seine Hausaufgaben zu machen. Wenn er allerdings früher damit angefangen hätte …

Außerdem hätte ich auch gar nicht genug Stunden, um morgen noch mal auszureiten, erinnerte sich Anya.

Da Anya eine arbeitende Reitschülerin auf Blue Mountain war, musste sie sich den Unterricht oder die Ausritte mit Arbeitsstunden auf dem Hof verdienen.

Anya war sehr enttäuscht, dass Mark nicht mitkam, aber sie wollte sich den Picknick-Ausritt nicht verderben lassen.

»Wer hat Lust auf einen Galopp?«, rief Julia über ihre Schulter.

Mit einem prickelnden Gefühl nahm Anya die Zügel auf. Chance beschleunigte ihre Schritte sofort, und sobald Anya ihre Seiten berührte, ging sie in den Galopp über. Als der Weg enger wurde, ließen sich Sabine und ihre Stute Magic etwas zurückfallen. Anya gab eine halbe Parade, damit Chance nicht auf Zickzack aufritt.

Nach einer Weile wurde der Weg wieder breiter, doch Julia bog in einen Seitenpfad ein, auf dem es ein paar Hindernisse gab.

»Ruhig, Chance«, warnte Anya. »Du weißt doch gar nicht, was dich erwartet.«

Vor ihr erhob sich Zickzack in die Luft und landete weich mit einem dumpfen Hufschlag. Chance biss beim Anblick des aufgestapelten Reisigs auf ihr Mundstück und sprang zu früh ab. Anya lachte über den hohen, runden Satz der Stute, nahm sie jedoch zurück, als sie den Weg zu dem farnüberwucherten Zaun entlangstampften. Unter Anyas Zügelhilfen wurde die Stute etwas langsamer. Und als Anya die Zügel lockerte, reagierte sie mit einem sauberen Sprung.

Weiter vorne auf dem Weg bildete aufgestapeltes Reisig ein höheres Hindernis. Zickzack strauchelte und ging seitlich vorbei, obwohl Julia ihn kräftig antrieb. Chance zögerte und legte sich auf den rechten Zügel. Anya legte ihr rechtes Bein an und spürte den linken Zügel.

»Komm schon, Chance«, trieb sie sie an. »Du schaffst das!«

Weil Chance beim Absprung zu nah am Hindernis war, streiften ihre Vorderbeine es, aber sie landete sauber auf der anderen Seite. Sabine brach in einen Jubelschrei aus, als Magic ebenfalls über den Sprung ging. Anya blickte über die Schulter zurück und sah, wie Julia und Zickzack Magic folgten. Sie richtete ihre Aufmerksamkeit wieder auf den Weg vor ihnen und lenkte Chance um eine Biegung. Am Ende des Abstiegs war ein kleiner Bach und Chance setzte, ohne zu zögern, darüber, wobei sie ihre Hinterbeine unter sich brachte, um die folgende Steigung kraftvoll nach oben zu galoppieren. Anya lehnte sich nach vorne und klopfte Chances Hals.

»Du machst das super! Wenn du hier schon so gut bist, stell dir nur vor, wie du über den Geländeparcours gehst!«

Chance streckte sich in einen lockeren Ausgalopp, wobei ihre goldene Mähne flatterte. Die Bäume zu beiden Seiten verschwammen und der Klang von Magics und Zickzacks Hufen wurde schwächer. Als der Pfad sich zu einer Lichtung öffnete, verlangsamte Anya Chance widerstrebend. Sie ritt die Stute in Kreisen und klopfte ihre feuchte Schulter, bevor sie ihre Füße aus den Steigbügeln nahm und absprang. Als Magic und Zickzack auf die Lichtung galoppierten, zog Anya die Zügel über Chances Kopf. Die Stute rieb ihren Kopf an Anyas Schulter und schnaubte laut.

»Das hat dir gefallen, was?«, lachte Anya leise.

»Und der Pokal für den diesjährigen Geländeritt geht an…« Julia machte einen Trommelwirbel, als sie Zickzack anhielt.

»Das war schon ein Auftritt«, stimmte Sabine lachend zu, glitt aus ihren Steigbügeln und rutschte von Magic.

»Sie liebt Sprünge einfach«, sagte Anya stolz, nahm der Stute das Zaumzeug ab und lockerte den Sattelgurt.

Während sie half, die Picknickdecke auszubreiten und die Behälter mit dem Essen hinzustellen, wurde Anya nachdenklich.

Ich werde nicht mehr lange Chances Hauptreiterin sein, dachte sie.

Die Hofeigentümer hatten Chances Ausbildung in Anyas Hände gelegt, seit Chance auf den Hof gekommen war. Aber nun machte die Stute so große Fortschritte, dass diese Ausbildungszeit nicht mehr lange dauern würde. Bald würde sie als Schulpferd genutzt werden, damit sie ihren Unterhalt verdienen konnte. Anya wusste, dass sie für die Erfahrungen, die sie mit Chance hatte machen können, dankbar sein sollte.

Aber es wird mir schwerfallen, sie mit anderen zu teilen, dachte sie bei sich selbst.

»Du lieber Himmel, Sabine, dieser Kuchen ist ja Wahnsinn!«, stöhnte Julia genießerisch, nachdem sie von der Schokotrüffeltorte ein riesiges Stück abgebissen hatte.

»Hey, du musst mindestens zwei Sandwiches essen, bevor du dich an deinen Nachtisch machen darfst«, grinste Sabine. Sie zog den Deckel von einer Dose ab und reichte sie Anya. »Aubergine und Pesto?«

»Äh, ich glaube, ich bleibe bei dem hier, danke«, sagte Anya und biss in ein goldgelb gebackenes Blätterteigstück.

»Wenn Mark wüsste, was er hier verpasst«, sagte Julia mit einem zufriedenen Seufzer.

»Ja«, stimmte Anya zu, wobei sie sich an den enttäuschten Ausdruck auf Marks Gesicht erinnerte, als er ihnen gesagt hatte, dass er nicht mitkommen könne. »Wir bringen ihm zum Trost ein Stück von der Schokotorte mit.«

»Etwas von dieser Torte übrig lassen?«, fragte Julia mit einem Ausdruck blanken Horrors auf ihrem Gesicht. »Man kann es mit der Freundschaft auch übertreiben, findest du nicht auch?«

Anya kicherte, aber sie wusste ganz genau, dass ihre Freundschaft jeden Schokokuchen überdauern würde. Manche Dinge waren für die Ewigkeit gemacht.

Drittes Kapitel

Anya sah aus dem Fenster, während der Bus durch ein ruhiges Wohngebiet fuhr. Die Häuser auf beiden Seiten der Straße lagen alle zurückversetzt in großen Gärten. Anya stellte sich vor, wie großartig es doch sein müsste, hier zu leben. Sie fuhren an Marks Haus vorbei, dessen Fassade cremefarben gestrichen war. Eine Seite war mit Weinlaub bewachsen, dessen Blätter rot und gelb leuchteten. Der Garten war zur Hälfte umgegraben. Anya erinnerte sich an eine Bemerkung von Mark, dass seine Mutter ihr eigenes Gemüse anbauen wolle.

Toby und Ollie würden diesen großen Garten lieben, dachte sie und vor ihrem geistigen Auge tauchte ihr eigener kleiner Garten auf.

Als der Bus die Stadtmitte erreicht hatte, musste er vor einer Ampel das Tempo verlangsamen. Anyas Aufmerksamkeit wurde auf eine Gruppe von Jungen gelenkt, die gerade die Straße überquerten. Einige von ihnen trugen Skateboards. Ein dunkelhaariger Junge mit einem Emo-Haarschnitt blödelte gerade mit jemandem herum, der ihr bekannt vorkam. Anya runzelte die Stirn und wechselte auf die andere Seite des Busses, um die Gruppe, die gerade den Park betrat, noch länger im Blick haben zu können.

Ist das etwa Mark? Das kann nicht sein!, dachte sie. *Der sitzt doch zu Hause und arbeitet an seinem Schulprojekt.*

Aber der Junge hatte denselben Gang wie Mark und hielt seinen Kopf wie Mark. Und als er lachte und dabei mit der Hand auf die typische Weise durch sein Haar fuhr, war sie sich ganz sicher, dass es tatsächlich Mark war. Als der Bus wieder anfuhr, klopfte Anya ans Fenster, um ihn auf sich aufmerksam zu machen, doch vor lauter Herumalbern mit seinen Kumpels bemerkte Mark sie nicht. Anya setzte sich wieder auf ihren Platz. Sie war verwirrt.

Was ging denn da ab? Hatte Mark sie angeschwindelt, um mit seinen Freunden zusammen zu sein? Nein, das würde er nicht tun. Vielleicht war er früher als erwartet mit seinem Projekt fertig geworden? Mark würde sie doch nie anlügen oder freiwillig auf einen Picknick-Ausritt verzichten. Wenn er mit uns hätte zusammensein können, hätte er sich dafür entschieden, dachte sie. *Außerdem würde er sein Pferd Henry nicht ohne einen guten Grund vernachlässigen. Es wird sich alles aufklären, wenn ich ihn morgen sehe. Da besteht kein Zweifel.*

Am nächsten Morgen arbeitete Anya mit Chance in einem abgesteckten Viereck mit acht Sprüngen, die sie auf dem Reitplatz aufgestellt hatte. Die Stute war ausgeruht. Und Anya versuchte, sie dazu zu bringen, ihre Hinterbeine für kräftige Sprünge sauber unterzusetzen.

»Komm schon, Chance«, ermunterte sie sie und legte die Beine an, während sie mit den Händen das Tempo kontrollierte. Chance senkte ihren Kopf und Anya lenkte sie auf das erste Hindernis mit den gekreuzten Stangen zu. Als Chance darüberging, knickte Anya in der Hüfte ab, behielt aber einen leichten Knieschluss bei. Als Nächstes folgte ein Steilsprung. Da Chance zu kurz davor absprang, schlug sie mit ihren Vorderbeinen die Stange aus der Halterung. Als sie auf die nächste Hürde zugaloppierten, hatte Chance keinen Schwung mehr. Anya folgte Chances Bewegungen und machte eine halbe Parade. Mit einem leisen Stöhnen hob sich Chance in die Luft und ging sauber über den Sprung.

»Gut gemacht! Braves Mädchen!«, lobte Anya.

Chance verlängerte ihre Galoppsprünge und Anya konnte sehen, dass die Stute den Absprungpunkt vor dem nächsten Hindernis wieder falsch einschätzte. Anya schloss ihre Beine und gab mit der Hand energische Hilfen, damit Chance ihre Hinterbeine untersetzte. Die Stute machte einen kurzen Zwischensprung und ging über das Hindernis. Anya freute sich, dass sich Chance gut durch den Parcours arbeitete.

Vor dem letzten Sprung wurde Chance auf einmal schneller. Anya schloss ihre Beine und hielt die Zügel fest, um Chance in den versammelten Galopp zu bringen. Chance reagierte mit kurzen, kraftvollen Galoppsprüngen und sprang dann kräftig ab. Bei der Landung peitschte sie mit dem Schweif hin und her. Anya beugte sich nach vorne und klopfte den Hals der Stute. »Das war sehr gut! Du hast dich wacker geschlagen, Chance!«, lobte sie.

»Hervorragend, Anya!« Clem ging über den Reitplatz. »Das war gut geritten!«

Anya ritt eine Volte und hielt Chance neben Clem an.

»Danke«, antwortete sie außer Atem. »Chance ist doch ein Superstar, nicht wahr?«

Clem nickte. »Ich glaube, wir können sie nun auch von unseren Fortgeschrittenen reiten lassen.«

Anya spürte plötzlich einen Druck in der Magengegend. Es war, als hätte Clem ihre Gedanken vom Vortag gelesen und würde jetzt darauf reagieren. Sie senkte den Blick und spielte mit einer Strähne von Chances Mähne, um sich ihre Enttäuschung vor Clem nicht anmerken zu lassen.

»Ich will natürlich trotzdem, dass du weiter mit ihr arbeitest«, fügte Clem hinzu. »Du machst das ganz großartig.«

»Danke«, brachte Anya hervor. »Ich kühle sie jetzt mal lieber ab.«

»Okay«, sagte Clem lächelnd. »Ich sehe dich dann später.«

Während Clem zum Tor ging, wendete Anya Chance, um sie im Schritt noch etwas zu bewegen.

Es wird nicht lange dauern, bis Clem Chances Ausbildung ganz den Fortgeschrittenen überlässt, dachte sie hilflos. *Und dann kann ich froh sein, wenn ich sie überhaupt noch ab und zu reiten darf.*

Sie gab die Zügel frei, damit Chance ihren Hals strecken konnte. Das Pferd schnaubte zufrieden. Anya wurde immer klarer, dass ihre gemeinsame Zeit als Spezialteam langsam zu Ende ging. Aber dann kam sie sich sehr egoistisch vor.

Ich wusste doch, dass das auf mich zukommen würde. Nun muss ich eben damit umgehen. Das Einzige, was zählt, ist, dass Chance glücklich ist und ihr Potenzial ausschöpfen kann.

Ein Gefühl der Liebe zu der schönen Stute überkam Anya. Sie lehnte sich nach vorne und umarmte Chance.

»Aber niemand wird dich je so lieben wie ich, vergiss das nicht!«

Nachdem sie Chance abgewaschen hatte, führte Anya sie in ihre Box. Sie musste kichern, weil die Stute so hoffnungsvoll zu ihrem Futtereimer schielte.

»Später«, erklärte sie dem Pferd. Jetzt muss ich erst mal meine anderen Aufgaben erledigen.«

Mit einem kurzen Blick versicherte sie sich noch einmal, dass es Chance gut ging, und verließ sie.

Fast alle Boxen waren leer, weil die Pferde entweder auf der Koppel oder beim Reitunterricht im Einsatz waren. Anya ging zum Geräteschuppen, um eine Schubkarre und eine Mistgabel zu holen und dann die Boxen auszumisten.

»Anya!« Der panische Schrei eines Jungen war auf dem ganzen Hof zu hören. Es war Dominik.

»Ronnie steckt im Zaun fest und ich krieg ihn nicht raus!«, jammerte er.

Anya ließ die Mistgabel fallen und rannte mit dem Jungen zur Koppel. Sie sah Ronnie am anderen Ende der Weide.

»Was ist denn passiert?«, keuchte sie, während sie über den Zaun kletterte und auf den Falben zurannte.

»Wahrscheinlich hat er gedacht, das Gras auf der anderen Weide schmecke besser«, japste Dominik.

Anya bremste ab und sah, dass Ronnie seinen Kopf durch den Drahtzaun geschoben hatte, um das Gras auf der angrenzenden Weide zu erreichen.

Da kommt er nie wieder von allein raus, dachte sie. *Der friedlich grasende Ronnie scheint sich daran aber überhaupt nicht zu stören.*

»Geh und hol eine Drahtschere aus dem Geräteschuppen«, ordnete Anya an.

»Ist es schlimm? Kommt er wieder in Ordnung?«, fragte Dominik besorgt.

»Alles wird gut«, beruhigte Anya ihn. »Aber nur wenn du mir jetzt schnell die Drahtschere bringst!«

Dominik sprintete los, während Anya auf Ronnie einredete. »Ganz ruhig stehen bleiben, alter Junge.«

Ronnie schien sich aus seiner Zwangslage gar nichts zu machen. Er drückte sich sogar noch dichter an den Draht, um besser an den Gräsern auf der Nachbarkoppel knabbern zu können.

Nach ein paar Minuten kam Dominik mit der Drahtschere zurück. Anya durchtrennte den Draht rund um den Hals des Pferdes. Nicht einmal jetzt zog Ronnie seinen Kopf zurück.

»Hilf mir bitte mal«, sagte sie zu Dominik und griff in Ronnies Mähne.

Gemeinsam zerrten sie den Falben vom Zaun weg. Anya zwirbelte die aufgeschnittenen Drahtenden wieder zusammen. Ronnie trabte davon.

»Vielen Dank, Anya«, sagte Dominik.

»Gern geschehen«, sagte Anya mit zittriger Stimme. »Dafür bin ich ja da.«

Sie beobachtete Ronnie noch ein paar Minuten, um sicherzugehen, dass er sich nicht verletzt hatte. Dann ging sie zum Stall zurück, um weiter auszumisten.

Bei einem kurzen Blick in Henrys Box stellte Anya erstaunt fest, dass sie immer noch verschmutzt war. Mark hätte längst sauber machen müssen. Als sie Schritte hörte, drehte sie sich um und sah Trinity die Stallgasse entlangeilen.

»Hast du Mark irgendwo gesehen?«, fragte Anya die Pferdepflegerin.

Trinity schüttelte den Kopf. »Ich habe ihn seit gestern nicht mehr gesehen. Heute Morgen hat Henry ständig gegen die Boxenwand getreten. Deshalb habe ich ihn auf die Koppel gelassen.« Sie runzelte die Stirn. »War Mark etwa noch gar nicht hier?«

Anya reagierte schnell, denn sie wollte Mark nicht in Schwierigkeiten bringen.

»Sicher war er hier, aber wir haben ihn nicht gesehen.«

Sie wartete, bis Trinity weg war, bevor sie Henrys Boxentür öffnete.

Ich miste mal schnell aus, dachte sie.

Sie holte die Schubkarre und überlegte, was Mark wohl davon abgehalten hatte, Henry zu versorgen? Sie entfernte die schmutzige Streu, lockerte saubere auf und füllte dann die Heuraufe nach. Als sie die Schubkarre weiterschieben wollte, hörte sie jemanden die Stallgasse entlangrennen. Es war Mark, der ziemlich verlegen aussah.

»Du hast für mich ausgemistet? Danke, Anya, das ist super! Es tut mir wirklich leid, dass ich nicht hier war, um es selbst zu machen.« Er sah auf seine Uhr. »Wie wäre es, wenn ich dich auf eine Cola in die Cafeteria einladen würde?«

Anya richtete sich auf. »Das klingt gut«, stimmte sie zu. »Ich treffe dich dort, sobald ich alles aufgeräumt und mir die Hände gewaschen habe.«

»Ja, bis gleich.« Mark drehte sich auf dem Absatz um.

»Warte mal einen Moment!«, rief Anya ihm nach. »Was war denn los? Warum kommst du so spät?«

Mark warf einen Blick über seine Schulter. »Ich hatte vergessen, meinen Wecker zu stellen, und habe verschlafen.«

»Dann ist es ja gut, dass es an einem Wochenende passiert ist und nicht an einem Wochentag. Da wäre ich nicht hier gewesen, um für dich einzuspringen«, sagte Anya mit warmer Stimme. »Heute Morgen hat Trinity Henry rausgelassen.«

»Das war ein einmaliger Ausrutscher, ich schwör's«, sagte Mark kleinlaut.

Anya zögerte und überlegte, wie sie Mark nach dem gestrigen Tag fragen konnte, ohne dass es sich wie eine Beschuldigung anhörte. Doch als sie die Frage stellen wollte, rief Clem nach ihr.

»Anya, könntest du bitte Wagner für mich satteln? Ich muss in zehn Minuten eine Privatstunde geben.«

»Lass mal«, sagte Mark und nahm die Schubkarre. »Ich räume sie weg.«

»Danke«, sagte Anya im Davoneilen. »Bis gleich in der Cafeteria.«

Anya rannte den Weg zwischen den Reitplätzen entlang und nahm die Abkürzung die Böschung hinauf. Mark winkte ihr von einem der Tische auf der Terrasse der Cafeteria zu. Von hier hatte man einen schönen Blick über die beiden Reitplätze. Julia und Sabine waren bei ihm. Julia klopfte gleich auf den Stuhl neben sich, als Anya an den Tisch trat.

»Warum trägst du denn eine Sonnenbrille?« Anya hob die Augenbrauen fragend, als sie die riesigen dunklen Gläser sah, die Julias Gesicht verbargen. »Heute scheint die Sonne doch gar nicht!«

»Ich übe schon mal für den Fall, dass ich nirgendwo mehr hingehen kann, ohne erkannt zu werden. Nächstes Wochenende findet mein erstes Foto-Shooting statt.« Julia seufzte dramatisch. »Ach, die Schattenseiten des Ruhms.«

Anya und die anderen lachten. Julia und ihr Pferd Zickzack waren für die neue Werbekampagne für »Harrys Qualitätspferdefutter« als Models engagiert worden. Dieser glückliche Umstand hatte verhindert, dass Zickzack verkauft werden musste, nachdem Julias Vater seinen Job verloren hatte.

»Hast du auch eine Sonnenbrille für Ziggy?«, fragte Anya kichernd.

»Für ein Pferd? Mach dich nicht lächerlich«, entgegnete Julia. Dann grinste sie. »Aber ich werde dafür sorgen, dass er in der Öffentlichkeit eine Perücke trägt.«

Alle brachen in Gelächter aus.

»Wo wird das erste Shooting denn stattfinden?«, wollte Anya wissen.

Julia zuckte mit den Achseln. »Irgendwo auf dem

Land. Am Samstag schicken sie einen Wohnwagen für Ziggy und mich.«

Mark pfiff durch die Zähne. »Du bekommst einen eigenen Wohnwagen? Bald wirst du dich gar nicht mehr mit uns abgeben.«

»Stimmt«, antwortete Julia und nickte. »Aber ich werde euch immer in guter Erinnerung behalten.«

»Und wir dich auch«, grinste Sabine. »So wie gestern, als du und Ziggy es geschafft habt, in einem Baum hängen zu bleiben.«

»Ich habe irgendwo ein paar Fotos als Beweise«, sagte Anya und klopfte auf ihre Taschen. »Es sah toll aus, als Zickzack sich endlich befreien konnte, aber Julia immer noch an diesem Ast hing.«

Julia stöhnte. »Ich kann wegen meiner Model-Karriere überhaupt nicht abheben, weil ihr mich immer wieder auf den Boden der Tatsachen zurückholen werdet.«

»Es sei denn, du schwingst gerade an einem Ast, oder?« Marks Mundwinkel zuckten.

»Genau.« Julia formte einen Ball aus der Serviette, in die ihr Muffin eingewickelt gewesen war, und warf ihn nach Mark. Der duckte sich, stieß dabei gegen den Tisch und brachte die Gläser zum Überschwappen.

»Auszeit!«, rief Anya.

Mark richtete sich wieder auf. »Also hattet ihr Spaß bei eurem Picknick-Ausritt?«

»Großen Spaß«, antwortete Anya. »Und ich bin immer noch satt.«

Anya fragte sich, wann Mark nun endlich erzählen würde, weshalb er mit seinen Kumpels unterwegs gewesen war, statt an seinem Projekt zu arbeiten.

»Und Chance war unglaublich. Wir sind den Weg mit den Hindernissen geritten und sie hat jedes ohne Probleme genommen!«

»Jaaah, wir wissen doch, dass keiner eine Chance gegen Chance hat.« Julias Augen funkelten, weil sie sich über Anyas Begeisterung für ihr Lieblingspferd lustig machte. »Und sie wird sehr bald an der Spitze sein.«

»Vielleicht, aber so weit ist sie jetzt noch nicht«, antwortete Anya schnell und ging gar nicht auf den Scherz ein.

»Ist alles in Ordnung?« Sabine war sichtlich überrascht von Anyas Reaktion. In ihren blauen Augen spiegelte sich Besorgnis.

Anya seufzte. »Na ja, Clem hat mir heute beim Reiten zugesehen und meinte, Chance sollte nun auch von anderen Fortgeschrittenen geritten werden. Dann werde ich sie kaum noch reiten können, denn jeder wird sie wollen.«

Eine Stille voller Mitleid entstand. Mark nahm ein Glas vom Tablett und reichte es Anya. »Hier, nimm.«

»Chance ist eines der schönsten Pferde auf Blue Mountain. Und es macht Spaß, sie zu reiten ist, aber ich glaube nicht, dass man dich rausdrängen wird«, sagte Sabine nachdenklich. »Chance hat eine so enge Bindung zu dir. Clem wird euch beide nicht trennen, weil sie weiß, dass sie damit Chances Fortschritte bremsen würde.«

Julia nickte. »Und Clem weiß, wie sehr du an Chance hängst. Sie wird dich auch nicht verärgern wollen.«

Anya blickte dankbar von einer zur anderen. »Danke, Leute. Das wollte ich hören.«

»Also, warum kriegt Anya eine spezielle Belohnung?« Sabine nickte zu der Cola hin.

»Ich war heute Morgen zu spät dran – hatte verschlafen, nachdem ich letzte Nacht mein Projekt fertig gemacht habe. Anya hat Henrys Box für mich ausgemistet«, erklärte Mark.

»Wenn das nur eine Cola kostet, kannst du Zickzack jeden Tag übernehmen«, neckte Julia Anya.

»Dieses Projekt scheint ja ganz schön aufwendig gewesen zu sein«, sagte Sabine mitfühlend. »Den ganzen Nachmittag und dann auch noch die Nacht?«

Anya wartete darauf, dass Mark ihr widersprechen und erklären würde, dass er am Nachmittag überhaupt nicht an seinem Projekt gearbeitet hatte.

Doch Mark zuckte nur mit den Schultern und sagte: »Aber jetzt ist es ja fertig.«

Anya starrte ihn überrascht an.

Warum lügt Mark uns an?

Viertes Kapitel

»Gehst du schon?« Julia blickte überrascht drein, als Anya aufstand.

»Äh, ich muss vor den Nachmittagskursen noch die Zuschauertribüne fegen.«

Diese Ausrede war so gut wie jede andere. Anya musste einfach weg, um über alles nachzudenken.

»Soll ich dir helfen?« Sabine stand auch auf.

»Nein, geht schon, danke«, sagte Anya. »Bis später dann!«

Sie vermied den Blickkontakt mit Mark, winkte den anderen noch einmal zu und eilte davon. Während sie zum Geräteschuppen ging, um den Besen zu holen, dachte sie über Marks Antwort nach.

Das war gestern auf jeden Fall er. Also warum tut er so, als hätte er den ganzen Nachmittag in seinem Zimmer gesessen und an seinem Projekt gearbeitet?

Sie trug den Besen zum überdachten Zuschauerbereich und fing an, zwischen den Sitzreihen zu kehren.

Vielleicht ist er einfach mal kurz raus, um eine Pause

zu machen, überlegte sie. *Vielleicht war es reiner Zufall, dass ich gerade in diesem Moment dort vorbeikam.* Sie seufzte. *Beunruhigender war aber, dass Mark Henrys Pflege schleifen ließ. Bisher war Henry doch das Wichtigste in Marks Leben gewesen!* Sie fegte den Dreck zu einem Haufen zusammen, schaufelte ihn in einen Müllsack und band ihn zu. Sie hatte das Gefühl, dass sie unbedingt zu Chance musste, und verließ die Reithalle.

Als Chance ihre Schritte hörte, schaute sie über ihre Boxentür und wieherte leise.

»Hallo, Süße«, sagte Anya lächelnd. »Hast du Lust, etwas nach draußen zu gehen?«

Sie ging in die Box und löste die Stalldecke. Mit einer Kardätsche strich sie über Chances glänzendes Fell, das wegen der herannahenden kalten Jahreszeit bereits dichter wurde.

»Bald werden wir dir die Winterschur verpassen«, murmelte Anya.

Chance genoss Anyas gleichmäßige Bürstenstriche und schloss die Augen halb.

»Es wird bestimmt ein komisches Gefühl für dich sein, wenn dich andere Leute reiten, aber Clem gibt dir sicher nur die besten Reiter.« Sie arbeitete sich bis zu Chances Schweif vor, der wie Seide schimmerte. »Und dann werden sie alle merken, was für ein unglaubliches Pferd du bist.« Anya legte ihre Arme um Chances Hals. »Ich kenne kein Pferd, das so besonders ist wie du.«

Die Stute stupste zart Anyas Schulter an und Anya hauchte einen Kuss auf die Chances Nase. Seufzend legte sie ihr eine Decke über den Rücken.

»Ich bringe dich jetzt raus«, sagte sie, machte einen Führstrick am Halfter fest und führte Chance nach draußen.

Chances Hufe klapperten auf dem Steinboden der Stallgasse. Anyas Gedanken kehrten zu Mark zurück.

Ich werde ihm sagen, dass ich weiß, dass er sich gestern mit seinen Freunden getroffen hat und nicht mit uns ausreiten wollte, beschloss sie.

Eine Last fiel von ihren Schultern, während sie Chance in die Sonne führte.

Bevor Anya Mark suchen und mit ihm reden konnte, wurde sie gebeten, beim Springunterricht für Anfänger auszuhelfen.

»Tut mir leid, dass ich dir erst so kurzfristig Bescheid gebe, Anya«, entschuldigte sich Keira, eine der Reitlehrerinnen. »Eigentlich hätte mir jemand anderes helfen sollen, aber da gab's ein Missverständnis.«

»Kein Problem«, gab Anya zurück, als sie gemeinsam zum Außenreitplatz gingen, wo Keira vier kleine Hindernisse in einem Viereck aufgestellt hatte. Anya stellte sich neben die Hindernisse, um Keira zu helfen, abgeworfene Stangen wieder aufzulegen.

Die acht Reiter kamen nacheinander auf die Reitbahn und trabten ein wenig im Kreis, um die Pferde aufzuwärmen. Nach ein paar Minuten ließ Keira die Reiter einfache Lockerungsübungen im Sattel ausführen. Dominik schwang seinen Arm im Kreis und kam damit aus Versehen an Ronnies Hinterteil. Der Falbe fiel sofort in Galopp, wobei er fast auf Ava auflief, die unter Molly vor ihm ging.

»Konzentriert euch bitte.« Keira wartete, bis Dominik Ronnie ans Ende der Abteilung geritten hatte. »Heute gehen wir ein einfaches Sprungviereck im Galopp. Die Abstände zwischen den Hindernissen sind alle gleich. Ihr müsst dazwischen nur je zwei Galoppsprünge machen. Ich will sehen, dass ihr in der Hüfte einknickt, eure Knie am Sattel angelegt sind und eure Steigbügel nach vorne zeigen. Eure Schultern, Ellbogen, Hüften und Fußgelenke müssen auf einer gedachten geraden Linie liegen. Übt diese Position nun bitte und haltet sie, wenn ihr um den Reitplatz trabt. Greift ruhig nach dem Halsriemen eures Pferdes, wenn ihr euch etwas unsicher fühlt.«

Die Abteilung trabte in der Sprunghaltung zweimal um den Platz, bevor Keira die Gruppe wieder in der Mitte versammelte.

»Okay«, sagte sie. »Molly, möchtest du mit Ava als Erste über die vier Hindernisse springen?«

Molly wendete das kleine Pony und trabte sie vom Rest der Gruppe weg. Als sie auf das Viereck zuritt, galoppierte sie den Fuchs an. Ava reagierte gelassen. Sie stellte die Ohren auf und konzentrierte sich auf den Sprung. Mollys Augen waren fest auf die Mitte der obersten Stange gerichtet. In der letzten Sekunde rief sie: »Hopp!« Ava hob ihre Vorderhufe leicht an und ging in einem perfekten Bogen über das Gatter.

Gut gemacht, dachte Anya, während die beiden über den nächsten Sprung gingen.

»Gib Ava mehr Zügel, damit sie ihren Hals bei der Landung strecken kann, Molly!«, rief Keira.

Noch bevor Keira den nächsten Reiter aufrufen konnte, war Ben Chambers mit Millie schon losgeritten.

»Ich schätze mal, dann bist du der nächste, Ben«, sagte Keira grinsend.

Anya musste über den konzentrierten Gesichtsausdruck des Neunjährigen lächeln. Seine Augen waren zusammengekniffen und sein Kiefer arbeitete mit, während er Millie auf das erste Gatter zutrieb.

»Unsichtbare Hilfen bitte, Ben«, erinnerte ihn Keira. »Es ist wichtig, dass du Millie jedes Zeichen unmerklich gibst.«

Ben hörte auf, Millie zu treten, aber als das Pferd die obere Stange des nächsten Sprungs abwarf, stieß er seine Fersen wieder in ihre Seiten. Millie legte die Ohren an und machte einen Riesensatz über das nächste Hindernis. Ben schnappte nach Millies Mähne, um nicht zu fallen. Millie donnerte mit ihren Hufen gegen die Stange, die in der Halterung wackelte und dann zu Boden fiel. Nachdem Ben seine Sprünge absolviert hatte, eilte Anya zum Hindernis, um es wieder aufzubauen. Keira rief Dominik und Ronnie auf.

Dominiks Beine schlackerten während des ganzen Ritts, obwohl Keira ihm zurief, er solle still sitzen. Ronnie weigerte sich zu galoppieren und ging im Trab über alle Hindernisse.

»Ich wundere mich, dass Ronnie überhaupt gesprungen ist, so wie du auf seinem Rücken rumgewackelt hast«, sagte Keira, nachdem die beiden den kleinen Parcours mit zwei Abwürfen beendet hatten.

Anya verkniff sich ein Grinsen mit einem Blick auf Dominiks verletzten Gesichtsausdruck und bückte sich nach einer Stange.

»Marie!« Keira rief die jüngste Reiterin auf Rye auf, Sabines ehemaliges Pony. »Du bist die Nächste!«

Die weiteren Reiter kamen alle ohne Abwürfe durch den Parcours. Danach stellten sie sich wieder in der Mitte des Platzes auf.

Keira erklärte: »Es ist wirklich wichtig, dass ihr eure Pferde dazu bringt, vor dem Sprung ihre Hinterbeine unterzusetzen. Denn nur so können sie kraftvoll über die Hindernisse springen. Das nennt man ›Impulsion‹. Verwechselt das nicht mit Geschwindigkeit! Ich möchte, dass ihr nun noch mal über die vier Hindernisse reitet. Bitte konzentriert euch dieses Mal darauf, eure Beine sinnvoll einzusetzen, ohne zu treten. Und nutzt eure Hände zur Kontrolle des Tempos.«

Die Klasse ritt noch einige Male den kleinen Parcours. Und gegen Ende der Stunde galoppierte sogar Ronnie über die Hindernisse, sodass alle Dominik applaudierten.

»Okay, dabei belassen wir es erst mal für heute«, sagte Keira. »Lobt eure Pferde und lasst sie am langen Zügel durch die Bahn gehen.« Sie warf ihre dunkelroten Haare zurück und drehte sich zu Anya. »Danke für deine Hilfe.«

»Gern geschehen«, sagte Anya und verließ den Reitplatz.

Als Anya in die Sattelkammer kam, putzten Julia und Sabine ihre Sättel.

»Hallo, Leute!«, rief sie. »Habt ihr Mark irgendwo gesehen?«

Julia tauchte ihren Schwamm in den Eimer und drückte ihn aus.

»Er ist schon gegangen. Sein Handy hat geklingelt und weg war er.«

»Er hat sogar seine Reitstunde versäumt«, fügte Sabine hinzu. »Was immer es war, es muss echt dringend gewesen sein.«

»Ich rufe ihn nachher mal an, wenn ich daheim bin, und frag ihn, ob alles in Ordnung ist.«

Anya machte sich Sorgen um ihren Freund. Mit zwei Halsriemen in der Hand machte sie sich auf den Weg zur Koppel, um die Pferde für die Nacht reinzuholen.

»Oh nein«, stöhnte sie.

Henry graste in der Nähe des Zauns, über und über mit Schlamm bedeckt. Seufzend öffnete sie das Tor, ging zu dem Wallach und schob ihm den Riemen über den Kopf.

»Na, komm, Henry«, sagte sie. »Machen wir dich mal sauber.«

Anya führte Henry in seine Box und holte sein Putzzeug. Dann machte sie sich an die Arbeit. Sie bewegte den Striegel in Kreisen und überlegte dabei, was das wohl für Neuigkeiten waren, die Mark dazu bewogen hatten, Henry einfach so stehen zu lassen.

Hoffentlich ist nichts passiert und auch seiner Mutter geht es gut, dachte sie bei sich.

Schnell schob sie die negativen Gedanken von sich. Es brachte nichts, über schlechte Nachrichten zu spekulieren. Sie würde warten, bis sie mit Mark sprechen konnte. Das Einzige, was sie tun konnte, war, Henry für die Nacht fertig zu machen.

»Alles wird gut«, sagte Anya, als Henry ungeduldig wurde. Doch sie wusste nicht genau, wen sie damit beruhigen wollte: den Wallach oder sich selbst.

Als Anya am nächsten Tag auf Blue Mountain ankam, suchte sie als Erstes nach Mark. Am Abend vorher hatte er sein Handy ausgeschaltet gehabt und auf dem Festnetz war er auch nicht zu erreichen gewesen. Da sie ihn nicht finden konnte, sattelte Anya Wagner für eine Privatstunde. Sie zog gerade den Sattelgurt des Rappen an, als Trinity in die Box sah.

»Anya, ein Anruf für dich im Büro. Ich glaube, es ist Mark. Ich mache Wagner fertig.«

Mit einem kurzen »Danke!« rannte Anya zum Büro. Sie hoffte, dass alles in Ordnung war.

»Hallo?«

»Hey, Anya«, sagte Mark am anderen Ende.

»Mark! Ich habe den ganzen gestrigen Abend versucht, dich zu erreichen«, sagte Anya außer Atem. »Ist alles in Ordnung?«

»Ja, alles ist okay.« Mark klang überrascht.

»Du bist gestern gegangen, ohne noch mal nach Henry zu sehen.« Anya lehnte sich gegen den Schreibtisch. »Ich musste ihn versorgen. Außerdem habe ich mir echt Sorgen um dich gemacht.«

»Deshalb rufe ich ja an«, sagte Mark. »Ich hatte gehofft, dass du mir einen Gefallen tust und Henry für die Nacht fertig machst?«

»Heute schon wieder? Mark, was geht hier eigentlich ab?«, wollte Anya wissen. »Warum kannst du nicht selbst nach Blue Mountain kommen?«

»Gar nichts ist los.« Mark unterbrach das Gespräch und sprach mit jemandem, der offensichtlich bei ihm war. »Anya, ich muss los«, sagte er in den Hörer. »Ich schulde dir was. Wir sehen uns morgen.«

»Mark!«, protestierte Anya, doch die Leitung war tot. Sie legte den Hörer auf und verließ das Büro mit einer Mischung aus Ärger und Enttäuschung. Die ganze Sorge um Mark war umsonst gewesen. Natürlich war sie erleichtert, dass nichts passiert war, aber Mark benahm sich total verantwortungslos. Henry hatte es nicht verdient, dass Mark sich plötzlich nicht mehr um ihn kümmerte und andere Dinge ihm viel wichtiger waren.

Aber was machte er eigentlich, während er hier bei Henry sein sollte?

Nachdem sie die Abendfütterung vorbereitet und geholfen hatte, die Pferde für die Fünfuhrstunde zu satteln, merkte Anya, dass sie nicht genug Zeit hatte, um mit Chance zu trainieren und sich auch noch um Henry zu kümmern. Ärgerlich presste sie ihre Lippen zusammen und holte Henry von der Koppel.

»Na komm, mein Junge.« Sie klopfte seinen Hals. Er konnte ja nichts für den ganzen Ärger. »Du fragst dich bestimmt auch, wo Mark ist, nicht wahr?«, sagte sie zu Henry, der brav neben ihr zum Hof ging.

In seiner Box nahm sie ihm die Decke ab und bürstete ihn kurz, bevor sie ihn mit Stricken an beiden Seiten der Stallgasse festmachte, damit sie die Box ausmisten konnte.

»Hey, Anya.« Clem schaute durch die Flügeltüre am Ende des Stalls. »Ich dachte, ich schau dir heute beim Training mit Chance zu. Du bist ein bisschen spät dran, nicht?«

»Ich kann sie heute nicht reiten«, bedauerte Anya. »Ich bin mit der Stallarbeit noch nicht fertig.«

Clem nickte. »Marie hat gerade Zeit.« Marie war eine der Schülerinnen, die auch auf dem Hof arbeitete. »Ich schlage vor, dass sie heute mit Chance trainiert.«

Clem drehte sich um und verließ den Stall. Anya stieß zitternd die Luft aus. Sie hatte gewusst, dass andere Chance reiten würden. Aber sie hatte nicht gedacht, dass dieser Moment so bald käme.

Und das wäre gar nicht passiert, wenn ich Chance heute hätte reiten können, dachte sie. *Das ist alles Marks Schuld!*

Genervt griff sie nach der Mistgabel und fing an, Henrys Box auszumisten. Sie versuchte dabei, nicht neidisch auf Marie zu sein. Aber es war schwer, nicht zu denken, dass sie lieber an Maries Stelle wäre.

Wie Chance wohl mit einer fremden Reiterin zurechtkommt?

Sie war so in ihre Gedanken vertieft, dass sie gar nicht merkte, dass jemand in den Stall kam.

»Anya?«

Sie sah hoch und blickte in die erstaunten grünen Augen von Marks Mutter.

»Warum mistest du Henrys Box aus?«, fragte Karla. »Du hast doch gar keinen Stalldienst bei ihm. Mark sollte das machen.«

Anya trat unsicher auf der Stelle. Obwohl sie auf Mark sauer war, wollte sie nicht, dass er Ärger bekam.

»Äh, ich wollte ihm helfen«, sagte sie.

Karlas Augen wurden schmal. »Hat Mark dich darum gebeten?«

Anya konnte nicht lügen. »Ja«, gab sie zu.

Karla runzelte verärgert die Stirn.

»Warum hat er mir nicht gesagt, dass er keine Zeit für Henry hat? Wenn ich nicht wegen einer Rechnung auf den Hof gekommen wäre, hätte ich das überhaupt nicht herausgefunden.« Sie zögerte. »Passiert das öfter?«

»Das war das erste Mal, dass Mark mich darum gebeten hat, ihm zu helfen«, sagte Anya wahrheitsgemäß, konnte aber nicht verhindern, dass eine schuldbewusste Röte über ihr Gesicht huschte. »Ich glaube, er muss gerade viel für die Schule machen. Normalerweise kümmert er sich super um Henry.«

Karla nickte. »Okay, ich übernehme das jetzt. Aber vielen Dank dafür, dass du bereit warst einzuspringen, Anya.«

Anya reichte ihr die Mistgabel. »Ist schon okay.« Sie schaute auf ihre Uhr und stellte fest, dass ihr Bus in zwanzig Minuten fuhr.

Ich kann genauso gut jetzt schon zur Haltestelle gehen, dachte sie. *Es ist eh zu spät, um mit Chance zu reiten. Und ich kann gerade nicht ertragen, Marie und Chance zuzuschauen. Was, wenn Chance unter Marie viel größere Fortschritte macht und Clem vorschlägt, dass sie Chances Training übernimmt*?

Schweren Herzens ging Anya zu ihrem Schließfach

in der Sattelkammer, um ihre Stiefel auszuziehen. Fast wünschte sie sich, Chance würde Marie nicht gehorchen. Doch ihre andere Hälfte wollte, dass Chance allen zeigte, wie großartig sie war.

Ich will eigentlich nur, dass Chance mir gehört, dachte sie niedergeschlagen.

Fünftes Kapitel

»Hey, Anya.« Marissa Roberts lächelte breit, als sie ihr Pferd Biskuit am nächsten Tag genau neben den Flügeltüren des Stalls anhielt.

»Hi.« Anya blieb zurückhaltend. Marissa war nicht gerade ihre beste Freundin. Also warum grüßte sie so überschwänglich?

»Ich habe gestern Chance gesehen. Sie war wirklich gut«, fuhr Marissa fort. »So gut, dass ich stehen geblieben bin, um dir zu ihren Fortschritten zu gratulieren.«

Jetzt wusste Anya, was kommen würde, und verkrampfte sich.

»Aber das warst ja gar nicht du.« Marissa riss ihre Augen auf. »Es war Marie.« Sie lächelte wieder, diesmal voller Mitleid. »Es muss wirklich hart sein, Chances Training jemandem zu überlassen, der besser ist als du. Aber du hast bewiesen, das Chances Wohlergehen für dich an allererster Stelle steht. Das ist echt toll!«

»Ich habe Chance niemandem überlassen«, fuhr Anya Marissa an.

Marissa legte ihre Hand um Biskuits Nase, als ob sie sie vor Anya schützen wollte.

»Also steht Chance bei dir nicht an erster Stelle?« Ihr Tonfall triefte vor gespielter Enttäuschung. »Das ist schade.«

»Lass dich von mir nicht aufhalten«, sagte Anya frostig, wobei sie einen Schritt zur Seite trat.

»Worum ging's denn gerade?« Julia trat zu ihr.

Anya schüttelte ihren Kopf.

»Ach, Marie hat gestern mit Chance trainiert. Und jetzt musste Marissa darüber blöde Bemerkungen machen.«

Julia machte große Augen. »Ich dachte, du solltest Chance reiten.«

»Ja, das sollte ich auch«, sagte Anya und ging zur Sattelkammer. Während sie die Tür aufstieß, ließ sie Mantel und Schultasche von ihrer Schulter gleiten.

»Was ist passiert?« Julia sprach lauter, um den Lärm der Spindtüren zu übertönen.

»Mark hat mich gebeten, Henry zu versorgen. Danach musste ich noch meine regulären Arbeiten erledigen. Deshalb habe ich es nicht mehr geschafft, Chance zu trainieren. Und dann hat Clem entschieden, dass Marie sie bewegen soll.« Anya bemühte sich, nicht allzu bitter zu klingen. »Marissa war so freundlich, mir dafür zu gratulieren, dass ich Chance an eine um so viel bessere Reiterin abgegeben habe.«

Julia ließ ihre Reitklamotten auf den Boden fallen, um Anya zu umarmen.

»Das ist doch Quatsch«, sagte sie freundschaftlich. »Überleg mal, wie weit du Chance in den letzten paar Monaten gebracht hast. Niemand hätte das besser machen können als du.«

»Danke«, seufzte Anya. »Aber ich befürchte, dass ich jetzt raus bin.«

Sie drehte sich um, als sie hörte, wie sich die Tür öffnete. Kate Cornell steckte ihren Kopf herein.

»Hi, Mädels«, grüßte sie. »Anya, gerade eben hat Helena in letzter Minute die Dressurstunde abgesagt. Möchtest du vielleicht mit Chance einspringen, anstatt alleine mit ihr zu arbeiten?«

»Das wäre toll!«, antwortete Anya begeistert.

Als Kate die Tür wieder schloss, drehte sich Anya mit leuchtenden Augen zu Julia um.

»Siehst du! Du wirst bei Chance immer die Nummer eins bleiben«, sagte Julia zu ihr. »Ihr zwei seid ein viel zu gutes Team, als dass man euch auseinanderreißen würde.«

Anya ritt Chance im Trab auf die Reitbahn und reihte sich hinter Sabine und Magic ein. Sie arbeitete viel mit den Beinen, damit Chance unter ihr ordentlich mitmachte. Nach dem zehnminütigen Aufwärmen rief Kate die Abteilung zu sich in die Mitte.

»Heute lernen wir den Außengalopp«, erklärte sie lächelnd. »Das ist wirklich nützlich. Denn wenn wir das Pferd auf der eigentlich falschen Hand reiten, lernt es, sich viel besser im Gleichgewicht zu halten. Außerdem übt das Pferd dabei, dass es tun muss, was ihr von ihm verlangt! Sabine!« Sie winkte Sabine aus der Abteilung. »Mach es bitte mal vor!«

Im Leichttrab bewegte Sabine Magic zur langen Seite der Bahn. Die Rappstute beugte ihren Hals und hob den Schweif leicht und zeigte damit, dass sie ein echter Springprofi war.

»Am einfachsten bringt man sein Pferd in den Außengalopp, indem man es auf der richtigen Hand angaloppiert!«, rief Kate. »Wenn du in der Ecke angekommen bist, galoppiere sie an. An der nächsten Längsseite machst du eine kleine Schleife und galoppierst zurück.«

Sabine galoppierte Magic bis zum Ende der Längsseite und ritt sie dann aus dem Hufschlag. Während sie Magic wieder zurückritt, beobachtete Anya Magics Vorderbeine und sah, dass die Stute ihr äußeres Bein zuerst benutzte.

»Das ist es«, gratulierte Kate. »Sie ist nun auf der falschen Hand. Fühlst du es?«

Sabine nickte.

»Okay, Anya. Du bist die Nächste. Reite um die Bahn und verlasse den Hufschlag, wenn du an Punkt B bist.«

Anya trabte Chance die Länge der Bahn entlang. In der Ecke setzte sie sich tiefer in den Sattel. Chance fiel in einen weichen Galopp auf dem richtigen Fuß. In der nächsten Ecke gab Anya eine halbe Parade, um

Chances Aufmerksamkeit zu bekommen, bevor sie den Hufschlag verließ und Chance nach links wendete. Sie spürte, wie sich Chances Hinterbeine kraftvoll unter ihr bewegten und wusste, ohne nach unten zu sehen, dass Chance im Außengalopp ging.

Wir haben es geschafft!

»Gut, Anya!«, rief Kate. »Julia, du bist die Nächste.«

Zickzack stellte die Ohren auf und schnappte gierig nach dem Gebiss, als Julia ihn angaloppierte. Sobald sie ihn vom Hufschlag wegritt, verlängerte er seine Galoppsprünge. Julia kämpfte darum, ihn wieder unter Kontrolle zu bekommen.

»Schon in Ordnung«, rief Kate. »Bring ihn wieder in den Hufschlag und versuch's weiter vorne noch mal.«

Julia parierte Zickzack durch und brachte ihn in einen gleichmäßigen Galopp, bevor sie ihn wieder aus dem Hufschlag ritt. Dieses Mal gehorchte der Wallach und galoppierte auf dem falschen Fuß zurück.

Chance scharrte mit den Hufen. »Willst du es noch mal machen?« Anya lachte.

»Sag mal«, fragte Julia. »Sind Chance Hörner gewachsen oder hat sie gespaltete Hufe?«

»Wie meinst du das?«, fragte Anya zurück.

»Hat sie sich verändert, seitdem sie von jemand anderem geritten wurde?«, fügte Julia augenzwinkernd hinzu.

»Nein«, gab Anya zu. »Sie hat sich nicht in einen Teufel verwandelt.«

Chance ist immer noch dieselbe, gestand sie sich ein. Vielleicht wird sie doch nicht verdorben, wenn sie von anderen Reitern geritten wird. Und vielleicht habe ich etwas überreagiert, als ich dachte, ich hätte jetzt gar nichts mehr von ihr.

Sie lehnte sich nach vorne und klopfte Chances Hals.

Nachdem Anya Chance versorgt hatte, musste sie ihre anderen Arbeiten auf dem Hof erledigen. Sabine und Julia halfen ihr, weil die Unterrichtsstunde länger gedauert hatte als Chances übliches Training.

»Hast du noch Zeit für eine Cola, wenn wir hier fertig sind?«, fragte Julia.

Anya warf einen Blick auf ihre Uhr. Wenn sie die Arbeit zu dritt machten, blieb sicher noch etwas Zeit übrig.

»Klar«, sagte sie und reichte eine Futterschaufel rüber. »Hier, du gibst Hafer rein und ich die Spreu.«

»Ich schau mal nach, ob noch Pferde draußen sind, die für die Nacht reingebracht werden müssen«, bot Sabine an.

»Das ist super«, sagte Anya. »Julia und ich verteilen das hier noch und dann sind wir fertig.«

Nachdem das Futter verteilt war, duschte Anya und zog wieder ihre Schulklamotten an. Sabine und Julia warteten an der Stalltür auf sie. Als sie auf den Hof traten, hörten sie lautes Geklapper. Ein Schatten sauste an ihnen vorbei. Anya starrte ihm nach.

War das Mark gewesen?

Am Ende des Hofs legte tatsächlich Mark eine dramatische Bremsung hin und kickte das Skateboard, auf dem er angerast war, hoch in die Luft.

»Nicht schlecht, was?«, grinste er mit roten Wangen.

»Nicht schlecht wofür?«, fragte Anya. »Bist du verrückt geworden, hier so rumzurasen und so einen Lärm zu machen? Du hättest leicht eines der Pferde erschrecken können!«

Marks Grinsen verschwand.

»Als ob ich hier rumfahren würde, wenn Pferde auf dem Hof sind!«

»Darauf würde ich mich nicht mehr verlassen. Pferdepflege stand in letzter Zeit nicht weit oben auf deiner Liste«, sagte Anya.

Mark runzelte die Stirn.

»Wenn es so eine große Sache für dich war, gestern Abend nach Henry zu schauen, hättest du vorher Nein sagen sollen.«

»Und am Abend vorher auch?«, erinnerte ihn Anya. »Übrigens: Henry zu versorgen war eine große Sache, denn ich habe das ganze Programm durchgezogen: Ausmisten, Henry von der Koppel holen, füttern, putzen und alles noch mal prüfen.«

»Okay, es tut mir leid.« Mark erwiderte ihren Blick. »Aber warum war das so ein großes Problem?«

»Weil ich wegen Henry keine Zeit hatte, Chance zu reiten.«

»Das tut mir wirklich leid, okay?« Ein schuldbewusster Ausdruck huschte über sein Gesicht, doch bevor er weiterreden konnte, ging Julia dazwischen.

»Hey, ihr zwei! Auszeit!« Sie formte ein »T« mit beiden Händen.

»Cooles Skateboard«, fügte Sabine hinzu, die offensichtlich bestrebt war, das Thema zu wechseln.

Marks Augen leuchteten auf. »Ist ganz neu. Meine ganzen Ersparnisse sind dafür draufgegangen, aber es ist das Geld wert.«

Anya dachte an den Samstag, als sie Mark auf dem Weg in den Park gesehen hatte. Ein paar der Jungs, mit denen er unterwegs gewesen war, hatten Skateboards unter dem Arm getragen. Ihr kam der Verdacht, dass Marks neue Unzuverlässigkeit damit zu tun hatte.

Kaum zu glauben, dachte sie. *Ein Brett mit vier kleinen Rädern sollte ihm wichtiger sein als Henry? Unvorstellbar!*

Aber der Zweifel nagte an ihr. Mark trug sein Board ans Ende des Hofs und stellte einen Fuß drauf. Er stieß sich mit dem anderen Bein ab und rollte zurück, bevor er sein Gewicht nach hinten verlagerte und so zum Halten kam.

»Kannst du es auch in die Luft kicken?«, fragte Julia, die Hände ausgestreckt, um das Board genauer zu betrachten.

»Das übe ich gerade«, sagte Mark. »Ist nicht so leicht, wie es aussieht.«

»Darf ich mal?« Julia drehte das leuchtend blaue Board mit den blitzenden Flammen in ihren Händen. Mark zögerte. »Ach, jetzt komm!«, sagte sie. »Ich mach's schon nicht kaputt!«

»Sei vorsichtig!«, warnte Mark.

Grinsend setzte Julia das Board auf den Boden und ahmte nach, wie Mark darauf gefahren war. In dem Moment, als sie beide Füße auf dem Board hatte, begann sie zu schwanken.

»Woah!« Sie lachte. »Vier Beine finde ich auf alle Fälle besser als vier Räder!«

Mark lief zu ihr und griff nach ihrem Arm, um sie zu stoppen. »Du machst lauter Kratzer rein. Genug jetzt.«

Julias Augen weiteten sich überrascht, als sich Mark nach unten beugte, um sein Board zu retten.

»Bei zwei Stundenkilometern ist die Kollisionsgefahr nicht wirklich groß!«

Anya fand es irritierend, wie Mark sein Board untersuchte.

»Wenn du dich bei Henrys Pflege auch so bemühen würdest …«

Mark schoss einen wütenden Blick in ihre Richtung, bevor er wegging. Dann sprang er auf sein Board.

»Pass auf!«, rief Sabine warnend.

Diego Azana, der Hofmanager, und Max Westerhoff, einer der Besitzer von Blue Mountain, kamen aus dem gegenüberliegenden Stall. Sie führten Marlowe zwischen sich. Das Pferd scheute, als Mark von seinem Board fiel, das sich danach überschlug.

»Ruhig, Marlowe.« Max nahm den Führstrick kürzer und beruhigte das verängstigte Pferd.

Diego sah Mark mit zusammengekniffenen Augen an.

»Du solltest es wirklich besser wissen, als mit dem Ding auf dem Hof rumzurasen.« Er ging zu ihm und hob das Board auf, während sich Mark aufrappelte. »Zu deinem Glück waren wir das. Was, wenn du einen Reitschüler überrascht hättest, der dann die Kontrolle über sein Pferd verloren hätte?«

Mark wurde rot. »Tut mir leid«, murmelte er.

»Wenn ich das Skateboard noch mal hier auf dem Hof sehe, kommt es in meinen Kamin«, sagte Diego ohne einen Funken Humor in seinen schwarzen Augen. »Hast du mich verstanden?«

»Tut mir leid, Mark, aber mit dem Ding hier rumzufahren, ist einfach zu gefährlich«, sagte Max.

Seine Stimme war zwar etwas sanfter, aber er schaute genauso ernst wie Diego.

Anya wartete, bis Max und Diego Marlowe vom Hof geführt hatten, bevor sie sich mit hochgezogenen Augenbrauen zu Mark drehte.

»Gut gemacht! Super!«

»Lass gut sein, Anya!«, blaffte er. »Du musst mir echt nicht auch noch die Leviten lesen. Hier Skateboard zu fahren, war ein großer Fehler. Ich werde es nicht wieder tun. Basta!«

»Kannst du nicht woanders üben?«, fragte Sabine in beschwichtigendem Tonfall.

»Ich habe gehört, der Park sei ein guter Platz«, sagte Anya spitz. »Vor allem am Samstagnachmittag.«

Mark wurde rot.

»Am Samstagnachmittag?«, wiederholte Julia verwirrt.

»Da ist doch unsere Reitstunde?« Sabine war ebenso erstaunt.

»Wenn Mark da nicht gerade mit seinen Freunden im Park abhängt.«

Anya starrte Mark an, weil sie ihn zum Widerspruch zwingen wollte. Mark wich ihrem Blick aus und drehte sein Board in den Händen.

»Auch an dem Tag, als du angeblich an deinem Schulprojekt gearbeitet hast?«, fragte Julia jetzt herausfordernd.

Sabine fuhr mit der Hand durch ihr Haar. »Das ist bestimmt ein Irrtum, oder?«

Mark blickte auf. »So war es gar nicht…« Seine Stimme stockte.

»Dann hast du uns als nicht angelogen?«, fragte Anya. »Und was war an den anderen Tagen, als ich mich um Henry kümmern sollte? Waren das auch solche Ich-häng-lieber-mit-meinen-Kumpels-ab-Tage?«

Sie konnte ihre Empörung nicht aus ihrer Stimme verbannen.

»Das geht dich gar nichts an!«, entgegnete Mark.

»Tut es wohl, wenn ich für dich einspringen muss«, gab Anya zurück. »Gib's zu, Mark! Als du am Samstag verschwunden bist, als ich mir die ganze Zeit Sorgen um dich gemacht habe, als du am Montagabend nicht aufgetaucht bist und als du mich gebraucht hast, um dich zu vertreten – das waren alles gar keine Notfälle, oder? Du wolltest nur mit deinen neuen Freunden zusammen sein, stimmt's?«

Sechstes Kapitel

Eine angespannte Stille entstand. Mark hackte verlegen mit seiner Ferse gegen den Boden.

»Nun?«, fragte Julia auffordernd.

»Mark?« Sabines Stimme klang ängstlich.

Mark zuckte mit den Schultern.

»Okay, ich wollte etwas Zeit mit meinen Skateboard-Kumpels verbringen. Ich hab's euch nicht erzählt, weil ich befürchtet habe, dass ihr es mir übel nehmen würdet.«

»Das Einzige, was wir dir ›übel nehmen‹ ist, dass du uns angelogen hast und Anya für dich einspringen musste«, sagte Julia.

»Wir hätten es verstanden, wenn du uns gesagt hättest, dass du am Samstag nicht mit uns ausreiten kannst, weil du dich mit deinen Freunden triffst«, stimmte Sabine zu.

»Hättet ihr das?« Mark zog seine Augenbrauen hoch.

»Na ja, aber das wirst du nicht mehr herausfinden können, oder?« Anya war außer sich. »Denn du hast uns ja nicht genug vertraut und nicht gleich die Wahrheit gesagt.«

»Es tut mir leid«, entschuldigte sich Mark. »Ich schätze, da lag ich falsch.«

»Ganz richtig, du lagst falsch.« Anya klang etwas besänftigt. »Aber ich verstehe einfach nicht, warum es für dich plötzlich wichtiger ist, mit diesen Skatern rumzuhängen, statt dich um Henry zu kümmern. Was ist an denen so cool?«

Mark zog die Schultern hoch. »Für dich läuft ja auch alles gut. Du hast Freunde in der Schule und Freunde hier auf Blue Mountain. Aber ich lebe erst seit ein paar Monaten hier in der Gegend und kenne kaum jemanden. Wenn mich also ein paar Jungs aus der Schule fragen, ob ich was mit ihnen unternehmen will, sag ich doch nicht Nein, oder?«

Plötzlich hatte Anya Mitleid mit Mark.

»So habe ich das noch gar nicht betrachtet«, sagte sie versöhnlicher.

Mark klemmte sein Board unter den Arm.

»Die stehen total auf Skateboards. Und wenn ich zu ihrer Gruppe gehören will, muss ich auch skaten können.« Er sah Anya entschuldigend an. »Aber ich werde Henry nicht mehr wegen des Skatens vernachlässigen.«

Anya nickte. »Er vermisst dich.«

»Außerdem ist von Freunden, die einen unter Druck setzen, nicht viel zu halten«, sagte Julia frei heraus.

Sabine runzelte die Stirn. »Da hat Julia recht. Du

solltest nicht das Gefühl haben, unbedingt skaten können zu müssen, nur weil du zu ihrer Gruppe gehören willst.«

»So ist es doch gar nicht.« Mark klang genervt. »Ich wusste, ihr versteht es nicht.«

»Dann erklär es uns doch«, antwortete Anya.

»Da gibt's nichts zu erklären«, brauste Mark auf. »Ich will einfach nur gut skaten können, das ist alles. Macht nicht so eine große Sache draus.«

»Machen wir doch gar nicht«, sagte Anya ratlos. »Du warst doch derjenige, der gesagt hat, er muss skaten können, um mit seinen neuen Freunden abzuhängen.«

Mark schüttelte den Kopf. »Du verdrehst alles. Ich geh dann mal.«

Er drehte sich auf dem Absatz um. Während er vom Hof marschierte, sahen sich Anya, Sabine und Julia an.

»Liegt das an mir«, fragte Julia, »oder macht das alles wirklich keinen Sinn?«

Anya atmete langsam aus. »Es liegt nicht an dir«, sagte sie.

»Weshalb hast du uns nicht erzählt, dass uns Mark wegen Samstag angelogen hat?«, fragte Julia.

»Weil ich erst herausfinden wollte, was dahintersteckt, bevor ich über ihn herziehe«, erklärte Anya. »Ich hatte gehofft, es hätte einen guten Grund gehabt oder alles wäre ein Missverständnis gewesen …« Sie sah auf ihre Uhr und merkte, dass sie sich beeilen musste, wenn sie ihren Bus noch erwischen wollte.

»Hoffen wir einfach, dass Mark seine Lektion gelernt hat und sich diese Skateboardsache bald wieder normalisiert.«

»Hoffentlich.« Sabine klang besorgt. »Im Moment ist er gar nicht der Mark, den wir kennen.«

Als Anya am nächsten Tag auf Diegos Büro zu ging, sah sie erstaunt eine kleine Gruppe vor der Tür stehen. Julia winkte sie heran.

»Die Termine für die Geländeprüfung hängen aus!«, rief sie aus. »Komm und schau sie dir an!«

Aufgeregt eilte Anya die Stufen empor und stellte sich auf die Zehenspitzen, um den Anschlag lesen zu können.

»Es gibt Sonderpreise für den besten Auftritt, den umsichtigsten Ritt, den saubersten Abschluss, den sportlichsten Ritt – zusätzlich zu den üblichen Schleifen für die Anfänger, die Mittelstufe und die Fortgeschrittenen.«

Mit leuchtenden Augen drehte sich Sabine zu Anya, um sie zu begrüßen. Auf der Ankündigung der Geländeprüfung konnte Anya ein Foto sehen, das das erste Hindernis des Parcours zeigte. Große weiße Buchstaben kündigten den Geländeritt des Blue Mountain Reiterhofs an. Von hinten war eine Stimme zu hören.

»Ich schätze, es wird ganz schön schwer, sich auf eine dieser Kategorien vorzubereiten, wenn man nicht mal weiß, welches Pferd man eigentlich reitet, was?«

Es war Marissa. Sie drehte sich um und warf Anya ein falsches Lächeln zu.

»Aber du hast ja trotzdem einen Vorteil, denn du bist die Strecke schon mal geritten.«

»Ich durfte über keines der neuen Hindernisse springen«, verteidigte sich Anya, weil sie sich zu Unrecht von Marissa beschuldigt wurde.

Und was meint sie damit, dass ich nicht weiß, welches Pferd ich reite?

Marissa zuckte mit den Achseln. »Ich würde mich trotzdem wie eine Betrügerin fühlen, wenn ich schon mal im Parcours war, den bislang noch niemand ansehen durfte.« Sie drehte sich zu ihrem Freund Jake, der neben ihr stand. »Findest du nicht auch, dass das Betrug ist?«

Bevor Jake etwas sagen konnte, hakte Mark ein.

»Dann denkst du also, dass Kate eine Betrügerin ist? Schließlich war sie diejenige, die Anya gebeten hat, sich mit ihr die Hindernisse anzuschauen.« Seine Augen funkelten ärgerlich. »Du bist doch nur eifersüchtig und neidisch, weil Anya und Chance dich und Biskuit wahrscheinlich schlagen werden.«

Anya war unbehaglich zumute.

»Lass doch, bitte, Mark. Mir ist egal, was Marissa denkt.«

»Als ob ich eifersüchtig auf Anya und Chance wäre!« Marissa drehte sich wütend zu Mark um und warf ihr langes schwarzes Haar nach hinten. »Außerdem wird sie Chance ja gar nicht reiten!«

»Was?« Anya starrte Marissa an.

»Natürlich wird sie Chance reiten«, fuhr Julia sie an. »Verschwinde, Marissa. Du hast ja keine Ahnung, wovon du redest!«

»Nein? Und warum haben sich dann schon zwei Leute mit Chance in die Startliste eingetragen?« Marissa wies mit dem Kopf zum Büro. »Schaut es euch doch selbst an, wenn ihr mir nicht glaubt. Vielleicht hat dir Kate die Strecke nur gezeigt, weil du am Wettkampf gar nicht teilnimmst.«

Anya brachte keinen Ton hervor. Sabine legte ihren Arm um Anyas Schulter.

»Wenn Chance nicht frei ist, reitet Anya eben Magic«, sagte sie entschlossen. »Wie du sehr wohl weißt, kann jedes Pferd des Reiterhofs den Parcours zweimal gehen – mit verschiedenen Reitern.«

»Egal wie, Anya wird dich auf jeden Fall schlagen«, sagte Mark zu Marissa.

Anya konnte nur noch an Chance und das Turnier denken.

»Das bezweifle ich. Aber eins weiß ich ganz sicher, Mark – du und dein Pferd werdet von jedem geschlagen«, giftete Marissa. »Henry ist ja so faul, dass er nicht mal den halben Parcours schaffen würde.«

»Ganz richtig«, gab Mark sarkastisch zurück. »Glaub mir, du verwechselst Gelassenheit mit Faulheit. Warte nur bis nächsten Samstag. Henry wird euch allen zeigen, wozu er fähig ist.«

Anya schaute Mark hinterher, der davonging.

Wenn Mark wirklich eine gute Leistung abliefern will, sollte er langsam mal mit dem Training beginnen.

Sie seufzte. Aber sie musste sich jetzt um wichtigere Dinge kümmern, nämlich um die Frage, wer Chance beim Turnier reiten würde?

»Anya?« Sabine schaute in Chances Box. »Alles okay?«

Anya rieb die Kardätsche gegen den Striegel.

»Nein, nicht wirklich.« Sie seufzte. »Marissa hatte recht. Zwei Reiter der Mittelstufe wollen das Turnier am Samstag auf Chance reiten.«

»Das heißt doch nicht, dass sie sie auch bekommen«, stellte Sabine klar. »Wie wär's, wenn du mit Diego darüber sprichst und das klärst?«

»Ich fürchte mich vor seiner Antwort«, gab Anya zu. »Was, wenn er sagt, dass die Reitschüler Vorrang haben?« Sie lächelte Sabine schwach an. »Ich weiß dein Angebot mit Magic wirklich zu schätzen.«

Als Magic damals auf den Hof gekommen war, hatte Sabine mit ihrem neuen Pferd zunächst große Schwierigkeiten gehabt. Und Anya war ein paarmal für Sabine eingesprungen. Magic war ein traumhaftes Springpferd und unter anderen Umständen wäre Anya begeistert gewesen, mit ihr am Turnier teilzunehmen.

»Mein Angebot war ernst gemeint«, sagte Sabine warm. »Obwohl ich weiß, dass es für dich nicht dasselbe ist, wie Chance zu reiten.«

Anya schlang ihren Arm um Chances warmen Hals.

Schritte kamen näher. Julia gesellte sich zu ihnen.

»Hey, Leute.« In ihren haselnussbraunen Augen lag Besorgnis. »Ich habe gerade versucht, mit Mark zu reden. Ich weiß nicht, was mit ihm los ist …«

Sabine blickte nachdenklich drein. »Vor ein paar Jahren hatte ich Probleme mit meinen Klassenkameradinnen. Ich passte einfach nicht zu ihnen. Ich hatte mich mit einem Mädchen verkracht. Sie erzählte fiese Geschichten über mich. Und auf einmal war ich die Außenseiterin. Jedenfalls habe ich nicht darauf gewartet, dass es von alleine aufhörte, sondern habe versucht, mir meinen Platz in der Gruppe zurückzuerobern.«

»Was hast du gemacht?« Anya war neugierig.

»Was Dämliches«, gab Sabine zu. »Ich habe sie nach Blue Mountain eingeladen, um ihnen Rye zu zeigen.«

»Klingt doch gar nicht so dämlich«, sagte Julia.

»Wir waren an einem Samstagnachmittag nach einer Shopping-Orgie hier.« Sabine verzog das Gesicht. »Das war nicht die beste Idee meines Lebens. Wir fünf hatten schicke Kleider an und Rye sabberte uns alle, auf der Suche nach Pferdekeksen, voll.«

»Au, das hört sich nicht gut an«, litt Anya mit.

»Glaub mir, es kommt noch schlimmer«, stöhnte Sabine. »Ein Mädchen hatte die Superidee, dass ich ihnen meine Reitkünste auf Rye vorführen sollte.«

»Im Kleid?« Julia verbarg ihr Gesicht. »Da sieht man den Abwurf ja schon vor sich …«

»Das Aufsteigen war kein Problem«, sagte Sabine. »Ich dachte schon, alles würde gut gehen, bis die Mädchen in schallendes Gelächter ausbrachen. Mein Kleid war am Sattel hängen geblieben und zerrissen. Alle hatten einen tollen Ausblick auf meine Unterwäsche.«

»Und damit war's dann vorbei mit der Clique?«, kicherte Anya.

Sabine nickte. »Deshalb kann ich schon verstehen, weshalb sich Mark so benimmt. Wenn du versuchst, in die angesagte Clique zu kommen, vergisst du alles andere, weil du einfach nur dazugehören willst.«

Anya dachte über Sabines Worte nach.

»Ich verstehe, was du meinst«, sagte sie langsam. »Mark setzt sich wahnsinnig unter Druck. Aber ich verstehe nicht, warum er sich so verändert, nur um das zu bekommen, was er will.«

Julia setzte zu einer Antwort an, aber bevor sie etwas sagen konnte, tauchte Clem auf.

»Anya«, sagte sie. »Tut mir leid, aber ich brauche Chance.«

»Ich wollte gerade mit ihr trainieren«, antwortete Anya überrascht.

Wozu brauchte Clem Chance?

»Jarrod Arnold hat eine Privatstunde gebucht, die in zehn Minuten beginnt, und Caesar hat ein Hufeisen verloren«, erklärte Clem entschuldigend. »Ich habe gerade kein anderes Pferd, das zu Jarrod passt. Kannst du Chance aufzäumen und in die Reithalle bringen? Es sind nur einfache Übungen, nichts, was Chance nicht schaffen würde.«

Anya war enttäuscht. Sie hatte geplant, mit Julia und Sabine Bodenarbeit zu üben, um die Galoppsprünge zwischen den Hindernissen zu verbessern.

»Tut mir wirklich leid«, sagte Sabine.

Anya seufzte. »Danke. Dann mache ich mal Chance fertig.«

»Soll ich dir helfen?«, fragte Julia mitfühlend.

»Geht schon, danke«, sagte Anya. »Wir sehen uns dann später.«

Sie blickte Julia und Sabine hinterher und versuchte, ihre Enttäuschung zu bekämpfen. Anya nahm Chances Sattel und legte ihn über den Rücken der Fuchsstute.

»Es fühlt sich bestimmt merkwürdig an, wenn jemand anderes dich reitet«, murmelte sie. »Aber das heißt nicht, dass du dich nicht von deiner besten Seite zeigen sollst.« Chance drehte ihren Kopf herum und knabberte an Anyas Kragen. »Tu nicht so, als wüsstest du nicht, wovon ich rede.« Anya rieb über Chances Stirn. »Ich weiß, du verstehst jedes Wort!«

Sie streifte Chance das Zaumzeug über und prüfte noch einmal den Sattelgurt, bevor sie die Tür öffnete.

Jarrod kam durch die Stallgasse auf sie zu.

»Ist das Chance?«

Anya nickte.

»Ich nehme sie.«

Er streckte seine Hand nach den Zügeln aus. Anya zögerte, bevor sie ihm die Lederriemen überließ.

Chance legte die Ohren an. »Ich kann sie gerne für Sie zur Aufsitzhilfe führen«, bot Anya an.

»Nein, ist schon okay«, antwortete Jarrod abweisend.

Er schnalzte mit der Zunge und ging davon. Anya folgte ihnen. An der Aufsitzhilfe hielt Jarrod Chance an, stieg die Stufen hoch und ließ sich schwer auf ihren Rücken fallen. Dann trieb er sie in Richtung Reithalle. Anya konnte nicht widerstehen, sich auf die Zuschauertribüne zu setzen, um die Reitstunde zu beobachten. Chance trabte hektisch durch die Halle und Jarrod stand auf und ließ sich wieder in den Sattel fallen.

»Halbe Parade, Jarrod!«, rief Clem. »Sie soll auf dich achten.«

Chance streckte ihren Kopf in die Luft, um Jarrods Hilfen zu entfliehen.

»Benutze deine Beine und setze die Hände sanfter ein«, erklärte Clem.

Er tut ihr weh, dachte Anya.

Anya spürte einen Klumpen in der Magengegend, als sie sah, wie Jarrod Monate ihres einfühlsamen Übens zunichte machte. In einer Ecke der Reitbahn fiel Chance in den Galopp.

»Ist okay, du machst das gut«, sagte Clem beruhigend. »Mach weiter mit den halben Paraden und arbeite mit den Beinen von hinten nach vorne.«

Anyas Fingernägel bohrten sich in ihre Handflächen. Aber Chance fing sich langsam. Und obwohl sie immer noch einen steifen Rücken machte, hörte sie auf, vor den Hilfen des unvertrauten Reiters auszuweichen.

»Wenn du bei M bist, reite eine Acht!«, rief Clem.

In dem Augenblick, als Chance den Hufschlag verließ und die Sicherheit der Wand neben sich nicht mehr spürte, bekam sie Angst. Sie klemmte ihren goldfarbenen Schweif ein und biss auf das Mundstück. Jarrod zog so fest an den Zügeln, dass Anya beinahe aufgeschrien hätte.

»Man bestraft ein Pferd niemals, indem man es im Maul verletzt!« Clem schritt schnell ein.

»Sie ist nicht gut ausgebildet«, schimpfte Jarrod. Mit rotem Gesicht versuchte er, Chance zu versammeln.

»Wir haben erst mit ihrer Ausbildung begonnen«, gab Clem ruhig zurück. »Aber Pferde sind verschieden, genau wie Menschen. Chance ist sensibel und braucht eine verständnisvolle Behandlung.«

Lass doch die Zügel locker, dachte Anya, als sie sah, wie straff Jarrod die Zügel in den Händen hielt. *Folge ihrer Bewegung, statt auf ihrem Rücken auf- und abzuhüpfen.*

Den Rest der Stunde verfolgte Anya besorgt, wie sich große Schweißflecken auf Chances Fell bildeten und ihr Maul schäumte. Sie entspannte sich erst, als Clem das Ende der Stunde verkündete.

»Kannst du bitte mal herkommen?«, winkte Clem Anya zu.

Die verließ die Zuschauertribüne und eilte auf die Reitbahn.

»Könntest du Chance bitte abkühlen?«, bat Clem sie.

Anya griff nach den Zügeln und hielt Chance, während Jarrod abstieg. Sie wartete, bis er die Halle verlassen hatte und wandte sich dann an Clem.

»Meinst du das wörtlich – sie ›abkühlen‹?«, fragte sie und streichelte mit der Hand Chances Nase.

Clem lächelte, sprang aber nicht auf die Bemerkung an.

»Chance muss später als Schulpferd arbeiten«, erklärte sie Anya. »Ich sehe ein, dass es im Moment wichtig für sie ist, von Leuten geritten zu werden, denen sie vertrauen kann, aber wir müssen sie dahin bringen, dass sie die unterschiedlichsten Reiter akzeptiert.«

Anya nickte, denn sie wusste, dass Clem recht hatte.

»Äh, heißt das, du gibst ihr für das Turnier einen Reiter, den sie kennt?«, fragte sie und ihr Herz begann zu hämmern.

Clem runzelte die Stirn. »Ich dachte, du reitest sie. Willst du denn nicht?«

»Doch! Auf jeden Fall!«, rief Anya begeistert. »Aber zwei andere Reiter haben sich für sie eingetragen.«

Clems Gesicht entspannte sich. »Chances Name muss versehentlich auf die Liste gekommen sein. Ich kläre das mit Diego ab, dass er sie streicht.«

Anya warf ihre Arme um Chances Hals und drückte sie. »Hast du das gehört? Du und ich, zusammen, nächsten Samstag!«

»Ich würde nicht im Traum daran denken, Chance von jemand anderem reiten zu lassen«, sagte Clem lächelnd. »Ihr zwei seid doch ein geniales Team.«

Siebtes Kapitel

»Ich wünschte, ich hätte meiner Mum nie erzählt, dass es eine Kategorie ›bestes Outfit‹ gibt«, sagte Sabine finster. »Jetzt will sie mich von Kopf bis Fuß in Seide hüllen und am Ende wird sie mir noch Mini-Kronleuchter an die Ohren hängen. Ob ihr eigentlich klar ist, dass ich auch noch eine Runde durch den Geländeparcours reiten muss?«

Anya versuchte, Mitleid mit ihrer Freundin aufzubringen. Aber die Vorstellung, maßgeschneiderte Reitkleidung in einem Geschäft zu kaufen, in dem man Erfrischungen angeboten bekommt und im Hintergrund klassische Musik lief, fand sie toll. Mrs Ford hatte die drei Freundinnen schon zum Mittagessen ausgeführt. Jetzt hatte Anya keinen Platz mehr für die süßen Petit Fours, die auf weißem Porzellan serviert wurden.

»Daran könnte ich mich echt gewöhnen – da können die belegten Brötchen nicht mithalten, die wir samstags auf dem Hof bekommen.« Sie seufzte zufrieden. »Auf deine Mutter lasse ich nichts kommen!«

Mrs Ford sah gerade Stoffmuster in verschiedenen Farben an.

»Ich finde wirklich, dein Helm, Oberteil, Handschuhe und Magics Satteldecke sollten zusammenpassen!«, rief sie zu Sabine herüber. »Wie findet ihr anthrazit und hellgrau?« Sie winkte die Mädchen zu sich. »Schaut euch das mal an.«

Anya ging mit Sabine über den dicken Wollteppich zur Chaiselongue. Auf dem Rand des Sessels hockend, betrachtete Anya die Farbvielfalt der Stoffe, die auf dem gläsernen Kaffeetisch ausgebreitet waren.

»Anthrazit und hellgrau ist eine wunderschöne Kombination.«

Die Verkäuferin legte einen Stoffballen auf den anderen.

»Es ist sehr elegant«, musste Anya zugeben, während sie mit der Hand sanft über das edle Material strich.

»Ich bin mir nicht sicher, ob es gut zu Magics Fell passt«, überlegte Sabine. »Ich hatte an etwas Kräftigeres gedacht – wie Rot und Blau.«

»Wie ein gewöhnlicher Jockey!« Mrs Ford rümpfte die Nase.

»Wie wäre es mit Schwarz und Weiß?«, schlug Anya vor. »Das ist eine starke Kombination und würde das Schwarz von Magics Fell aufgreifen.«

Sabines Augen funkelten. »Die Idee ist super. Eine schwarz-weiße Kappe und Pullover, weiße Hosen und

Handschuhe und eine weiße Satteldecke mit schwarzem Rand. Wie findest du das, Mum?«

»Du wirst auch neues Sattelzeug brauchen«, sagte Mrs Ford. »Der braune Sattel und das Zaumzeug verderben die Wirkung. Schwarz mit weißen Nähten am Stirnriemen – das brauchst du!«

»Danke, Mum!« Sabine umarmte ihre Mutter und klatschte Anya ab, bevor sie zur Verkäuferin ging, um ihre Maße nehmen zu lassen.

Vielleicht können wir ein weißes Band in Magics Schweif einflechten?

Anya stellte sich den Auftritt von Sabine und Magic in diesen Farben vor.

Sie werden super aussehen!

Julia wartete auf dem Hof auf Anya. »Wie war das Foto-Shooting?«, fragte die Freundin.

»Nicht so glamourös, wie ich es erwartet hatte«, gab Julia zu. »Die meiste Zeit musste ich warten, bis sie etwa fünfhundertmal das Set geändert hatten. Ziggy verhielt sich wie ein Superstar. Doch dann riss er mit den Zähnen eine Tüte Futter auf, bevor der Dreh zu Ende war!«

Anya lachte. Die Mädchen gingen zu Magics Box, um probeweise ein weißes Band in ihren Schweif einzuflechten.

»Glaubt ihr, Mark ist nach Hause gegangen?«, fragte Anya, während sie den Schweif der schwarzen Stute kämmte. Sie hatte den Jungen am Morgen nur kurz gesehen, wie er auf Henry über den Hof geritten war.

Julia nickte. »Heute Morgen war er kurz da. Er sagte, er würde am Abend wiederkommen, um Henry reinzubringen.«

»Ich habe ihn seit Tagen nicht gesehen«, sagte Anya. Immer wenn sie am Nachmittag nach der Schule ankam, war Henrys Box sauber und seine Abendmahlzeit im Futtereimer, aber Mark war nicht zu sehen.

»Er fängt ein bisschen spät an, Henry für den Wettkampf in Form zu bringen. Er hat nur noch eine Woche Zeit.«

»Mark kommt jeden Morgen sehr früh, damit er alles schafft«, erzählte Julia.

Auch sie kam immer schon vor der Schule, fütterte Zickzack und brachte ihn nach draußen.

»Er trainiert mit Henry, putzt ihn und bringt ihn auf die Koppel. Dann mistet er die Box aus und bereitet das Abendfutter vor. Seine Mutter kommt nach ihrer Sprechstunde und bringt Henry in den Stall.«

»Das macht er alles nur, damit er nach der Schule mit seinen blöden Freunden zusammensein kann?« Anya schüttelte den Kopf. »Nicht zu glauben. Bestimmt steht er jeden Morgen um fünf auf.«

»Hey, nur weil jemand ein anderes Hobby hat, ist er noch lange nicht blöd«, sagte Sabine leise.

Anya seufzte.

»Ja, klar. Ich ärgere mich ja nur, weil ihn vermisse.«

Julia nickte. »Ich auch. Das würde ich ihm gegenüber natürlich nie zugeben.« Sie zögerte. »Diesen verrückten Zeitplan wird er nicht lange durchhalten. Ich gebe ihm ein paar Wochen und dann lässt er das Skaten sausen.«

»Hauptsache, er lässt Henry nicht sausen«, antwortete Sabine düster.

»Das würde er nicht tun«, sagte Anya nach kurzem Zögern. »Mark vergöttert Henry.«

Sabine nickte. »Du hast recht, das war ein dämlicher Kommentar.« Sie trat einen Schritt zurück und betrachtete prüfend die erste Strähne, in die sie das Band eingeflochten hatte. »Sollen wir es bis ganz unten flechten oder vorher eine Schleife binden?«

Anya gab keine Antwort. Sie dachte nur, wie schrecklich es wäre, wenn Mark das Reiten wegen des Skateboardens aufgeben würde. Sie wäre am Boden zerstört, wenn er Blue Mountain verließe.

Außerdem kann er doch Henry nicht einfach im Stich lassen.

»Gut gemacht. Du bist echt super geritten!« Anya lockerte ihren Griff um den Führstrick und lächelte Lauren an. Sie half dem kleinen Mädchen in der Reitstunde am Sonntag.

»Ich habe Whisper ein paar Karottenstücke vor der Stunde gegeben und ihm gesagt, dass er noch welche kriegt, wenn er sauber über die gekreuzten Stangen springt«, vertraute ihr Lauren mit ernster Miene an.

»Ach ja, der alte Trick: Bestich dein Pferd, damit es tut, was du willst«, sagte Anya lachend und reihte sich hinter Shona am Ende der Abteilung ein. »Aber du bist einfach gut geritten.«

»Findest du echt, dass ich eine gute Reiterin bin?«

Laurens Wangen färbten sich rot.

»Auf jeden Fall!« Anya lächelte.

Es war das erste Mal, dass die Klasse über die Cavaletti ging. Die Schüler waren so gut, dass Trinity noch ein kleines Hindernis aus gekreuzten Stangen für sie aufgebaut hatte.

»Super Arbeit, Leute!«, rief Trinity von der Mitte der Halle her. »Lobt eure Pferde und lasst sie dann am langen Zügel um die Bahn gehen.«

Lauren klopfte Whisper, bevor sie die Zügel lockerte.

»Chance und ich müssen aufpassen, dass du nicht bald zur Konkurrenz für uns wirst«, sagte Anya zu Lauren.

Nachdem Anya geholfen hatte, die Pferde zu versorgen, sattelte sie Chance. Sie wollte Winkelsprünge trainieren und die Reithalle würde in der nächsten Stunde nicht gebraucht werden. Anya fiel auf, wie bereitwillig Chance das Gebiss annahm, das sie ihr hinhielt.

»Freust du dich auf die Bewegung?«

Chance blickte Anya mit sanften braunen Augen an. Das Mädchen schob den Nackenriemen über Chances Ohren und zog dann vorsichtig ihre Stirnmähne über den Stirnriemen.

»Fertig«, sagte sie und schloss den Kehlriemen.

Mit einem Zungenschnalzen führte Anya Chance durch die Stallgasse zur Aufsitzhilfe. Während sie Chance in die Reitbahn ritt, fragte sie sich, wie die Stute mit den für sie neuen Winkelsprüngen umgehen würde, die sie aufgestellt hatte. Anya trabte Chance an, die argwöhnisch zu den beiden Hindernissen schielte. Anya hielt ihre Beine fest geschlossen und ließ das Pferd weiter vorwärtsgehen.

»Ich weiß, die kennst du noch nicht, aber wir wollen doch ganz sicher sein, dass du mit so was auch zurechtkommst«, erklärte sie der Stute. »Du brauchst davor keine Angst zu haben, das verspreche ich dir.«

Nach ein paar Minuten bewegte sich Chance gleichmäßig durch die Halle. Anya ritt in die Mitte und galoppierte sie in Achten um die Hindernisse. Chance schaute immer wieder nach den Stangen, die auf Fässern lagen, lief aber weiterhin konzentriert. Anya fing eine zweite Acht an, die allerdings diesmal über das Hindernis führte. Beim Angaloppieren auf den ersten Sprung richtete sie Chance auf die flachste Stelle. Chance wehrte sich gegen den Zügel und wollte über den größeren Abstand zwischen den beiden Stangen springen, die auf drei Fässern lagen.

»Nein, Chance!«

Anya legte den äußeren Schenkel an und gab Hilfen mit dem inneren Zügel, um Chance an die niedrigere Stelle zu reiten. Chance wich plötzlich zur Seite aus und quetschte Anyas Bein dabei gegen das Fass. Anya verlor das Gleichgewicht und konnte einen Sturz nur vermeiden, indem sie sich an Chances Mähne festhielt.

»Ganz ruhig«, keuchte sie, während sie sich zurück in den Sattel kämpfte.

Anya nahm die Zügel auf und gewann so wieder die Kontrolle. Dann presste sie die Beine an Chance, um sie dazu zu bringen, mit der Hinterhand sauber unterzutreten. Sie ritt sie schwungvoll auf das nächste Hindernis zu, wobei sie sich eine gerade Linie zwischen den beiden Stangen vorstellte. Diesmal behielt sie Chances Schultern genau im Blick, damit die Stute nicht wieder seitlich ausbrach. Sie baute eine Verbindung zwischen ihren Händen und Beinen auf und trieb Chance über das V-förmige Hindernis. Jetzt sprang Chance zu früh und segelte in einem übertriebenen Satz durch die Luft. Die letzte Stange krachte unter Chances Hinterbeinen herunter. Das Pferd landete hart und Anya wurde nach vorne gedrückt. Die Stute fiel in einen unruhigen Trab, als sich Anya im Sattel aufrappelte.

»Das war schon ganz gut«, keuchte sie außer Atem.

Als Chance einen Hohlrücken machte, ritt Anya sie in einem ruhigen Galopp um die Halle. Langsam nahm

Chance Anyas Zügelhilfen wieder an und ihr Gang wurde gleichmäßiger.

»Okay«, murmelte Anya. »Versuchen wir es noch mal.«

Sie ritt Chance an die Stangen und schloss ihre Beine. Chance zögerte eine Sekunde und machte dann einen ordentlichen runden Satz.

»Braves Mädchen!«, rief Anya und klopfte ihren Hals.

Sie wechselte die Hand und ritt auf das andere Hindernis zu. Dieses Mal zögerte Chance keine Sekunde vor dem Absprung. Anya platzte fast vor Stolz, weil Chance so schnell lernte. Sie ritt noch zweimal über jedes Hindernis, bevor sie Chance am langen Zügel durch die Reitbahn gehen ließ. Anya erwartete nicht, dass sie gegen viel erfahrenere Pferde gewinnen würde.

»Aber du wirst mir jedenfalls keine Schande machen, das weiß ich«, murmelte sie.

Als Chance abgekühlt war, stieg Anya ab und schob die Steigbügel hoch. Sie führte Chance vor den Stall, wo sie sie absattelte und am Waschplatz anband. Sanft wusch sie den Schweiß von Chance ab, wobei sie an den Ohren, Augen und Nüstern besonders sorgfältig war.

»Hey, Anya!« Sabine schaute zu ihnen herein. »Wir gehen zum Reitshop und schauen, ob mein neuer Sattel schon da ist. Willst du mitkommen?«

»Gerne.« Anya goss Wasser über Chances Rücken und streifte es mit einem Schweißmesser wieder ab. »Ich brauche noch fünf Minuten.«

Nachdem Chance wieder trocken war, führte Anya sie in ihre Box. Sie legte eine Decke über die Stute und belohnte sie mit einer kleinen Zwischenmahlzeit.

»Das hast du wirklich fein gemacht!« Sie umarmte die Stute und setzte den Eimer in die Halterung. Chance senkte ihre Nase in den Eimer und schnaubte zufrieden. »Ich bin bald zurück«, versprach sie und ließ Chance mit ihrem Futter allein.

Auf dem Weg zum Reitshop beschleunigte Anya ihre Schritte. Plötzlich sah sie Mark auf dem überdachten Gehweg.

»Hallo«, sagte sie lächelnd. »Dich habe ich ja seit Ewigkeiten nicht mehr gesehen.«

Mark zuckte mit den Schultern. »Ich bin überrascht, dass du überhaupt nach mir schaust.«

»Was meinst du denn damit?« Anya war über seine kalte Antwort bestürzt.

»Ach, komm schon, Anya. Ich darf ja kaum noch atmen, ohne dass du mich dafür anpflaumst«, sagte Mark mit finsterem Blick.

Anya blinzelte. »Tut mir leid, wenn ich dich in letzter Zeit ein paarmal angemacht habe, aber dafür gab's doch Gründe.« Sie atmete tief ein und versuchte, das Thema zu wechseln. »Wie läuft's mit dem Skateboarden?« Sie nickte mit dem Kopf zu dem Brett unter seinem Arm.

Mark setzte es auf den Boden und sagte abwehrend: »Ich bin nicht zum Trainieren hier.«

»Habe ich doch gar nicht behauptet«, versuchte Anya seinen offensichtlich aufkommenden Ärger zu bremsen. »Ich wollte nur wissen, wie du damit vorankommst.«

Mark scharrte mit den Füßen auf dem Boden. »Ganz gut.«

»Ich will einfach nur wissen, wie es dir geht und was du so machst«, sagte Anya in ruhigem Ton. »Das darf ich doch, oder, auch wenn es dich anscheinend nicht interessiert, wie es bei mir läuft.«

Marks Wangen färbten sich rot und er klopfte noch mal mit dem Fuß auf den Boden.

»Tut mir leid, Anya, es ist nur einfach so …«

Er brach ab, weil er mit dem Fuß auf das Skateboard gekommen war und es daraufhin durch die offene Tür des Reitshops sauste. Seine Augen weiteten sich bestürzt, da er einen Aufprall und eine männliche Stimme hörte.

Mit klopfendem Herzen fragte sich Anya, was wohl passiert war. Da kam Matt schon aus der Tür. Anya starrte ungläubig und lächelte dann erleichtert: Matt fuhr auf Marks Board in einem eleganten Bogen an ihnen vorbei und rollte dann ans Ende des überdachten Gehwegs. Nach einem coolen Sprung landete er sauber und kickte das Board dann hoch in seine Hände.

»Toll!«, rief Mark, als Matt zu ihnen kam. »Tut mir leid, dass das Board in den Shop gerollt ist. Ich hab's versehentlich mit meinem Fuß angestoßen.«

»Ah, ein Frischling«, grinste Matt. »Weiter fleißig üben, dann passiert bald nichts mehr ›versehentlich‹!«

Anya sah voller Überraschung, wie Matt Mark das Board zurückgab und ein bisschen wehmütig sagte: »Ich hatte ganz vergessen, welchen Spaß ich auf den Dingern immer hatte.«

»Du bist mal geskatet?«, fragte Mark beeindruckt.

Matt nickte. »Ich habe nichts anderes gemacht, bis ich sechzehn war und vom Reit-Virus infiziert wurde. Dann hab ich meine vier Räder gegen vier Hufe eingetauscht und es nie bereut.«

Mark nagte an seiner Unterlippe. Ein nachdenklicher Ausdruck huschte über sein Gesicht. Nach einem Augenblick sagte er: »Ich wünschte, ich könnte so einen ›Ollie‹ wie du.«

»Da ist nichts dabei«, sagte Matt. »Ich zeig's dir.« Er stieg auf das Board, stellte einen Fuß auf das Ende und den anderen in die Mitte. Dann ging er in die Hocke. »Für einen anständigen ›Ollie‹ musst du ganz schnell das Gewicht verlagern«, erklärte er Mark. »Lehne dich nach hinten und stoße mit dem hinteren Bein fest zu, sodass das Ende des Boards den Boden berührt. Dann spring, so schnell du kannst, hoch und gleite mit dem vorderen Bein nach vorne.« Er bewegte seinen Fuß so schnell, dass Anya der Bewegung kaum folgen konnte.

Das Board schien an seinen Füßen festgeklebt, als er in die Luft flog. Mit lautem Geklapper landete er sauber auf dem Boden. »Achte darauf, dass du deinen Fuß seitlich am Board entlangziehst, wenn du springst.« Er kickte das Board hoch und gab es Mark zurück. »So fliegt das Brett zusammen mit dir nach oben.«

»Wow!« Mark war beeindruckt. »Danke, Matt. Das werde ich so üben.«

Matt ging in seinen Laden zurück und Mark klemmte sich das Board unter seinen Arm.

»Ich muss los«, sagte er dann zu Anya. »Aber ich bin den ganzen Samstag hier. Vielleicht können wir dann reden?«

»Na klar.« Anya war froh darüber, dass Mark immer noch ihr Freund sein wollte.

Achtes Kapitel

»Sie sind da!«, rief Anya und griff nach ihrer Sporttasche, als ein Auto vor ihrer Haustür anhielt. Sie drehte sich noch einmal zu ihrem Vater um und gab ihm einen Kuss.

»Ich wünsche dir einen ganz tollen Tag. Tut mir leid, dass ich dich heute nicht anfeuern kann.«

Mr Hart sah müde aus.

»Schon in Ordnung«, sagte Anya. »Das versteh ich doch.«

Ihr Vater musste heute eine Fernstrecke fahren und hatte niemanden gefunden, der für ihn einspringen konnte.

»Julias Eltern kommen gegen neun und holen die Jungs ab«, erinnerte sie ihn. »Wir sehen uns dann heute Abend.«

»Viel Glück!«, rief ihr Dad ihr hinterher.

Anya eilte die Stufen hinunter zu dem schwarzen Auto, das draußen wartete. Der Chauffeur von Sabines Eltern öffnete für sie die hintere Wagentür. Im Auto rutschten Sabine und Julia zusammen, um Platz für sie zu machen.

»Danke, dass ihr mich mitnehmt«, sagte Anya beim Einsteigen.

So früh fuhr noch kein Bus.

»Kein Problem«, antwortete Sabine. »Mir ist es viel lieber, wenn ihr dabei seid. Vor einem Turnier fahre ich nicht gern allein. Mein Magen schlägt nämlich schon Purzelbäume!«

»Ich bin gespannt auf die Strecke. Obwohl der Regen letzte Nacht sicher alles ganz schön aufgeweicht hat.« Julias Stimme überschlug sich fast vor Aufregung. »Ich hätte mich lieber für die Mittelstufe melden sollen statt für die Fortgeschrittenen.«

»Du hast dich für die Fortgeschrittenen gemeldet?«, fragten Sabine und Anya gleichzeitig mit angehaltenem Atem.

»Nur Spaß«, grinste Julia. »Reingefallen!«

Anya schüttelte den Kopf. »Ich bin viel zu nervös zum Lachen«, stöhnte sie. Sie lehnte sich in die Ledersitze zurück und schloss ihre Augen. »Wenn ich mich jetzt schon so schlecht fühle, wie wird das erst in vier Stunden sein?«

»Weißt du, was du brauchst, um deinen Kopf frei zu kriegen? Jede Menge Arbeit«, sagte Julia fröhlich.

»Dann fahren wir ja genau an den richtigen Ort«, sagte Anya, als das Auto in die Einfahrt des Blue Mountain Reiterhofs einbog.

Beim Aussteigen zog Anya ihre Jacke fest um sich, um sich gegen die kalte Morgenluft zu schützen. Der Weg am Büro vorbei zu den Reitbahnen war hell erleuchtet. Die vier Stalltüren standen offen. Aus den Ställen war das Klappern von Eimern zu hören. Einen Augenblick später ging Trinity mit dem Morgenfutter vorbei.

»Guten Morgen!«, rief sie.

»Guten Morgen. Sollen wir dir beim Füttern helfen?«, fragte Anya.

»Nein, danke«, lächelte Trinity. »Geh ruhig gleich zu Chance.«

Die Mädchen gingen zur Sattelkammer, um ihre Reitkleidung aufzuhängen. Anya pfiff leise beim Anblick von Sabines Outfit.

»Das sieht ja echt super aus«, sagte sie bewundernd.

Sogar Sabines Schutzweste war schwarz und weiß. Anya drehte den Sturzhelm ihrer Freundin in der Hand. In die schwarze Seide waren fünf weiße Sterne eingestickt.

»Guten Morgen.« Mark kam herein und warf einen Blick auf Sabines Klamotten. »Und der Preis für das beste Outfit geht an …« Er ahmte einen Trommelwirbel nach.

Sabines Wangen färbten sich rot. »Das will ich doch hoffen.«

Anya griff nach ihrem Putzzeug. Mit einer schwungvollen Bewegung zog sie das Wischtuch hervor. »Ich werde deinen Pokal polieren!«

»Und wenn du schon dabei bist, kannst du auch gleich meinen putzen, denn ich werde das Turnier gewinnen«, sagte Mark selbstbewusst. »Henry ist ein sicherer Kandidat.«

»Du träumst wohl.« Julia sah auf ihre Uhr. »Herrschaften, wir müssen Gas geben. Denkt dran, den Parcours abzugehen, dauert eine Weile.«

Vor lauter Aufregung hatte Anya Magengrummeln.

»Sollen wir uns in eineinhalb Stunden im Hof treffen?«

»Okay«, antworteten die anderen im Chor.

In der Stallgasse konnte Anya die Pferde fressen hören. Chance sah kurz von ihrem Futter auf, um Anya zu begrüßen.

»Schon in Ordnung, ich weiß, dass dein Magen an erster Stelle kommt.«

Anya lächelte und Chance senkte ihr Maul sofort wieder in den Eimer. Unterdessen prüfte Anya, ob in ihrer Putzbox alles drin war, was sie brauchte. Sie rieb die Kardätsche gegen den Striegel, um die losen Haare und den Staub daraus zu entfernen, und holte dann einen Eimer mit Wasser für die Waschbürste. Als sie zurückkam, schaute Chance wieder über die Boxentür.

»Das bedeutet wohl, dass du jetzt Zeit für mich hast«, lächelte Anya.

Sie öffnete die Tür und stellte den Wassereimer auf den Boden. Chance streckte sich danach und schnaubte laut in den Eimer.

»Denkst du, da ist noch mehr Futter drin?«, fragte Anya. »Hast du noch nicht genug?«

Sie löste Chances Stalldecke und legte sie über die kleine Mauer. Mit der Kardätsche fuhr sie in langen, gleichmäßigen Strichen über Chances rotes Fell und langsam beruhigten sich ihre Nerven.

»Heute ist ein großer Tag«, sagte sie, als sie mit Bürsten fertig war und Chances goldfarbene Mähne durchkämmte. »Aber ich will nicht, dass du dir deshalb Sorgen machst. Du sollst einfach nur Spaß an der Strecke haben.« Sie unterbrach die Arbeit kurz, um ihre Arme um Chances Hals zu schlingen. »Hey, wach endlich auf. Wenn wir durch den Parcours gekommen sind, kannst du dich wieder ausruhen!«

Nachdem Anya mit Putzen fertig war, legte sie eine Stalldecke über Chance.

»Du siehst wunderschön aus!« Sie drückte einen Kuss auf Chances weiche Nase und trat aus der Box.

Während sie mit Chance beschäftigt gewesen war, hatte sich der Stall gefüllt. Vor fast jeder Box hing Sattelzeug. Helena, eine andere Reiterin, huschte verlegen herein.

»Mein Wecker ging nicht!« Sie zog eine Grimasse. »Ich bin sooo spät dran.«

»Du hast noch zwei Stunden bis zum Turnier«, beruhigte Anya sie. »Es fängt erst um zehn Uhr an.«

»Ich könnte dabei ganz gut aussehen, wenn ich es schaffe, Jet fertig zu machen, die Strecke abzugehen und ihn auch noch warmzureiten.« Helena öffnete die Tür zur Box ihres schwarzen Wallachs. »Aber danke, dass du versucht hast, mich aufzumuntern!«

Mark und Julia warteten schon draußen an der Aufsitzhilfe.

»Was machen die Nerven?«, fragte Mark.

»Waren ganz ruhig. Aber jetzt, wo du fragst, melden sie sich mit aller Macht zurück«, stöhnte Anya.

»Wie kommt's, dass du so zuversichtlich bist?«, fragte Julia.

Mark verschränkte seine Finger und ließ die Gelenke knacken. »Ist doch alles längst gegessen. Also, warum nervös sein?«

Julia rollte die Augen. »Hast du Max dazu gekriegt, dir Standard Bearer für die Strecke zu leihen, oder was?«

»Hey, unterschätzt Henry mal nicht, nur weil er keine Olympia-Erfahrung vorzuweisen hat.«

Mark sprang vom Aufsitzblock. Sabine kam gerade aus dem Stall gelaufen.

»Tut mir leid, ich bin zu spät dran«, entschuldigte sich Sabine. »Ich bin so nervös, dass meine Finger mir nicht gehorcht haben und ich mit Magics Mähne ein totales Chaos angerichtet habe.«

»Kein Problem.« Anya hakte sich bei Sabine unter. »Ich wette, Magic sieht toll aus.«

Die vier Freunde machten sich auf den Weg zur Geländestrecke. Dort gingen sie zunächst an den bekannten Hindernissen vorbei, bis sie zum Wassergraben kamen. Auf dem Parcours für die Mittelstufe waren zwei Hindernisse aus Rollen dicht hintereinander platziert. Mark schlenderte zu den beiden Baumstämmen, die die fortgeschrittenen Reiter zu nehmen hatten.

»Ein Ein-Aus-Sprung«, murmelte Sabine.

Anya verkrampfte sich. Sie hatte nicht oft die Gelegenheit gehabt, Ein-Aus-Sprünge mit Chance zu üben. Die Stute war immer unsicher bei ihnen. Anya ging am Wassergraben entlang und wusste, dass Chance hier zwei Galoppsprünge für die Böschung brauchen würde.

Ich habe sie bisher nie ins Wasser springen lassen, sorgte sie sich.

Schweigend gingen sie auf der markierten Route weiter zum Winkelsprung. Anya lächelte verzagt.

»Wenigstens weiß Chance nach unserem Training, dass sie hier über die schmalste Stelle springen muss«, murmelte sie.

»Es ist völlig egal, wie oft ich diese Hindernisse mit Ziggy trainiere – er versucht immer, über den am weitesten auseinanderliegenden Punkt zu springen, damit er einen Galoppsprung dazwischen machen kann«, stöhnte Julia. »Wahrscheinlich denkt er, er sei klein wie ein Shetlandpony.«

»Du könntest ihn beim Anreiten hintraben«, schlug

Sabine vor. »Dann denkt er wahrscheinlich nicht, dass du in einem Galoppsprung durch das Hindernis reiten willst.«

»Seit wann macht Ziggy überhaupt, was ich will?«, versuchte Julia zu scherzen. Sie fuhr mit der Hand durch ihr Haar. »Ich werde es versuchen, aber ich bitte Diego, dass er eine Säge bereitstellen soll, um mich wieder rauszukriegen.«

Trotz ihrer Nervosität musste Anya bei dem Gedanken kichern, dass Julia und Zickzack zwischen den beiden Schenkeln des Hindernisses eingekeilt sein könnten und herausgesägt werden müssten.

Das nächste Hindernis war etwas weiter entfernt. Hier musste Anya Chance in einen versammelten Galopp bringen und die tickende Uhr im Auge behalten.

»Da müssen wir sie auf jeden Fall weiter antreiben«, überlegte Sabine beim Blick auf die Stufen, die in die Böschung geschlagen worden waren. »Wenn sie erst mal auf einer der Stufen stehen bleiben, werden wir sie nicht mehr zum Sprung bringen.«

Schweigend stiegen sie die Stufen und den folgenden Abhang hinunter. Nicht lange danach kamen sie zu einem Hohlweg. Anya hatte einen ganz trockenen Mund. Sie wusste nicht, wie Chance darauf reagieren würde, wenn sie plötzlich springen sollte, obwohl sie nicht sah, wo sie landen würde.

Das Sprung zwischen den beiden Feldern war ziemlich einfach: eine Stange über einem Bach.

»Hier müssen wir aus dem Licht in den Schatten springen«, murmelte sie und wies auf die Baumzweige, die über das Hindernis ragten.

Nachdem sie den Rest der Strecke abgeschritten waren, schaute Anya Mark besorgt an.

»Geht's dir gut? Du bist so still.«

»Klar.« Mark lächelte sie strahlend an. »Und mir wird's gleich noch besser gehen, wenn ich die rote Schleife gewonnen habe.«

»Hast du schon mal das Sprichwort ›Hochmut kommt vor dem Fall‹ gehört?« Julia verdrehte die Augen. »Hoffen wir mal, dass es dazu nicht kommt, was?«

»Ich sehe mal nach, ob die Start-Reihenfolge schon feststeht«, unterbrach Sabine.

»Gute Idee, später stehen sie da Schlange«, stimmte Julia zu.

Sie gingen zum Büro, wo Sasha Reynold, die heute die Sekretärin für das Turnier spielte, gerade Nummern an Marissa und Jake ausgab.

»Seid ihr die Strecke schon abgegangen?«, fragte Jake, als er Anya sah.

»Wir sind gerade fertig damit«, sagte sie. »Was hältst du von den neuen Hindernissen?«

»Ich bin nicht sicher, wie Earl der Trakehnergraben gefallen wird«, sagte Jake. »Er sieht ganz gern, wo er hinspringt.«

»Und es hilft auch nicht, dass das Hindernis vom

Stall wegführt«, stimmte Julia zu, während Mark und Sabine ihre Nummern abholten.

»Ihr müsst nur aktiv nach vorne reiten.« Marissa zuckte mit den Schultern. »Dann werden sich eure Pferde schon nach euch richten.«

»Danke für den Tipp, Marissa. Daran hatte ich ja noch gar nicht gedacht«, sagte Julia sarkastisch.

»Ich wollte nur helfen!« Marissa schaute sie wütend an. »Ich gehe jetzt Biskuit satteln«, sagte sie zu Jake. »Kommst du mit?«

»Klar.« Jake nickte. »Viel Glück nachher!«, rief er, bevor er durch die Tür ging.

»Dir auch«, rief Anya über ihre Schulter.

»Hallo, Anya«, begrüßte Sasha sie. »Du reitest als Dritte. Also solltest du um zehn Uhr auf der kleinen Koppel sein.«

Anya fühlte, wie sie wieder nervös wurde. Sie nahm ihre Nummer und drehte sich um. Ihr war schlecht. Sie konnte jetzt nicht sprechen. Sie wartete noch, bis Julia ihre Nummer hatte und ging dann zur Tür.

»Viel Glück!«, rief Sasha.

»Danke«, sagte Anya und folgte den anderen.

»Wir starten alle lange nach dir und können dir bei deiner Runde zuschauen«, sagte Sabine zu Anya. »Soll ich dir helfen, Chance fertig zu machen?«

»Gerne«, sage Anya dankbar. »Ich weiß nicht, ob ich es schaffe, meine Startnummer zu befestigen, geschweige denn ihre Bandagen.« Sie streckte ihre Hände aus, die leicht zitterten. »So nervös war ich noch nie vor einem Turnier!«

»Wird schon gut gehen. Das ist nur, weil du mit Chance noch nie einen Geländeparcours geritten bist«, beruhigte Mark sie. Er sah auf seine Uhr. »Jetzt hole ich mir erst mal was zu trinken. Ich treffe euch später.«

Mit einem Lächeln drehte sich Sabine zu Anya. »Dann staffieren wir dich und Chance mal aus!«

Anya versuchte, den Lärm von den Zuschauerrängen und das Knistern der Lautsprecher, die Helena als erste Reiterin aufriefen, auszublenden. Aus den Augenwinkeln sah sie, wie die schlanke, dunkelhaarige Helena mit Jetstream vom Abreiteplatz wegtrabte und den mit Seilen begrenzten Weg zur Startlinie zurücklegte.

Anya ließ Chance an der langen Seite der Koppel galoppieren. Die Stute bewegte sich steif. Anyas Arm wurde langsam lahm, weil Chance sich so auf das Gebiss legte. Anya atmete tief ein und aus und konzentrierte sich darauf, Chance warmzureiten.

»Ich glaube, wir haben beide ein bisschen Lampenfieber«, murmelte sie.

Sie bewegte Chance erst in größer, dann wieder kleiner werdenden Zirkeln und danach in Schlangenlinien. Voller Überraschung sah sie Helena wieder auf den Sammelplatz zurückkommen. Sie hatte das Gefühl, als wäre sie nur ein paar Minuten weg gewesen.

»Wie lief's?«, rief sie.

»Wir haben den Fortgeschrittenen-Parcours in neun Minuten vierzig geschafft«, antwortete Helena, während sie absprang und Jetstreams Sattelgurt löste. Der Rappe hatte die Nüstern gebläht und seine Flanken pumpten wie ein Blasebalg. »Ich muss ihn abkühlen«, sagte Helena. »Viel Glück bei deiner Runde.«

Anya sah sich um und bemerkte, dass Jessica Maurice, die vor ihr an der Reihe war, den Abreiteplatz schon verlassen hatte.

Wir sind die Nächsten!

Sie ließ Chance erst im Trab, dann im Galopp um die eingezäunte Koppel und den anschließenden Weg mit den Begrenzungsseilen gehen.

»Anya!« Auf der Tribüne lehnte sich Toby nach vorne und winkte. Einen Moment später gesellte sich Ollie zu ihm. Mit einer Hand winkte Anya zurück.

»Viel Glück!«, riefen die Jungs im Chor.

Anya klopfte Chances Hals. »Hast du das gehört? Sie drücken uns die Daumen.«

Neben der Startlinie befand sich das Richterhäuschen. Diego stand im offenen Eingang. Als Anya heranritt, kam er heraus und griff nach Chances Zügeln.

»Startklar?«

Anya nickte, den Blick fest auf die Hindernisse vor ihr gerichtet. Hufe donnerten und von der Tribüne war Applaus zu hören, als Jessica angaloppiert kam.

»Jessica Maurice auf Locomotive, zehn Minuten

fünf. Nun reitet Anya Hart auf Chance«, kam die Ansage aus dem Lautsprecher.

»Ganz locker.« Diego hielt seine Hand auf Chances Hals. »Wir erwarten von ihr noch keinen ersten Platz, nur eine saubere, fehlerfreie Runde.«

Anya nickte. Zu ihrer Überraschung war sie jetzt ganz ruhig.

»Ich passe auf sie auf«, versprach sie.

»Das weiß ich.« Lächelnd trat Diego einen Schritt zurück. »Ich wünsche dir einen großartigen Ritt!«

Anya nahm die Zügel kürzer. Mit einem überraschten Schnauben schnappte Chance nach den Zügeln, doch Anya hielt sie zurück.

»Noch nicht, noch nicht«, murmelte sie und fühlte, wie Chance unter ihr tänzelte.

In dem Moment, als der elektrische Summer ertönte, lockerte Anya ihren Griff und Chance stürzte nach vorne. Mit einem Anflug von Heiterkeit lockerte Anya ihren Sitz.

»Langsam, langsam, wir haben noch einen langen Weg vor uns.«

Sie versammelte Chance in einen ruhigen, gleichmäßigen Galopp. Drei Sprünge vor dem ersten Hindernis stand Anya auf und schloss ihre Beine. »Braves Pferd!«, rief sie, als die Stute über das Hindernis ging.

Der Abhang zum Baumstamm war von den beiden Reitern vor ihr schon aufgewühlt. Anya verlangsamte Chances Tempo, weil sie nicht wollte, dass die Stute ausrutschte. Chance wehrte sich gegen den Zügel, aber Anya hielt dem Druck stand. Am Gatter mobilisierte das Pferd alle Kräfte und ließ einen Riesenabstand zwischen sich und dem Hindernis. Wo das Gelände leicht anstieg, ließ Anya sie schneller gehen und überlegte sich, wie sie das Hindernis vor ihr angehen wollte. Der Boden war in der Mitte vor dem Sprung besonders aufgeweicht. Sie ritt Chance weiter nach links, wo der Boden am Absprung fester war. Unmittelbar nach der Landung steuerte Anya nach rechts zum Wassergraben. In dem Moment, in dem Chance die beiden hölzernen Rollenhindernisse sah, warf sie überrascht den Kopf zurück.

»Komm schon, Chance«, drängte Anya, die spürte, wie die Stute unter ihr nach rechts ausweichen wollte. Sie legte ihren Schenkel hinter den Sattelgurt, um die Stute wieder gerade auszurichten und vorwärtszureiten. Sie beugte sich in den leichten Sitz vor, damit Chance den Rücken frei nutzen konnte und hielt den Blick auf die zweite Rolle gerichtet, die den Sprung ins Wasser verbarg. Chance sprang über die erste Rolle und sammelte sich dann, um auch über die zweite zu gehen.

Anya hielt leichten Zügelkontakt, damit sie Chance nicht behinderte, wenn sie im Wasser aufkam. Im letzten Moment erblickte Chance das Wasser und scheute. Anya presste ihre Hacken fest in Chances Seiten, als die Stute über das Hindernis halb sprang, halb stolperte. Chance platschte ins Wasser, das aufspritzte und Anya total durchnässte. Das Mädchen hielt sich an der Mähne fest und trieb das Pferd mit den Beinen vorwärts. Chance stampfte durch das knöcheltiefe Wasser und erklomm mit einer enormen Kraftanstrengung die gegenüberliegende Böschung. Ihre Hufe suchten nach festem Boden. Sobald sie wieder im Gleichgewicht war, fiel sie in einen Galopp. Anya atmete erleichtert aus.

Das wäre fast schiefgegangen.

Sie stellte sich in die Steigbügel und bewegte sich in Chances Rhythmus. Sie folgten dem Weg zum Winkelsprung. Anya gab Chance eine halbe Parade und ritt sie mit den Händen und den Beinen kräftig nach vorne. Sie suchte den Telegrafenmast in der Ferne, den sie vorher als Orientierungspunkt für die Linie ausgemacht hatte, der Chance folgen sollte. Darauf richtete sie nun ihren Blick und drängte Chance über das Hindernis. Chance sprang einen perfekten Bogen und landete leichtfüßig auf der anderen Seite. Anya hätte jubeln können vor Freude, doch sie zwang sich zur Konzentration, denn gleich kamen die Stufen in Sicht.

Anya machte eine halbe Parade und brachte Chance oberhalb der ersten Stufe in den Trab. Mit einem lauten Schnauben zögerte Chance und versuchte zurückzulaufen. Sie tänzelte auf der Stelle und schnaubte wieder. Anya schloss ihre Beine fest und blickte nach vorne. Zu ihrer Überraschung setzte Chance plötzlich ein Bein nach unten. Anya balancierte die Stute im Gleichgewicht und hielt sie gleichzeitig dazu an weiterzugehen. Chance machte einen unbeholfenen Satz und bevor Anya ihre Haltung noch korrigieren konnte, rutschte das Pferd von der letzten Stufe. Anya behielt ihre Position bei, kreischte aber fast auf, als Chance auf dem Boden aufkam. Sie setzte sich fest in den Sattel, bis die Stute sich wieder gesammelt hatte.

»Das war aufregend«, sagte Anya zitternd, als sie Chance wendete, um zum zweiten Feld zu galoppieren. Beim Anritt auf das letzte Hindernis im ersten Feld ritt Anya Chance so kräftig wie möglich vorwärts.

»Komm schon, Chance, du weißt doch jetzt, wie man nach unten springt!«, murmelte sie, als sie den Hohlweg erreicht hatte. Sie brachte Chance in den Trab und schloss die Beine, um von ihr so viel Kraft wie möglich zu fordern. Überraschenderweise blieb Chance ganz ruhig und sprang von der Ebene nach unten. Anya gab ihr so viel Zügel, wie sie brauchte. Sobald sie aufgekommen waren, drängte sie Chance weiter aus dem Hohlweg heraus. Mit einem angestrengten Stöhnen sprang Chance nach oben und die gegenüberliegende Böschung hinauf.

Sie wird müde, dachte Anya.

Schweißflecken traten auf Chances rotem Fell hervor und ihr Atem ging stoßweise, als sie auf den Trakehnergraben zuritten. Die Stute sprang zu früh ab und schlug mit den Hinterbeinen gegen die Holzstange, die über dem Wasser befestigt war. Als Chance von dem Hindernis weggaloppierte, war ihr Gang gleichmäßig. Sie wendeten, um quer über das zweite Feld zu reiten. Die restlichen Hindernisse waren relativ einfach.

»Das Schlimmste haben wir hinter uns«, sagte Anya zu ihrem Pferd.

Als sie zu einer Doppelreihe aus Reifen kamen, sprang Chance hoch. Anya war sehr stolz, dass die Stute immer noch alles tat, was von ihr verlangt wurde, obwohl ihre Reiterin sie über schwierige Hindernisse gezwungen hatte. Sie galoppierten ans obere Ende des Feldes über den Steilsprung, bevor sie umdrehten und über die nächsten drei Hindernisse sprangen. Aus den Augenwinkeln sah Anya die Zuschauertribüne. Weil sie wusste, dass Toby und Ollie sie anfeuerten, trieb sie Chance an.

»Komm schon, Chance, gleich haben wir es geschafft!«, rief sie vor den letzten beiden Hürden.

Genau vor den Baumstämmen verlor Chance den Halt und rutschte aus. Anya keuchte, als die Baumstämme vor ihr aufragten. Doch unter Aufbietung aller Kräfte sprang Chance fast aus dem Stand, wobei ihre Vorderbeine über das Holz kratzten. Anya ritt sie auf das letzte Hindernis zu und fühlte, wie Chance über die Fässer flog.

»Du bist das wunderbarste Pferd aller Zeiten«, sagte sie atemlos.

Sie war die erste Reiterin der Mittelstufe auf dem

Parcours. Sie würde erst nach den anderen Reitern ihre Platzierung erfahren. Aber von der Tribüne kam tosender Beifall, während sie die Ziellinie überquerte.

»Anya Hart auf Chance kommt mit neun Minuten neunundfünfzig ins Ziel. Ein toller Ritt, den die anderen erst einmal nachmachen müssen!«, kommentierte die Lautsprecherstimme begeistert.

Neuntes Kapitel

Anya trabte den Weg mit den Begrenzungsseilen entlang, als Jake aufgerufen wurde.

»Wie war der Parcours?«, rief er im Vorbeireiten.

»Unglaublich!«, grinste Anya. »Pass aber auf, der Boden ist total weich!«

Sie rutschte von Chance und lockerte den Sattelgurt. Ihre Beine zitterten, während sie Chance zu dem abgetrennten Teil der Koppel führte, um sie abzukühlen. Plötzlich hörte sie ihren Namen. Mit einem Blick über ihre Schulter sah sie, wie Sabine, Julia, Ollie und Toby auf sie zu rannten.

»Ihr beide wart großartig!«, rief Julia aus. Sie klopfte Chance, bevor sie Anya umarmte.

»Danke.« Anya glühte vor Stolz. »Chance war super!«

»Und du bist fantastisch geritten«, begeisterte sich Sabine. »Ich hätte mich am Wassergraben nie oben halten können.«

»Klar hättest du«, lachte Anya.

»Ich hatte gehofft, du würdest baden gehen«, grinste Ollie.

Anya wuschelte durch sein Haar.

»Glaub nicht, dass ich das nicht weiß.«

Toby kramte ein Leckerli aus seiner Tasche und hielt es Chance hin. »Darf ich mal auf ihr sitzen?«

»Aber nur kurz«, sagte Anya. »Dann muss ich sie weiter abkühlen.«

Toby stellte sich dicht neben Chance und streckte sein linkes Bein nach hinten, damit Anya ihn in den Sattel hieven konnte. Er setzte sich vorsichtig auf den Rücken der Stute und blickte stolz in die Runde.

Während sie ihn festhielt, fragte Anya: »Wo ist Mark?«

»Er hat einen Anruf bekommen, gerade als du losgeritten bist«, sagte ihr Sabine. »Er sagte, er müsse kurz weg, um sich mit seinen Freunden zu treffen.«

»Er hat meinen Ritt verpasst?« Anya war enttäuscht.

»Ja, aber hoffen wir mal, dass er bald zurückkommt, sonst verpasst er nämlich seinen eigenen«, antwortete Julia.

Anya war aufgebracht. »Das würde er doch nicht riskieren, oder?«

»Wer kann schon sagen, was Mark zurzeit riskiert und was nicht?«

Julia zuckte mit den Schultern.

Anya seufzte. »Wie lange dauert es noch, bis ihr zwei dran seid?«

»Noch eineinhalb Stunden«, sagte Sabine. »In etwa zwanzig Minuten gehen wir los und ziehen uns um.«

Julia streckte die Arme nach Toby aus, um ihm vom Pferd zu helfen.

»Wie wär's, wenn wir uns ein Eis holen, während Anya Chance versorgt?«

»Mit Schokosauce?« Toby riss die Augen auf.

»Und Erdbeere, wenn du magst«, lachte Sabine.

Anya winkte ihnen zum Abschied zu, bevor sie Chance eine weitere Runde herumführte. Nach einigen Minuten trat Jake neben sie.

»Wie war's?«, fragte Anya.

Jake hatte wie sie für die Mittelstufe gemeldet.

»Eine Verweigerung an den Rollen und den Stufen. Ich habe die schon nicht leiden können, als ich den Kurs abgegangen bin. Und Earl konnte sie sogar noch weniger leiden«, sagte Jake enttäuscht.

Der braune Wallach atmete schwer. Sein Fell war mit Matsch beschmiert.

»Diese Hindernisse waren echt hart«, sagte Anya mitfühlend. »Ich muss los, Chance abwaschen. Bis später.«

»Bis später«, antwortete Jake.

Anya führte Chance durch das offene Gatter und den Pfad entlang, der zum hinteren Teil des Hofs führte. Als sie am Wassertrog vorbeikamen, erlaubte Anya ihrer Stute, einen kleinen Schluck zu nehmen, bevor sie sie zum Waschplatz brachte. Nachdem sie den Schmutz und Schweiß von Chances Fell gewaschen hatte, brachte Anya sie in ihre Box und legte ihr eine Stalldecke über.

»Du warst absolut fantastisch«, lobte Anya ihr Pferd. Chance seufzte und legte ihren Kopf auf Anyas Schulter. »Bist du zu müde, um deinen Kopf oben zu halten?«, lächelte Anya. Sie kraulte Chances Stirn sanft. »Friss ein bisschen Heu. Ich sehe später noch mal nach dir.«

Auf der Zuschauertribüne kämpfte sich Anya durch die vollbesetzten Reihen zu Ollie und Toby durch.

»Das war ein toller Ritt, Anya!«, sagte Julias Mutter lächelnd.

Sie reichte ihr eine Flasche Orangensaft und ein Hühnchen-Sandwich. »Ich dachte, du könntest jetzt was zu essen vertragen. Wenn du Julia ein bisschen ähnlich bist, hast du sicher vor dem Wettkampf nichts essen können.«

»Vielen Dank«, sagte Anya und merkte plötzlich, wie hungrig sie war.

Dann wandte sie ihre Aufmerksamkeit dem Kurs zu und sah, wie Dominik gerade zum Übergang zwischen den beiden Feldern kam. Er hatte Schwierigkeiten mit Ronnie, den er, wie alle Anfänger, durch den künstlichen Bach treiben musste. Ronnie hatte die Ohren angelegt und schlug starrsinnig mit dem Schweif.

»Er will keine nassen Füße kriegen«, kicherte Toby.

Plötzlich machte Ronnie einen Riesensatz über den

Bach, wobei Dominik nach vorne geschleudert wurde. Anya erschrak und sah Dominik schon auf dem Boden liegen. Blitzschnell setzte sich Dominik wieder richtig in den Sattel und signalisierte den Streckenposten, dass alles in Ordnung war. Die Zuschauer applaudierten, als Dominik sein Pony wieder antrieb und das Feld hinunterritt.

»Sabine kommt als Nächste«, sagte Ollie, der mit seinem Finger die Startliste auf seinem Schoß entlangging.

Anya wollte etwas erwidern, wurde aber abgelenkt von ein paar Jungs, die sich drei Reihen weiter unten auf die Tribüne setzten.

»Brich dir nicht die Knochen!«, rief der Größte von ihnen. »Sonst hast du dein Board noch schlechter unter Kontrolle als sowieso schon!«

Anya drehte sich um, um sehen zu können, mit wem sie sprachen. Es war Mark, der die Tribüne gerade wieder verließ.

Er ist ganz schön spät dran, um Henry aufzuwärmen. Und das nur, weil er seine Freunde herbringen wollte.

»Dominik Arnold auf Ronnie beendet den Parcours in zwölf Minuten acht«, unterbrach der Lautsprecher ihre Gedanken. »Die nächste Reiterin ist Sabine Ford auf Magic.«

Anya richtete sich auf und sah, wie Sabine mit Magic zur Startlinie trabte. Sabine hatte mit weißer Kreide kleine Rauten auf Magics Hinterhand gemalt, was super aussah.

»Sabines Reithosen werden nicht lange so weiß bleiben«, bemerkte Ollie trocken.

»Ich glaube nicht, dass der Preis für das beste Outfit danach verliehen wird, wie man aussieht, wenn man fertig ist«, sagte Anya, ohne ihre Augen von Sabine und Magic zu nehmen.

Die beiden flogen leicht über das erste Hindernis, aber man konnte deutlich erkennen, dass das Pferd den schweren Boden nicht mochte. Magics Ohren waren angelegt und sie setzte über den Baumstamm ohne ihr übliches Showgehabe.

Sie wird einige Hindernisse nicht schaffen, wenn sie ihre Vorderbeine so schleifen lässt, sorgte sich Anya.

Am dritten Hindernis ritt Sabine leicht seitlich, so wie es Anya auch gemacht hatte, aber in der Zwischenzeit waren so viele Reiter durchgegangen, dass der ganze Absprungbereich völlig aufgewühlt war. Magic fiel fast in Trab und Anya dachte, dass die Stute verweigern würde. Schließlich sprang sie doch ab, landete aber unbeholfen. Sabine ritt Magic schwungvoll über das Rollenhindernis. Hier zahlte sich das harte Training an den Ein-Aus-Sprüngen aus, denn Magic nahm die beiden Sprünge geschmeidig wie eine Katze und sprang dann ins Wasser. Die Zuschauer applaudierten, als die Stute zur anderen Seite trabte und am anderen Ende auf den Wall sprang. Sie kamen in gleichmäßigem Galopp zum Winkelsprung und gingen mit Leichtigkeit darüber, bevor sie die Stufen erreichten. Sabine verlangsamte Magic zum Trab, gab ihr aber Hilfen, damit sie mit der Hinterhand weiter kräftig untertrat. Magic sprang jede Stufe leichtfüßig hinunter und galoppierte dann ins zweite Feld. Doch als sie zum Trakehnergraben kamen, rutschte Magic weg. Sabine fiel nach vorne und Magics Ohren zuckten, während sie schlitternd zum Stehen kam. Anya hielt den Atem an. Sabine rappelte sich wieder zurecht, drehte Magic herum und ritt in einem weiten Bogen erneut an. Dieses Mal führte sie Magic an eine Absprungstelle, wo der Boden noch nicht so aufgewühlt war. Magic sprang mit jeder Menge Luft über das Hindernis und Anya klatschte laut, als die beiden ins nächste Feld galoppierten. Sie nahmen die folgenden Hindernisse ohne weitere Missgeschicke und überquerten die Ziellinie in zehn Minuten drei. Anya sprang auf und jubelte.

»Schau, da sind Julia und Zickzack!« Toby zupfte sie am Ärmel.

Anya setzte sich wieder und wünschte Julia in Gedanken alles Gute. Die galoppierte mit entschlossenem Gesichtsausdruck über die Startlinie. Der Geländeritt war Zickzacks beste Disziplin. Er flog über jedes Hindernis, ohne Probleme wegen des sumpfigen Bodens.

Sie könnten gewinnen, dachte Anya aufgeregt, als Zickzack zum Wassergraben galoppierte. Doch als Zickzack über das zweite Rollenhindernis sprang, streifte er es mit einem Hinterbein. Aus dem Rhythmus gebracht, landete er schwerfällig. Es sah fast so aus, als würde er im Wasser zusammenbrechen. Julia stürzte über Zickzacks Kopf und verschwand im Wassergraben unter Zickzacks Beinen. Julias Mutter schnappte nach Luft und sprang auf. Innerhalb von wenigen Sekunden waren zwei Streckenposten ins Wasser gesprungen. Einer half Julia auf die Beine, der andere fing Zickzack ein. Der erste sagte etwas zu Julia, worauf diese den Kopf schüttelte. Dann wurde Zickzack zum anderen Ende geführt, wo er auf den Wall springen sollte.

»Ihr ist nichts passiert«, beruhigte Anya Mrs Michaelmore.

Julias Mutter nickte und setzte sich mit blassem Gesicht wieder hin.

»Julia Michaelmore auf Zickzack scheidet aus!«, kam die Ansage aus dem Lautsprecher.

»Ist abgestürzt, trifft's wohl eher!«, rief einer von Marks Freunden, bevor Applaus ihn übertönte.

»Ich bin gleich wieder da«, sagte Anya zu Ollie und Toby. »Vielleicht braucht Julia Hilfe mit Zickzack.«

Im Tierarzt-Zelt half Karla Anya und Julia, Zickzack den Sattel und das Zaumzeug abzunehmen.

»Ich dachte, du gewinnst«, sagte Anya zu Julia, während sie Zickzacks Sattel und die triefnasse Satteldecke in Karlas Landrover verstauten.

»Dachte ich auch«, sagte Julia kläglich. »Es ist meine

eigene Schuld. Ich bin leichtsinnig geworden und habe ihn nicht sorgfältig genug ans Wasser geritten.«

Sie hielt Zickzack, während Karla ihn genau untersuchte.

»Er ist in Ordnung«, sagte die Tierärztin schließlich. »Führ ihn zurück und pass auf, dass er es warm und trocken hat. Spritz das Bein, auf dem er aufgekommen ist, nachher mit kaltem Wasser ab, und morgen früh noch mal.« Sie nahm eine Decke aus dem Jeep und legte sie über Zickzack. »Bandagiere ihn nicht zu straff, falls das Bein noch anschwillt.«

Julia nickte. »Okay. Danke, Karla.«

»Keine Ursache«, sagte die Tierärztin mit einem Lächeln. »Du bist großartig geritten. Echt schade, dass du gestürzt bist.«

Julia lächelte matt. »Danke.«

»Ich komme mit und helfe dir«, bot Anya an. Sie legte den Arm um Zickzack, der mit dem Maul mit ihrer Hand spielte.

»Na komm, Ziggy«, seufzte Julia. »Bringen wir dich in deine Box.«

Als Julia und Anya wieder zur Tribüne kamen, war Mark gerade an der Reihe.

»Ihr habt Marissa verpasst«, sagte Sabine zu ihnen. »Sie hat den Parcours in neun Minuten fünfundfünfzig geschafft. Aber bis jetzt ist sie die Einzige in der Mittelstufe, die schneller war als du. Und jetzt kommt nur noch Mark. Das heißt, du und Chance seid entweder auf dem zweiten oder dem dritten Platz!«

Anya starrte sie ungläubig an. »Und dabei wollte ich doch einfach nur durchkommen!«

Julia umarmte sie. »Du hast viel mehr geschafft! Du hast fast jeden Reiter in deiner Klasse geschlagen!«

Chance und ich haben eine Platzierung in unserem ersten Turnier!

Als Mark zum Start ritt, begannen seine Freunde auf der Tribüne, seinen Namen zu rufen.

»Ich hoffe, die bringen ihn nicht draus!« Anya blickte wütend auf die Jungen.

»Er wirkt auf mich ziemlich konzentriert«, antwortete Julia.

Der Summer ertönte und Mark galoppierte auf das erste Hindernis zu. Zu Anyas Überraschung ließ er Henry über die höchste Stelle springen.

»Glaubt ihr, das war ein Versehen?«

Sabine zuckte mit den Schultern.

»Er fackelt nicht lange, was? Dieses Höllentempo ist auf jeden Fall leichtsinnig.«

Mark trieb Henry in einen Galopp. Henry setzte in einem Riesensprung über das Hindernis für die fortgeschrittenen Reiter.

»Er wird denselben Fehler ja wohl nicht zweimal machen.« Anya schüttelte den Kopf, denn Henry stolperte bei der Landung. »Der geht über den Fortgeschrittenen-Kurs!«

»Mark gibt viel zu viel Gas«, murmelte Julia.

»Er treibt Henry zu stark an«, stimmte Anya ihr zu und nagte auf ihrer Unterlippe.

»Wahrscheinlich kassiert er drei Verweigerungen und wird disqualifiziert«, unkte Julia.

Anyas Herz schlug ihr bis zum Hals, als Mark und Henry zum Wassergraben mit den beiden großen Baumstämmen kamen. Sie griff nach den Händen von Julia und Sabine. Henry galoppierte zu den Baumstämmen. Sabine vergrub plötzlich ihren Kopf an Anyas Schulter.

»Ich kann nicht hinsehen!«

»Mark schafft das«, sagte Toby zuversichtlich. »Er ist cool.«

Henry erhob sich in die Luft, doch bei der Landung im Wasser verlor er die Balance. Anya konnte sich noch gut an das Gefühl erinnern. Es war, als würde einen das Wasser zurückziehen, wenn man versuchte vorwärtszukommen.

Henry planschte wackelig durch das Wasser, doch als er auf der anderen Seite herausspringen wollte, rutschten seine Vorderbeine auseinander. Der Wallach krachte auf seine Schulter. Alle hielten den Atem an.

Mark wird zerquetscht!

Anya wurde ganz schlecht, als Henry zur Seite rollte.

»Er ist okay! Mark ist okay!«, krächzte Julia.

Mark hatte es geschafft, seine Füße aus den Steigbügeln zu befreien, und strampelte sich nun nach oben. Einer der Skater heulte wie ein Wolf.

»Das war kein Spaß. Er hätte sich ernsthaft verletzen können!«, rief Anya in die Richtung der Jungen.

Einer drehte sich nach ihr um, reagierte aber nicht. Anya sprang auf, kämpfte sich durch die Reihen und eilte zu Karlas Landrover. Ohne um Erlaubnis zu fragen, sprang sie auf den Beifahrersitz. Mit ernstem Gesicht ließ Karla den Motor an und fuhr im Schritttempo den Weg entlang. Als sie bei Mark angekommen waren, hatte der eine Streckenposten schon eine Decke um seine Schultern gelegt. Henry stand wieder auf seinen Beinen und wurde vom anderen Streckenposten an den zerrissenen Zügeln gehalten. Der Wallach hielt seinen Kopf gesenkt und zitterte. Blut tropfte aus einer klaffenden Wunde an einer Hinterhand. Außerdem versuchte er, das linke Vorderbein nicht zu belasten. Als Karla ihre Hand an Henrys Bein entlanggleiten ließ, schielte Anya zu Mark. Sein Gesicht war weiß wie die Wand und er starrte geknickt auf den Boden.

Anya ging auf ihn zu. »Bist du in Ordnung?«

Mark schüttelte den Kopf.

»Mir ist nichts passiert, obwohl ich das gar nicht verdiene. Ich hätte eher verdient, dass Henry mir einen Tritt gegen meinen Schädel verpasst.«

»Wenn man deinen Kopf dadurch mit etwas Verstand füllen könnte.« Anya hatte schärfer geklungen, als sie beabsichtigt hatte. Sie seufzte. »Ich bin froh, dass dir nichts passiert ist. Ich verstehe nur nicht, warum du Henry und dich so unter Druck gesetzt hast.«

Mark zuckte mit den Achseln. »Ich habe geglaubt, wir könnten das schaffen.«

Anya kniff ihre Augen zusammen.

In Wirklichkeit wolltest du doch nur deine Freunde beeindrucken, dachte sie. Doch sie behielt ihren Kommentar für sich. Das war nicht der richtige Augenblick.

Karla hatte ihre Untersuchung beendet und zog ihr Handy aus der Tasche.

»Diego? Kannst du bitte einen Pferdetransporter auf den Geländeparcours bringen lassen? Henry hat eine Fleischwunde. Und ich glaube, er hat sich eine Sehne gezerrt und ist wahrscheinlich auch am Rücken verletzt. Danke.«

Sie holte eine Pferdedecke aus dem Auto und legte sie über Henry.

»Kommt er wieder in Ordnung?«, krächzte Mark.

»Er braucht Stallruhe, jede Menge Pflege und ein paar Stunden Physiotherapie.«

Karlas Stimme klang kalt und sachlich. Da Mark nach der Auskunft seiner Mutter noch elender aussah, bekam Anya Mitleid mit ihm.

»Tut mir leid«, murmelte sie.

Mark zuckte mit den Schultern. »Hauptsache, du hältst mir nicht wieder einen deiner Vorträge.«

Anya presste ihre Lippen zusammen und ging zu Henry. Sie zog ein Leckerli aus ihrer Tasche und hielt es ihm hin. Doch Henry machte keine Anstalten, es von ihrer Handfläche zu nehmen. Anya fiel auf, dass seine Augen dunkel waren vor Schmerz.

»Ich glaube, er braucht ein Schmerzmittel!«, rief sie zu Karla rüber.

»Bin schon dabei.« Karla klappte ihre schwarze Arzttasche auf.

Anya drückte ihren Kopf an Henrys.

»Du Armer«, flüsterte sie. »Das hast du wirklich nicht verdient!«

Zehntes Kapitel

Anya schüttelte den letzten Strohballen für Henrys weiche Unterlage auf.

»Okay!«, rief sie Karla zu, die darauf wartete, den Wallach hereinzubringen. Langsam und steif stakste er in die Box. Mark folgte ihm mit einer Schüssel mit warmem Wasser und einem Erste-Hilfe-Set in der Hand.

»Anya, könntest du Mark dabei helfen, Henrys Bein zu säubern?«, bat Karla.

Anya kniete sich ins Stroh und fischte aus der Schüssel den Schwamm, mit dem sie über Henrys Bein fuhr. Er zitterte zwar, bewegte sich aber nicht, als sie die Wunde auswusch. Mark trug eine Wundsalbe auf und packte dann eine saubere Wundkompresse und eine Bandage aus. Er redete nur das Nötigste und verließ zu Anyas Überraschung die Box, sobald sie die Bandage angebracht hatten. Anya zögerte, unsicher, ob sie ihm folgen oder lieber dableiben sollte, um zu helfen.

»Du kannst gern zum Turnier zurückgehen«, sagte Karla. »Ich übernehme das. Danke für deine Hilfe.«

»Soll ich nach Mark sehen?«, fragte Anya.

Karla runzelte die Stirn.

»Ich weiß deine Sorge um ihn sehr zu schätzen, Anya. Aber ich glaube, er braucht jetzt etwas Zeit, um darüber nachzudenken, was er angerichtet hat.«

Anya nickte unglücklich. Sie wollte nicht, dass Mark sich elend und allein fühlte, doch sie musste Karla recht geben. Sie schloss die Boxentür und ging die leere Stallgasse entlang.

»Wie geht's den beiden?«, fragten Sabine und Julia wie aus einem Mund, als Anya sich auf dem Abreiteplatz zu ihnen gesellte.

»Karla denkt, dass sich Henry am Rücken verletzt und eine Sehne überdehnt hat. Außerdem hat er ja diese Fleischwunde. Karla hat ihm ein Schmerzmittel gegeben, aber ich glaube, ihm geht es schlecht.«

»Was ist mit Mark?«, fragte Sabine.

Anya seufzte. Sie ließ ihren Blick über die überfüllte Koppel schweifen und versuchte, die Frage wahrheitsgemäß zu beantworten. Die meisten Teilnehmer hatten ihre Pferde in den Stall gebracht, standen herum, redeten miteinander und warteten darauf, dass die Ergebnisse verkündet wurden.

»Ich weiß nicht, wie es Mark geht«, sagte Anya jetzt. »Er wirkt durcheinander und wütend, sagt aber nichts.«

Sie erwähnte nicht, wie überrascht sie über die Art

und Weise gewesen war, wie er Henry im Stall zurückgelassen hatte. Bevor ihre Freundinnen noch mehr Fragen stellen konnten, drang Diegos Stimme über die Lautsprecheranlage zu ihnen.

»Ich möchte Ihnen allen für Ihre Unterstützung bei der Eröffnung unseres neuen Geländeparcours danken. Ich danke ebenso allen Teilnehmern für ihre großartigen Auftritte heute. Ich bin sicher, dass wir jede Menge tolle Fotos bekommen, die wir an das große Schwarze Brett in meinem Büro hängen können! Und nun möchte ich zu allererst die Sieger in unseren neu geschaffenen Kategorien bekannt geben. Der Gewinner für den ›umsichtigsten Ritt‹ ist Dominik Arnold auf Ronnie.«

Dominiks Gesicht zeigte blankes Erstaunen.

»Ich habe was gewonnen«, sagte er benommen. Er fiel auf die Knie und breitete theatralisch die Arme zum Himmel aus. »Ich habe endlich mal was gewonnen!«

Anya kicherte, als Dominik aufstand und unter Jubelschreien und Pfiffen von der Koppel ging.

»Die Gewinnerin für den ›stilistisch saubersten Ritt‹ ist Chloe Harrison auf Fern.«

Immer noch tadellos gekleidet in Lila und Weiß, folgte Chloe Dominik von der Koppel zu den Zuschauerrängen.

»Die Gewinnerin für das ›schönste Outfit‹ …« Anya tauschte aufgeregt einen Blick mit Sabine. »… Caitlin George auf Starlight.«

Sabine versuchte, ihre Enttäuschung zu überspielen, als Caitlin davoneilte, um ihre Schleife abzuholen. Sie trug immer noch die mittelalterliche Ritterrüstung, in der sie geritten war.

»Sie sah wirklich süß aus«, gab Sabine zu. »Und Magics neues Sattelzeug war nichts im Vergleich zu Starlights Schabracke.«

Der Preis für den ›sportlichsten Ritt‹ ging an Adam White auf Fully Loaded. Dann warteten alle gespannt auf die Ergebnisse des tatsächlichen Geländeritts. Doch erst gab es eine überraschende Ansage.

»Die Wettkampfrichter wollen noch einen besonderen Preis vergeben. Und zwar an ein Paar, das uns alle begeistert hat, bevor es vorzeitig ausschied. Die Gewinnerin in der Kategorie ›Schade, dass sie nicht durchgekommen sind‹ ist Julia Michaelmore auf Zickzack!«

Anya und Sabine umarmten Julia, die total verdattert dreinblickte.

»Geh schon!«, sagte Anya lachend. »Hol dir deine Schleife.«

Mit leuchtenden Augen machte sich Julia auf den Weg zu den Kampfrichtern. Diego fuhr fort, die weiteren Platzierungen zu verkünden.

»Die Ergebnisse für die Anfänger sind wie folgt: Vierter Platz in zehn Minuten dreißig – Ben Chambers auf Millie. Dritter Platz in zehn Minuten vierundzwanzig Hayley Percy auf Amber. Zweiter Platz in zehn Minuten dreizehn Leila Elsaid auf Keekoo und den ersten Platz holt sich mit zehn Minuten zwei Ashley Enfield auf Jasmine.«

Anya und Sabine klatschten laut, als ein Anfänger nach dem anderen den Sammelplatz verließ.

»Und nun die Ergebnisse für die Mittelstufe: Den dritten Platz mit genau zehn Minuten belegen Samantha Wong auf Prince und Hayley Pritchard auf Comet. Auf dem zweiten Platz in neun Minuten neunundfünfzig kommt Anya Hart auf Chance …«

Bei der Siegerehrung platzte Anya beinahe vor Stolz. Auf der Tribüne waren Ollie und Toby aufgesprungen und klatschten und jubelten.

»Der erste Platz geht an Marissa Roberts auf Biskuit.«

Anya klatschte laut, als Marissa sich neben sie stellte.

»Herzlichen Glückwunsch«, gratulierte sie ihr.

Marissa blinzelte überrascht und sagte dann: »Dir auch. Euer Auftritt war echt eine Überraschung.«

»Danke«, lächelte Anya. »Chance war wirklich großartig.«

Sie warteten noch auf den Aufruf der Sieger bei den Fortgeschrittenen. Dann kam Diego und überreichte ihnen allen ihre Schleifen.

»Ich habe nicht damit gerechnet, dass du gleich eine Schleife gewinnst.« Er zwinkerte. »Ich dachte, du hättest nur vorgehabt, deinen ersten Geländeritt durchzustehen.«

»Chance wollte eine Schleife«, sagte Anya grinsend und nahm ihren Preis entgegen.

Der Tag könnte perfekt sein, wenn nicht …

Sie sah zu den leeren Plätzen, auf denen Marks Freunde gesessen hatten, und seufzte.

Am Freitag nach dem Geländeturnier machte sich Anya auf den Weg zum Büro. Diego hatte sie gebeten, einige Fotos vom vergangenen Samstag zusammenzustellen. An der Wand war dafür schon Platz gemacht worden. Anya konnte es kaum erwarten, das Schwarze Brett mit tollen Schnappschüssen vom Turnier zu füllen.

Zu beiden Seiten des Bretts hingen ihre Zeichnungen von verschiedenen Pferden des Blue Mountain Reiterhofs.

Vielleicht sollte ich noch eins von Caitlin und Starlight in ihrer Ritter-Verkleidung machen, dachte Anya, während sie zum Schreibtisch rüberging und die Fotos durchsah, die Diego ausgewählt hatte.

»Hallo, Anya.« Karla streckte ihren Kopf zur Tür herein. »Ist Diego hier?«

»Ich habe ihn nicht gesehen, tut mir leid.« Anya blickte auf. »Hast du es auf seinem Handy versucht?«

Karla betrat den Raum mit einem Umschlag in der Hand.

»Ist schon okay. Ich wollte nur eine Rechnung abgeben. Ich lege sie einfach auf den Schreibtisch.«

»Wie geht's Henry?«, fragte Anya. Sie hatte nach dem Turnier jeden Tag nach dem Wallach gesehen. Aber Mark war nicht ein einziges Mal bei seinem Pferd gewesen.

»Er erholt sich langsam«, sagte ihr Karla. »Aber er langweilt sich in seiner Box. Er sollte ein bisschen rumgeführt werden, damit er seine Muskeln bewegt.« Sie zögerte. »Ich habe Mark nicht gezwungen, diese Woche zu helfen. Eigentlich hatte ich gehofft, dass er bald wieder bei Sinnen ist und selbst nach Henry sehen will.«

Anya war enttäuscht. Sie hatte die ganze Zeit angenommen, dass Mark immer morgens vor der Schule gekommen wäre, um Henry zu versorgen. Aber Mark war wohl schon so auf seine neuen Freunde fixiert, dass er Henry trotz der Verletzung vernachlässigte.

»In den nächsten Tagen wird er sich jedoch um Henry kümmern müssen«, fuhr Karla fort. »Da bin ich auf einer Konferenz. Meine Mutter kommt zwar, um ein Auge auf Mark zu haben, aber ich kann sie schlecht bitten, auch noch nach Henry zu sehen.« Sie fuhr mit der Hand durch ihr kurzes blondes Haar. »Könntest du vielleicht mit Mark sprechen, dass er Henry versorgt? Das ist eine große Bitte, ich weiß, aber ich dringe momentan einfach nicht zu ihm durch.«

»Ich bin nicht sicher, ob er mir zuhören wird«, gab Anya zu. »Wir haben uns in letzter Zeit häufig gestritten.«

»Ich weiß, dass er sehr viel von dir hält«, sagte Karla. »Aber er hat momentan eine schlechte Phase.«

Anyas Wangen färbten sich rot. »Ich kann's ja versuchen und heute Abend mit ihm telefonieren.«

»Danke, Anya.« Karla klang erleichtert. »Das bedeutet mir sehr viel.«

Am Samstag schaffte es Anya erst am späten Vormittag auf den Hof. Ihr Vater sollte jemanden ganz früh zum Flughafen bringen. Und Anya musste mit Toby und Ollie zu Hause warten, bis er wiederkam.

Als sie ihre Reitstiefel in der Sattelkammer anzog, sah Trinity durch die Tür.

»Bin ich froh, dass du da bist!«, rief sie. »Die Neun-Uhr-Gruppe ist gerade von einem Ausritt zurückgekommen. Die Pferde sind über und über mit Matsch bedeckt. Kannst du mir bitte helfen, sie abzuwaschen?«

Anya zögerte. Eigentlich wollte sie Mark suchen, weil sie ihn am Abend zuvor nicht erreicht hatte.

Dann suche ich ihn halt später, überlegte sie. *Er muss ja irgendwo sein, wenn er sich um Henry kümmert, während seine Mutter weg ist.*

Anya sprang auf und folgte Trinity in den Hof, wo acht Pferde an Ringe in der Wand angebunden waren.

»Du hast nicht übertrieben, als du sagtest, sie seien voller Matsch!«

Alle acht Pferde waren von den Hufen bis zur Brust

schlammbespritzt und auch die Schweife waren verkrustet.

»Wie wär's, wenn ich mir den Schlauch schnappe und du nimmst das Shampoo?«, schlug Trinity vor.

»Alles klar«, grinste Anya.

Als Anya gerade mit dem letzten Pferd fertig war, kam Clem vorbei.

»Wenn du in der nächsten Stunde noch nicht verplant bist, Anya, könntest du mir bitte mit Jewel helfen?«

Verwirrt folgte Anya Clem zum Pferdestall. Jewel war schon gesattelt und gezäumt und beobachtete sie mit gespitzten Ohren, als sie sich ihrer Box näherten.

»Sie hat Angst vor Wasser. Daran möchte ich arbeiten«, erklärte Clem. »Wir konnten sie am letzten Samstag mit niemandem ins Turnier schicken, weil sie auf keinen Fall in die Nähe des Wassergrabens gegangen wäre.«

»Warum hat sie diese Angst?«, fragte Anya.

Sie fühlte sich geehrt, weil Clem sie beteiligen wollte. Clem zuckte mit den Schultern.

»Ich habe keine Ahnung. Wir wissen nur, dass es nichts Körperliches ist, sondern rein psychisch. Ich kann ihre Beine schon mit einem Schlauch abspritzen, aber als nächsten Trainingsschritt soll sie unter einem Reiter durchs Wasser gehen.« Sie schob den Riegel an der Boxentür zurück. »Aber ich bin zu groß für sie.«

Anya langte nach oben und öffnete Jewels Kehlriemen, um die Zügel daraus zu lösen. Dann prüfte sie den Sattelgurt und führte die Eisenschimmelstute nach draußen.

»Ich habe eine niedrige Wanne mit Wasser in der Reitbahn aufgebaut«, sagte Clem und half Anya in den Sattel. »Deine Aufgabe wäre, sie da durchzureiten.«

»Aussichtslos?«, forschte Anya.

Clem lächelte. »Fast! Aber ich weiß, dass ich mir die beste Person dafür ausgesucht habe, wie deine Arbeit mit Chance ja zeigt. Wir hätten am Samstag einen Preis für das Pferd mit den größten Fortschritten verleihen sollen.«

Anya strahlte. »Chance ist toll, nicht wahr?«

»Eigentlich galt das Kompliment eher dir«, gab Clem zurück, während sie zur Reithalle gingen. »Nicht jeder hätte diese Fortschritte bei ihr erreichen können.« Sie stieß das Tor zur Reithalle auf, damit Anya durchreiten konnte.

In der Mitte der Bahn hatte Clem ein flaches Wasserbecken aus Blech mit einem hölzernen Rahmen gelegt.

»Ich glaube, du solltest am besten in kleiner werdenden Zirkeln reiten«, riet Clem. »Verlang nichts von ihr, was sie deinem Empfinden nach stresst, aber bleib trotzdem energisch.«

Anya nickte und verkürzte die Zügel. Sie schnalzte mit der Zunge und bewegte Jewel zur Bande. Die

Stute hatte einen geschmeidigen Gang. Und als Anya sie antrabte, fühlte es sich an, als würde sie auf Seide reiten. Sie ritt zwei Runden im Hufschlag. Dann wechselte Anya nach einer flachen Schleife die Hand. Sie genoss Jewels gleichmäßige Bewegungen beim Galopp an der langen Seite der Bahn.

»Wenn du fertig bist, fang an, sie nach innen zu reiten!«, rief Clem.

Anya zog sanft am linken Zügel, hielt ihren inneren Schenkel am Gurt und legte das äußere Bein weiter nach hinten. In einer enger werdenden Spirale bewegte sich Jewel von der Bande nach innen.

Als sie sich dem Wasserbecken näherten, versteifte sich Jewel. Anya hörte auf, den Zirkel enger zu drehen und blieb im gleichen Abstand zum Wasser.

»Ganz ruhig«, beruhigte sie das Pferd. Jewel scheute vor dem Wasser und Anya setzte ihr äußeres Bein stärker ein.

»Gut!«, rief Clem ermunternd.

Indem sie die Hände öffnete und schloss, gab Anya Jewel die Hilfen, die sie brauchte, um ihr zu vertrauen. Schließlich gab Jewel den Widerstand auf und bewegte sich wieder vorwärts. Anya ritt sie wieder in Kreisen um das Wasserbecken. Und obwohl Jewel es misstrauisch beäugte, scheute sie nicht.

Clem rief: »Halte mal an, damit sie sich das genau anschauen kann!«

Anya verlangsamte Jewel und lockerte dann die Zügel. Die Stute machte einen langen Hals, um am Wasser zu schnuppern. Dann schnaubte sie laut.

»Ich habe eine Idee.« Clem kam zu ihr. »Jewel vertraut mir. Also versuche ich, sie durch das Wasser zu führen. Bereit?«

Anya nickte. Als Clem durch das Wasser platschte, schnaubte Jewel wieder. »Na komm, Jewel«, ermunterte sie Anya. »Nur ein paar Schritte und dann bist du durch.«

Jewel tippelte am Rand des Wasserbeckens, bevor sie schließlich einen Schritt hineinmachte.

»Braves Mädchen«, sagten Anya und Clem gleichzeitig.

Als die Stute im Wasser war, konnte sie nicht schnell genug wieder rauskommen. Mit einem mächtigen Satz sprang sie aus dem Wasserbecken. Sie stellte sich neben Clem und schnüffelte an ihrer Schulter, als wollte sie sagen: »War ich nicht mutig?«

»Erstklassig, Jewel«, lachte Clem und klopfte den Hals des Schimmels.

Nachdem Anya Jewel abgerieben hatte, führte sie sie auf die Koppel. Die Stute galoppierte gleich am Zaun entlang los und zog den Schweif waagrecht hinter sich her. Anya hakte das Tor zu und machte sich auf den Weg zurück zum Hof. Sie schwang Jewels Halsriemen in der Hand und überlegte, was sie als Nächstes tun sollte.

Ich schau bei Henry vorbei. Vielleicht ist Mark bei ihm.

Als sie den Hof überqueren wollte, hörte sie lautes Hufgeklapper aus dem gegenüberliegenden Stall. Sie blinzelte überrascht, als Henry ohne Begleitung in der offenen Doppeltür erschien.

»Henry!«, tönte Marks Stimme von innen. »Stopp!«

Der Wallach schlug einen Haken in Richtung Futterkammer. Anya blieb wie erstarrt stehen, als Henrys Beine wegrutschten. Mit einem Wiehern, das wie ein Schrei klang, krachte er auf den Boden.

»Henry!«, schrie Anya panisch.

Sie rannte zu dem Haflinger. Mark kam angerannt.

»Lass ihn nicht aufstehen!« Sein Gesicht war kreideweiß. »Was immer du tust, halte ihn unten!«

Elftes Kapitel

Henry hob seinen Kopf und Anya drückte ihn wieder nach unten.

»Ich werde ihn nicht lange unten halten können!«

Marks Stimme zitterte. »Seine Verletzung wird sich verschlimmern, wenn er aufsteht. Wir müssen ihn ruhig halten.«

Während seiner Worte hob Henry erneut den Kopf.

»Setz dich auf seinen Hals«, sagte Mark. »Das ist die einzige Möglichkeit. Er kann nicht aufstehen, wenn er seinen Kopf nicht heben kann.«

Mit klopfendem Herzen lehnte sich Anya sanft auf Henrys Hals.

»Beeil dich!«, sagte sie zu Mark. »Hol Diego!«

Mark sprintete davon, vorbei an Julia und Sabine, die gerade von ihrem Ausritt zurückkamen. Entsetzt sprangen sie von Zickzack und Magic. Nachdem sie ihre Pferde angebunden hatten, kamen sie angerannt.

»Was ist passiert?«, fragte Julia mit weit aufgerissenen Augen.

»Helft mir, ihn am Boden zu halten!«, keuchte Anya. »Er muss so bleiben, bis Mark Hilfe geholt hat.«

Schnell legte sich Julia über Henrys Hals. Sabine eilte zu ihr und löste erst Julias, dann ihren eigenen Helm.

»Wie ist das passiert?«, fragte sie, als sie sich hinkniete und Henrys Wange streichelte.

»Ich weiß nicht, wie Henry aus seiner Box gekommen ist, aber er ist hier auf den Hof getrabt, und als er sich umdrehen wollte, sind seine Beine weggerutscht«, sagte Anya zu ihr.

»Armer Henry!« Sabine war den Tränen nahe.

Anya strich mit der Hand an Henrys Hals entlang und fühlte, wie er zitterte.

»Es tut mir so leid, mein Guter«, sagte sie, als er stöhnte. »Wir müssen das machen, um dir zu helfen. Wir wollen dich nicht quälen.«

»Was ist denn hier los?« Molly kam aus dem Pferdestall und starrte überrascht herüber.

»Molly, geh und hol deinen Vater!«, befahl Anya. »Sag ihm, dass Henry ausgerutscht ist und wir seine Hilfe brauchen.«

Das kleine Mädchen nickte und spurtete los zum Reitshop. Als sie gerade außer Sichtweite war, kamen Mark und Diego angerannt.

Diego kniete sich hin und fuhr mit der Hand über Henrys Rücken und seine Beine.

»Es war richtig, ihn auf dem Boden zu halten«, sagte er zu Mark.

Er drückte sanft gegen Henrys Wirbelsäule und der Wallach zuckte vor Schmerz zusammen. »Er muss genau untersucht werden, bevor wir ihn bewegen.«

»Und Karla ist verreist.«

Anya konnte nicht glauben, dass so etwas zu so einem schlechten Zeitpunkt passierte.

»Ich habe den Tierarzt, der sie vertritt, schon angerufen«, sagte Diego. »Er ist auf dem Weg.«

Schritte waren zu hören. Matt kam angelaufen.

»Ich dachte, wir können das hier gebrauchen«, sagte er und hielt ein großes Laken in die Höhe. »Wir legen es unter Henry und helfen ihm so beim Aufstehen.«

Ein Jeep kam angefahren. Anya schaute auf. Ein dunkelhaariger Mann Mitte dreißig sprang vom Fahrersitz.

»Das ist also Henry«, sagte er und nickte ihnen zu. »Muskelverletzung und Sehnenüberdehnung, richtig?«

Mark nickte. »Stimmt.«

»Wie ist er aus dem Stall gekommen?«, fragte der Tierarzt freundlich.

Marks Wangen färbten sich tiefrot. »Er hat mich zur Seite gedrängt. Und ich habe ihn nicht mehr rechtzeitig erwischt.«

»Er hat versucht, die Richtung zu wechseln, als er aus dem Stall kam, und seine Beine sind ihm einfach weggerutscht«, fügte Anya hinzu.

Der Tierarzt nickte, während er vorsichtig seine Finger über Henrys Rücken gleiten ließ.

»Okay«, sagte er schließlich und holte eine Spritze aus seiner Tasche. »Ich gebe ihm jetzt ein Schmerzmittel und eine leichte Betäubung, damit er sich nicht gegen uns wehrt, wenn wir ihn anheben.«

»Hat er sich noch mehr verletzt?«, fragte Mark.

»Kann ich noch nicht sagen, bevor wir ihn wieder auf die Beine gestellt haben und ich ihn ordentlich untersuchen kann«, sagte der Tierarzt und setzte Henry die Spritze. Wieder stöhnte der Wallach leise. »Aber ich kann eigentlich keine weitere Verletzung entdecken. Wer immer die Idee hatte, ihn auf dem Boden zu halten, hat ihn davor bewahrt, sich noch Schlimmeres anzutun.«

Anya tauschte einen erleichterten Blick mit Sabine. Der Tierarzt berührte Anyas Arm.

»Gut gemacht. Aber jetzt solltest du aufstehen, ganz vorsichtig.«

Anya wartete, bis Julia langsam aufgestanden war, und erhob sich dann ebenfalls auf das Zeichen des Tierarztes hin. Henry blieb still liegen, obwohl alle paar Minuten ein Zittern über sein Fell lief.

»Geht einen Schritt zurück«, ordnete Diego an.

Er und Matt zogen das Laken unter Henry. Der Tierarzt hielt Henrys Schweif in der Hand und gab Anya ein Zeichen, Henrys Halsriemen zu greifen.

»Auf drei«, sagte der Tierarzt. »Eins, zwei, drei.«

Anya zog an Henrys Halsriemen.

»Komm schon, Henry«, drängte sie. »Hoch mit dir!«

Alle packten mit an, um Henry auf seine Beine zu rollen. Mit einem Stöhnen stand er schließlich alleine auf. Der Tierarzt griff nach dem Halsriemen.

»Bringen wir ihn in seine Box, bevor er auf die Idee kommt, dass er lieber doch liegen bleiben möchte.«

Mark schnappte sich den Halsriemen auf der anderen Seite und redete aufmunternd auf Henry ein, während sie langsam in Richtung Stall gingen.

Anya schaute zu Sabine und Julia. »Sollen wir mitgehen?«

»Lassen wir ihnen etwas Zeit«, schlug Sabine vor.

»Wie wär's, wenn wir Zickzack und Magic absatteln würden und uns dann in der Cafeteria treffen?«, sagte Julia. »Ich weiß nicht, wie es bei euch aussieht, aber ich könnte jetzt eine heiße Schokolade vertragen.«

»Gute Idee« Plötzlich fühlte sich Anya richtig wackelig auf den Beinen. Sie wollte jetzt nur noch das Bild aus ihrem Kopf verbannen, wie Henry am Boden lag. Eine Frage tauchte jedoch immer wieder in ihren Gedanken auf.

Warum war Henry im Stall durchgegangen?

Anya rutschte auf der Bank ein Stück zur Seite, um Mark Platz zu machen.

»Wie geht's Henry?«, fragte sie.

Marks Augen waren rot umrandet.

»Nicht gerade gut. Er braucht Physiotherapie für seinen Rücken und seine Sehne hat sich entzündet.«

»Aber du hast gehört, was der Tierarzt gesagt hat«, erinnerte ihn Julia. »Nur weil du ihn am Boden gehalten hast, hat er keine bleibenden Schäden.«

»Und Henry kommt wieder in Ordnung«, munterte ihn Sabine auf.

»Er braucht einfach nur viel Pflege.«

Anya konnte sich nicht verkneifen, darauf hinzuweisen. Mark starrte auf den Tisch und spielte mit einem Holzsplitter.

»Die er von mir in letzter Zeit nicht bekommen hat. Das meinst du doch, was?«

Er schaute zu Anya. Widerstrebend nickte sie. Mark seufzte.

»Ich war ein totaler Idiot. Henry ist aus der Box ausgebrochen, weil ich heute Morgen nicht bei ihm war. Ich war gestern Abend noch beim Skateboarden und habe heute morgen verschlafen. Er muss so hungrig gewesen sein, dass er nur Futter suchen wollte, sobald ich die Tür aufgemacht hab.«

»Deshalb hat er eine Kurve gemacht, als er aus dem Stall kam«, wurde Anya klar. »Er wollte zur Futterkammer.«

Anyas Ärger über Mark wurde immer größer.

»Ich habe ihn völlig vernachlässigt«, sagte Mark niedergeschlagen, als hätte er ihre Gedanken gelesen. »Seit dem Turnier hat sich meine Mutter um ihn gekümmert. Ich bin nicht einmal in seine Nähe gegangen.«

»Warum hast du dich denn nicht um ihn gekümmert?«, fragte Julia in das betroffene Schweigen hinein. »Waren dir deine neuen Freunde so wichtig?«

Mark schüttelte den Kopf.

»Ich habe Henry beim Turnier so angetrieben, weil ich beweisen wollte, dass ich auch in etwas gut bin. Auf dem Skateboard bin ich kein Talent. Also wollte ich zeigen, dass ich am schnellsten reiten kann. Und nach dem Turnier kam ich mit meiner Schuld nicht klar. Ich bin ja für Henrys Verletzungen verantwortlich.«

»Hättest du dich nicht besser gefühlt, wenn du beim Gesundpflegen von Henry geholfen hättest?«, fragte Sabine sanft.

Mark senkte den Blick wieder und murmelte: »Ich fand, ich hätte es nicht verdient, mich gut zu fühlen.«

Anya hatte plötzlich Mitleid mit Mark.

»Wir machen doch alle Fehler und Pferde verzeihen schneller als Menschen. Henry gibt dir sicher keine Schuld an dem, was passiert ist.«

»Aber er hat dich wahnsinnig vermisst«, ergänzte Julia.

»Wenn es ihm wieder besser geht, lass ich es nicht mehr zu, dass er mich vermisst. Ich werde mich ab jetzt immer um ihn kümmern.« Mark lächelte matt. »Aber ich habe nicht nur Henry vernachlässigt. Ich war euch auch kein guter Freund.« Er blickte Anya entschuldigend an. »Ich war so damit beschäftigt, in eine neue

Clique zu kommen, dass ich vergessen habe, wie sehr ich meine alte Clique mag.«

»Na ja, du hast gerade noch mal die Kurve gekriegt. Jetzt können wir wieder da anknüpfen, wo wir aufgehört haben«, sagte Julia fröhlich.

Doch mit einem Blick auf Marks verschlossenes Gesicht ahnte Anya, dass er es sich nicht so leicht machen würde.

»Ich muss jetzt zu Henry.« Er stand auf. »Danke für eure Hilfe vorhin.«

»Schon gut«, gab Anya zurück. »Wir sind nur froh, dass er wieder gesund wird.«

Mark presste die Lippen aufeinander, nickte und eilte davon. Die Mädchen sahen ihm nach.

»Was für ein Chaos!«, brach Julia schließlich das Schweigen.

»Und das nur, weil er unbedingt seine neuen Freunde beeindrucken wollte«, seufzte Sabine. »Und das ist ihm nicht mal gelungen. Er muss sich gerade wie ein totaler Versager vorkommen.«

Wieder spürte Anya Mitleid mit Mark. Ihr fiel ein, wie sehr er ihr damals geholfen hatte, als sie ein paar Wochen nicht mehr nach Blue Mountain kommen durfte.

»Ich möchte ihm irgendwie helfen, von seinen anderen Freunden akzeptiert zu werden«, überlegte sie laut. »Wenn sie ihn erst mal akzeptieren, muss er auch nicht mehr seine ganze Freizeit fürs Skaten opfern.«

»Aber er ist verrückt, wenn er denkt, dass sie ihn nur akzeptieren, wenn er genauso gut Skateboard fährt wie sie«, heulte Sabine auf. »Sie sollten ihn mögen, wie er ist, und nicht, weil er ihnen ähnlich ist.«

Julia drehte einen Strohhalm in den Fingern.

»Wir sollten seinen Freunden zeigen, wie gut er reitet.« Sie strahlte vor Begeisterung. »Wir brauchen einen Wettkampf!«

»Äh, den hatten wir doch gerade erst. Lief nicht so gut für Mark«, meinte Anya.

»Ein Wettkampf zwischen Pferd und Skateboard«, fuhr Julia fort. »Und wenn die Reiter die Skater schlagen, sollte Mark ihren Respekt gewinnen.«

»Falls die Pferde gewinnen.« In Sabines Stimme lag Zweifel. »Und wo sollen wir den Wettkampf austragen? Diego flippt aus, wenn er Mark noch mal mit dem Skateboard auf Blue Mountain erwischt.«

»Wir könnten Matt doch fragen, ob er eine Idee hat«, überlegte Anya. »Der stand früher total auf Skateboarden.«

Julia sprang auf. »Fragen wir ihn gleich!«

Matt schlug mit seinem Stift auf den Tresen in seinem Shop. »Ihr dürft diesen Wettkampf auf keinen Fall *außerhalb* des Hofs machen«, erklärte er ihnen. »So etwas muss unter Aufsicht stattfinden.«

»Aber Diego lässt uns das auf keinen Fall hier machen.«

Julias Stimme klang enttäuscht. Matt wirkte nachdenklich.

»Vielleicht schon, wenn es richtig organisiert ist.«

Hoffnung flackerte in Anya auf. »Das könnte es sein, wenn du uns hilfst.«

Matt lächelte breit.

»Schmeichlerin! Du weißt, welche Knöpfe du drücken musst.« Er schlug sein Auftragsbuch auf der letzten Seite auf und zeichnete eine Skizze des Reitplatzes. »Wir könnten vier Sprünge auf der langen Seite und zwei an der kurzen aufstellen.« Mit geschickten Strichen zeichnete er sie ein. »Und außerhalb des Reitplatzes können wir dieselben Hindernisse für die Skateboards aufbauen. Oder Trick Points.«

»Was ist das denn?«, fragte Julia.

»Trick Points?«, fragte Sabine gleichzeitig.

»An diesen Stellen könnten sie Tricks und Figuren wie einen Kickflip oder einen Tre-Flip machen«, schlug Matt vor. »Die Hindernisse wären dann Rampen, Pipes oder Geländer. Nicht allzu schwierig.«

Anya freute sich schon beim Gedanken daran, mit Chance über die Hindernisse zu gehen.

»Für jeden Abwurf bei den Reitern und jeden Sturz bei den Skatern gibt es Strafpunkte«, entschied Matt. »Und derjenige, der als Erster durchs Ziel geht, gewinnt Bonuspunkte. Vielleicht habe ich noch ein paar alte Skateboard-Hindernisse im Schuppen. Ich schau später mal nach.«

»Vielleicht können wir sie morgen Nachmittag mal aufstellen«, sagte Anya und tauschte begeisterte Blicke mit Sabine und Julia.

»Ich weiß, dass das ein schreckliches Wortspiel ist, Matt«, sagte Julia. »Aber das wird super, jetzt, wo wir dich an Bo(a)rd haben!«

Die Mädchen fanden Mark bei Henry. Der Wallach lag auf einem dicken Strohbett. Mark kniete neben ihm und streichelte sanft seinen Hals.

»Wie geht's ihm?«, fragte Anya mit leiser Stimme, um Henry nicht zu stören.

Mark sah auf. »Er ist ziemlich erledigt.«

»Wenn du Hilfe brauchst…« Anya brach ab, als Mark den Kopf schüttelte.

»Danke, Anya, aber ich werde ihn nie wieder vernachlässigen.«

Anya lächelte ihn an und spürte, wie Julia sie in die Seite knuffte. Sie sah ihre Freundin an, die die Worte »Frag ihn!« mit dem Mund formte.

Anya zögerte. »Äh, vielleicht können wir dir nicht mit Henry helfen, aber wir hatten eine Idee, wie wir dir anderweitig helfen könnten.«

Mark blickte verwirrt drein. »Mir helfen?«

Anya suchte nach den richtigen Worten. »Wir wissen, du hast es schwer, dir einen Platz in der neuen Clique zu erkämpfen. Und dass du die ganze Zeit mit ihnen rumhängen musst, wenn du Skaten lernen willst.«

Mark machte sich auf einen neuen Angriff von Anya gefasst.

»Aber wir glauben, wir haben etwas gefunden, wie du dir Respekt verschaffen kannst«, kam sie eilig zum Schluss.

»Ich hoffe, die Idee ist besser als meine, den Fortgeschrittenen-Kurs beim Geländeritt zu nehmen«, sagte Mark reumütig.

Anya biss sich auf die Lippe. »Tja, vermutlich klingt es ähnlich.«

»Wir bauen einen Skateboard-Parcours neben einem Springparcours auf und treten mit den Pferden gegen deine Freunde auf den Skateboards an«, unterbrach Julia sie.

»Wir haben mit Matt darüber gesprochen und er meint, es könnte klappen«, fügte Sabine hinzu. »Und selbst wenn wir gegen deine Freunde verlieren, wäre es ein Mordsspaß. Und vielleicht merken sie, dass das Skaten nicht das einzige coole Hobby ist.«

Mark streichelte Henrys Hals, während er sich die Sache durch den Kopf gehen ließ.

»Vielleicht funktioniert es. Mir gefällt an der Idee, dass wir alle zusammen was machen«, sagte er langsam. »Aber ich bin nicht sicher, ob die Jungs überhaupt noch mal nach Blue Mountain kommen wollen.«

»Bestimmt kannst du sie überzeugen«, sagte Julia fest. »Ruf sie heute Abend an und frag sie, ob es ihnen morgen Nachmittag passt.«

»Vorausgesetzt natürlich, Diego erlaubt es«, erinnerte sie Anya.

Julia winkte ab. »Matt wird ihn schon überreden, keine Sorge.« Ihre Augen blitzten vor Begeisterung. »Das wird echt klasse!«

Anya kürzte die Zügel. »Fertig?« Sie blickte über die Schulter zu Sabine und Julia. Sabine trieb Magic vorwärts. »Fertig!«

Anya atmete die frische Herbstluft ein. Sie konnte es kaum erwarten, mit Chance auf den mit buntem Herbstlaub bedeckten Wegen zu galoppieren. Als sie vom Hof ritten, hörte Anya jemanden rufen. Sie hielt Chance an, drehte sich im Sattel um und sah Matt auf sie zukommen.

»Alles klar«, lächelte er. »Ihr könnt den Reitplatz zwischen zwei und vier Uhr haben und Diego hat seine Erlaubnis für den Skateboard-Parcours gegeben. Seine einzige Bedingung ist, dass die Skateboards nur auf der Strecke neben dem Reitplatz benutzt werden. Clem bewertet die Reiter und ich die Skater.«

Er klopfte Chances Hals, die ungeduldig mit den Hufen scharrte.

»Hast du nachgeschaut, ob du noch ein paar Hindernisse hast?«, fragte Julia.

»Ich habe keinen vollständigen Kurs«, lächelte Matt. »Aber ein paar Rampen und Geländer habe ich noch. Außerdem finde ich hier sicher ein paar Gegenstände, aus denen man was machen kann. Mark kann mir morgen dabei helfen, den Skateboard-Parcours aufzubauen. Und ihr Mädchen stellt die Hindernisse auf dem Reitplatz auf.«

Anya grinste.

»Das wird super! Jetzt muss Mark nur noch seine Freunde überreden und dann kann es losgehen.«

Zwölftes Kapitel

Orinoco und Wolfgang waren am nächsten Morgen die letzten Pferde, die von der Koppel in den Stall gebracht werden mussten. Anya führte sie in ihre Boxen und hängte ihre Halsriemen auf. Dann eilte sie zum Stall gegenüber. Sie schielte über Henrys Tür und erblickte Mark. Er hockte am Boden und wickelte die Bandagen des Wallachs ab.

»Hi«, rief sie atemlos. »Kommen deine Freunde?«

»Guten Morgen, lieber Mark. Wie geht's dir?«, neckte Mark sie. Er schob seine Haare aus der Stirn.

»Tut mir leid«, sagte Anya. »Du hast recht. Meine erste Frage hätte lauten sollen: Wie geht's Henry?«

»Treffer«, antwortete Mark grinsend. »Vielleicht ist es nur Wunschdenken, aber heute wirkt er schon ein bisschen munterer.«

Anya schaute in Henrys dunkle Augen.

»Wahrscheinlich, weil er froh ist, dich wieder bei sich zu haben«, sagte sie sanft. »Ich bin sicher, er erholt sich viel schneller, wenn du da bist.«

Mark drehte sich um und wickelte einen frischen Verband um Henrys Bein. Aber trotzdem hatte Anya den zufriedenen Ausdruck auf seinem Gesicht gesehen.

»Also, kommen deine Freunde nun?«, fragte sie.

»Ja«, sagte Mark mit dumpfer Stimme von unten. »Sie sind ziemlich zuversichtlich, dass sie gewinnen. Also gibt es nur noch ein Problem.«

»Welches?« Anya runzelte die Stirn.

Mark ließ die Binde ins Stroh fallen und seufzte ratlos.

»Für welches Team trete ich an?«

»Alles fertig!«, sagte Julia und schob die letzte Stange in die Halterung.

Anya drehte sich um und betrachtete die zehn Hindernisse, die sie in der Reitbahn aufgebaut hatten. Sie waren eigentlich gut zu springen. Schwierig würde es werden, den Rhythmus und die Kraft während der ganzen Runde beizubehalten.

Mark und Matt hatten bereits den Skate-Parcours aufgebaut. Anya konnte sich beim besten Willen nicht vorstellen, dass die Jungs ihre zehn Hindernisse schneller überwinden würden als sie ihre mit den Pferden.

»Sie sind hier!« Sabine rannte zu ihr. »Sie sind mit Mark in der Cafeteria.«

»Vielleicht sollten wir kurz rübergehen und Hallo sagen, bevor wir die Pferde holen«, sagte Anya.

Gemeinsam nahmen sie die Abkürzung, die von den Reitplätzen zur Cafeteria führte. Anya erkannte die drei Jungs sofort wieder, die damals beim Geländeritt als Zuschauer dabei gewesen waren. Sie hatten sich auf die Lehne einer Picknickbank gesetzt, die Boards über ihren Knien.

Mark untersuchte gerade eines der Skateboards.

»Wow, das muss ja ein ganz schöner Crash gewesen sein.«

Er fuhr mit dem Finger über einen gezackten Kratzer.

»Das war es wert. Ich habe einen astreinen Doppelaxel hingelegt«, grinste der Junge.

»Bevor du runtergefallen bist«, witzelte einer der anderen.

Mark sah auf und entdeckte die Mädchen. »Hi.« Plötzlich klang er verlegen.

»Hallo«, antwortete Anya. »Die Hindernisse sind fertig. Wir brauchen noch ein bisschen Zeit, um die Pferde warmzumachen.«

Der dunkelhaarige Junge mit dem zerkratzten Board warf seinen Kopf zurück und lachte.

»Ihr müsst sie aufwärmen, bevor sie arbeiten können?«

»Wenigstens kriegen sie keine Kratzer, wenn wir runterfallen«, gab Julia zurück.

»Nein, wenn Pferde fallen, dann gehen sie total kaputt, was, Mark?«, warf einer der anderen Jungs ein.

Er streckte seine Hand aus und seine Freunde klatschten ihn ab. Mark blickte unbehaglich drein.

»Deshalb braucht man für sie viel mehr Können und Fachwissen als für ein Stück Holz.« Anya lächelte süß.

»Jetzt hat sie's dir aber gegeben, Lucas!«, rief der dunkelhaarige Junge.

Kleinlaut strich sich Lucas mit der Hand über sein kurz geschorenes blondes Haar. »Lassen wir ihnen den kleinen Sieg. Wird nicht lange dauern.«

Anya musste kichern. Sie war fest entschlossen gewesen, Marks neue Freunde nicht zu mögen. Aber sie hatten definitiv Humor.

»Warum schaut ihr euch nicht schon mal euren Kurs an, während ihr wartet?«, schlug Julia vor. »Ihr könnt auch schon ein bisschen üben. Ich habe das Gefühl, dass ihr einen kleinen Vorsprung brauchen könnt.«

Während die Jungs noch nach einer passenden Antwort suchten, waren die Mädchen schon davongeeilt.

»Hast du ihre Gesichter gesehen, als du ihnen sagtest, sie bräuchten einen kleinen Vorsprung?«, kicherte Sabine.

Anya fiel in ihr Gelächter ein. Doch auf dem Weg zum Stall merkte sie, dass Mark fehlte.

»Stimmt es, dass ihr auf dem Reitplatz einen Wettkampf veranstaltet?«, wollte Dominik wissen.

Anya hielt Chance an. »Woher weißt du das?«

»Weil jeder drüber spricht«, sagte Dominik. »Meine

Reitklasse ist schon zum Zuschauen rübergegangen, aber ich wollte erst rausfinden, ob es auch stimmt.«

»Das ist nur ganz zwanglos«, sagte Anya hastig. »Interessiert euch eigentlich gar nicht.«

Dominik machte große Augen. »Es interessiert mich nicht? Ein Skateboard-Wettkampf? Machst du Witze?«

Er eilte davon, und Anya fand sich damit ab, dass sich das Stattfinden ihres kleinen Wettbewerbs wie ein Lauffeuer auf Blue Mountain verbreitet hatte.

»Ich glaube, wir bekommen Zuschauer!«, rief sie und galoppierte durch die Halle zu Sabine und Julia.

»Super!«, sagte Julia und ritt Zickzack quer durch die Bahn. »Wir können Anfeuerungsrufe brauchen!«

»Vorausgesetzt, sie feuern überhaupt uns an«, sagte Anya und verlangsamte Chance zum Trab. »Vielleicht halten sie auch zu den Skatern. Am Ende macht man uns noch dafür verantwortlich, dass Blue Mountain alle seine Schüler verliert.«

»Du spinnst!«, kicherte Sabine. »Kommt, die Spiele sollen beginnen!«

Nach einer weichen Wendung trabte Anya mit Chance aus der Halle. Die anderen folgten ihr. Als sie sich dem Parcours näherten, sahen sie jede Menge Eltern und Schüler auf den Zuschauerrängen.

Marks Freunde hatten sich mit Matt am Start ihres Parcours versammelt. Als sie die Mädchen sahen, pfiffen sie. Genau vor dem Eingang zur Bahn hielt Julia an und sah vom Pferd auf sie herunter.

»Bereit?«, fragte sie.

»Bereit für den Sieg? Auf jeden Fall!«, feixte Lucas und kickte sein Board hoch.

Matt ging zur ersten Rampe.

»Ich wollte den Parcours mal kurz durchfahren, sodass die Jungs wissen, wo sie Punkte holen können«, sagte er.

Er setzte sein Board auf den Boden, befestigte seinen Helm und rollte los. Mit seinem hinteren Bein stieß er sich kraftvoll ab, damit er ordentlich Tempo machte. Als er zu der Rampe kam, ging er in die Hocke. Anya hielt den Atem an, als Matt darüber hinausschoss, doch er landete mit einem eleganten Schlenzer und kam schon an das nächste Hindernis. Er stellte seinen hinteren Fuß auf das Brett und schob den vorderen weiter vor. Das Board kam nach oben und Matt flog über die Holzkiste auf dem Parcours. Die Zuschauer applaudierten.

»Nicht schlecht für einen alten Mann!«, rief ein Skater mit langem Pferdeschwanz.

Matt wurde wieder schneller, um in die Half-Pipe zu springen. Er glitt in die Mitte und rollte dann zu den Enden hoch. Mit ausgestreckten Armen hielt er die Balance, als sein Brett über die Ränder kratzte.

»Super Grind.« Lucas klang neidisch.

Matt gelangte ans kurze Ende der Bahn, wo er eine Flagge aufgestellt hatte. Er glitt mit einem Bein zurück und wendete mit dem anderen.

»Wow!«, sagte Anya, als sich das Board drehte, bevor Matt es erst mit seinem hinteren Fuß, dann mit dem vorderen abfing.

Die Zuschauer applaudierten begeistert, als Matt langsam um die hintere Kurve rollte und auf die zweite Rampe sprang. Er gab wieder Gas, sprang über eine zweite Kiste und von dort auf eine Bank, auf der er entlangglitt und dann wieder runtersprang. Auch die letzte Rampe nahm er mit Leichtigkeit und kam dann an die Ecke der Reitbahn. Anya bemerkte eine zweite Flagge auf der Hälfte der kurzen Seite. Dort angekommen, schlenzte Matt das Board mit seinem hinteren Fuß nach oben und trat mit dem vorderen Fuß nach vorne. Er überkreuzte seine Beine, während das Board sich einmal um sich selbst drehte.

»Super, Matt!«, feuerte ihn Julia an.

Matt landete wieder auf dem Brett und rollte davon.

»Bilde ich mir das ein oder war das eine perfekte Runde?«

Anya klatschte kräftig. Matt umrundete die Ecke des Kurses und kam auf sie zugerollt. Seine Wangen waren rot und er atmete schwer. Mit einem Schleudern kam er zum Stehen. Mit strahlenden Augen löste er den Kinnriemen seines Helms.

»Gar nicht schlecht«, keuchte er, »für einen alten Mann.« Er hob seine Stimme, um die Pfiffe und den Applaus von den Zuschauern zu übertönen. »Zeigt mal, ob ihr das schafft!«

»Würdest du Ronnie im Austausch gegen dein Board nehmen?«, kam Dominiks Stimme herüber.

Anya hob die Augenbrauen und sah bedeutungsvoll zu Sabine hinüber.

»Wo ist Mark?«, fragte Julia plötzlich. »Jetzt hat er deine Demo verpasst.«

»Ich habe ihm den Kurs schon vorhin gezeigt«, antwortete Matt. Er öffnete das Tor zur Reitbahn für die Mädchen. »Viel Glück!«

Clem wartete in der Mitte der Bahn auf sie. »Also gut, Blue-Mountain-Team«, lächelte sie. »Bereit, der Welt zu beweisen, dass vier Hufe vier Rollen jederzeit schlagen können?«

»Auf jeden Fall!« Julia beugte sich aus dem Sattel, um Sabine und Anya abzuklatschen.

»Wer fängt an?«, fragte Clem.

»Ich«, sagte eine männliche Stimme hinter Anya.

Anya drehte sich im Sattel um und sah erstaunt Mark, der auf Wagner herangeritten kam.

»Was machst du denn auf dem Pferd?«

»Ihr habt doch nicht ernsthaft geglaubt, dass ich euch im Stich lasse, wenn ihr mich am nötigsten braucht, oder?«, grinste Mark.

Mit wachsender Begeisterung sah Anya erst Julia, dann Sabine an. Mark nahm die Zügel kürzer und legte die Fersen an, sodass der schwarze Wallach auf der Stelle tänzelte.

»So ist es richtig, alter Angeber!«, neckte ihn Julia.

»Irgendwie muss ich ja glaubwürdig wirken«, gab Mark zurück. »Und jetzt seid so gut und macht Platz, damit sich mein geniales Reittalent richtig entfalten kann.« Mit einem kurzen Winken drehte er Wagner um und galoppierte zum Tor, das als Start- und Ziellinie für beide Teams diente.

Das muss ein schwerer Entschluss gewesen sein, dachte Anya und beobachtete, wie Mark Wagner ziemlich scharf herumzog, wobei er das große schwarze Pferd in die Lenden stieß.

»Mach nicht noch eins kaputt, Howard«, drang Lucas' Stimme zu den Mädchen herüber.

Clem zog eine Pfeife aus ihrer Tasche und rief: »Auf die Plätze, fertig!« Sie blies in ihre Pfeife »Los!«

Mark grub seine Fersen in Wagners Seiten. Der schwarze Wallach reagierte, indem er auf das erste Hindernis zuraste. Sein Schweif wehte wie ein Banner hinterher.

»Los, Jack, mach sie fertig!«, brüllte Lucas dem Skater zu, der auf die Rampe zufuhr.

Mark und Wagner flogen über den ersten Sprung und rasten auf den zweiten zu. Der Wallach sprang zu früh ab und warf die Latte mit seinen Hinterbeinen ab. Die Mädchen stöhnten auf.

»Langsamer!«, schrie Julia. Die Strafpunkte für Abwürfe wogen schwerer als die Pluspunkte, die ein Sieg bringen würde.

Nach einer halbe Parade schickte Mark Wagner

über das dritte Hindernis. Dieses Mal sprang der Wallach mit großem Abstand darüber. Als sie zum letzten Sprung in der Reihe kamen, bemerkte Anya, dass Jack gerade erst an sein drittes Hindernis kam. Mark wendete in der Ecke und versammelte Wagner vor dem Steilsprung. Anya musste die beiden wirklich bewundern. Wagner war eins der prächtigsten Pferde auf dem Hof, und Mark zeigte ein solches Talent, wie Anya es nie zuvor gesehen hatte.

Es würde mich nicht wundern, wenn er sich für die nächsten Hindernisse plötzlich auf den Sattel stellen würde, dachte sie amüsiert.

Jack wendete scharf und sein Board schoss unter seinen Füßen hervor und knallte gegen den Zaun. Wagner legte die Ohren an und galoppierte unsicher auf den nächsten Sprung zu.

Die Mädchen stöhnten auf, als er zwei Stangen aus den Halterungen kickte.

»Das sollte wirklich nicht zählen!«, murrte Julia.

Mark brachte Wagner schnell wieder zur Ruhe und sie flogen über die nächsten Hindernisse, bevor sie in der Ecke wendeten.

»Los, Mark, los!«, schrie Anya.

Jack kam auf die Bank, schlitterte darauf entlang und sprang wieder runter, aber er konnte Mark und Wagner nicht mehr einholen. Die beiden kamen um ihre letzte Kurve und stoppten am Tor.

»Wie war's?«, keuchte Mark.

»Gut gemacht!«, rief Julia, während sie begeistert in die Hände klatschte.

Während Jack seinen Kurs beendete, trabte Anya zum Tor. Mark war abgestiegen und lockerte Wagners Gurt.

»Äh, Mark«, sagte Anya. »Jetzt, wo du auch beim Wettkampf mitmachst, stimmen die Teilnehmerzahlen nicht mehr: Es sind vier Reiter und drei Skater.«

Mark nickte. »Ich weiß. Einer der Jungs muss zweimal starten.«

»Oder du«, schlug Anya vor. »Soll dieser Wettkampf nicht allen zeigen, dass du auch zwei Hobbys haben darfst?«

Marks Augen leuchteten. Er griff nach ihrem Arm und drückte ihn. »Danke, dass du das verstehst«, sagte er sanft.

Ein schriller Pfeifton durchdrang die Luft. Mark verdrehte die Augen, bevor er sich von Anya abwandte.

»Du musst aber auch Verständnis haben dafür, dass ich dich nicht anfeuere, wenn du dran bist?«, murmelte Anya.

»Ich hoffe, dass du nicht widerstehen kannst!«

Mark grinste sie an und führte Wagner aus der Bahn.

»Fertig, Anya?«, rief Matt. »Du trittst gegen Zac an.«

Der Junge mit den langen Haaren warf ihr einen herausfordernden Blick zu. Anya ritt Chance in einem engen Kreis.

»Allzeit bereit!«

»Drei, zwei, eins, los!« Clem blies scharf in ihre Pfeife.

Mit knirschenden Rädern fuhr Zac an. Chance legte die Ohren an und schlug mit den Hinterbeinen aus.

»Komm schon, Chance«, sagte Anya, als Zac schon die erste Rampe hinauffuhr. »Vertrau mir! Es ist alles in Ordnung.«

Die Stute ging mit angezogenen Vorderbeinen über das erste Hindernis. Mit donnernden Hufen raste Chance zum nächsten Steilsprung. Beim Aufkommen auf den Boden nahm Anya aus dem Augenwinkel wahr, dass sie Zacs Vorsprung fast schon eingeholt hatten. Nach einer sauberen Landung galoppierte Chance auf das nächste Hindernis zu. Auf der anderen Seite des Zauns sprang Zac auf das Geländer und glitt mit dem Board darauf entlang. Furchtsam warf Chance den Kopf zurück und scheute vor dem Zaun. Anya setzte den rechten Zügel und das linke Bein kräftig ein. Als Chance erst in letzter Sekunde absprang, musste Anya nach Luft schnappen. Ihr Bein berührte den Ständer. Als sie aufkamen, hörte sie, wie eine Stange auf den Boden knallte. Wild entschlossen, von Zac wegzukommen, schnitt sie die Kurve.

»Komm schon, Chance«, drängte sie. »Er soll unseren Staub fressen!«

Sie flogen über den Steilsprung und schnitten dann die nächste Kurve ebenfalls. Mit einem Blick über die

Schulter sah Anya, wie Zac einen Kickflip machte. Sie gab Chance eine halbe Parade, weil sie wusste, dass sie nicht noch mehr Stangen abwerfen durfte. Aber Chance wollte schneller gehen und wehrte sich gegen Anyas Hand. Sie kam zu nah ans nächste Hindernis und schlug mit den Vorderbeinen dagegen.

»Langsam«, murmelte Anya bei einer weiteren halben Parade. Diesmal wurde Chance langsamer. Anya brachte sie in einen gleichmäßigen Rhythmus, bevor sie über das nächste Hindernis flogen. Anya blendete das Geschrei der Jungs aus, die Zac anfeuerten, sie zu überholen, und ritt Chance ruhig über die restlichen Sprünge. Nach dem letzten Sprung gab sie Chance die Zügel frei für einen Galopp zum Tor. Matt drückte auf den Knopf an seiner Stoppuhr.

»Speedy Gonzales«, neckte er sie.

Sekunden später kam Zac ans Tor geschleudert.

»Ich wusste gar nicht, dass in eurem Kurs eine Teepause vorgesehen war«, sagte Anya mit Unschuldsmiene.

»Haha«, gab Zac zurück. Dann sagte er widerstrebend: »Du bist nicht schlecht!«

»Danke.« Anya war überrascht. »Du auch nicht.«

Julia trabte mit Zickzack zu ihnen.

»Ihr wart super!«, gratulierte sie Anya. »Glaubst du, es tut ihnen schon leid, dass sie unsere Herausforderung angenommen haben?«

»Ich weiß nicht genau, wie viele Fehlerpunkte wir

haben«, sagte Anya reumütig. »Ich kann nicht glauben, dass ich zwei Abwürfe hatte.«

»Einen«, korrigierte Julia, während sie das Sattelblatt hob, um den Gurt anzuziehen.

Anya sah zu dem Hindernis, gegen das Chance gerumpelt war.

»Ich dachte, wir hätten die Stange abgeworfen!«, rief sie aus.

»Nö. Wahrscheinlich hat jemand Superkleber dran gemacht!«, grinste Julia.

»Fertig?«, rief Clem.

»Viel Glück!« Anya ritt Chance im Kreis zu Clem und Sabine.

Zickzack ging sauber über die ersten beiden Hindernisse, doch beim dritten Sprung war klar, dass es ihm zu langweilig wurde, immer über die gleichen Hindernisse zu gehen. Er kickte die obere Stange mit seinen Vorderbeinen weg und berührte danach fast jedes andere Hindernis. Je mehr die Jungs grölten, desto schlechter wurde Zickzack, der offensichtlich seinem Publikum gefallen wollte. Anya schielte nach Lucas, der durch den Kurs sauste. Nach der zweiten Rampe machte er einen Tre-Flip. Die Zuschauer brachen in Applaus aus.

»Sollten die nicht eigentlich das Blue-Mountain-Team anfeuern?«

Sabine tat so, als sei sie entrüstet.

»Momentan ist da nicht viel zum Anfeuern«, kicherte

Anya, als Zickzack den Steilsprung nach der Ecke verweigerte. Julia wendete ihn, worauf er zurückrannte und die Stangen mit den Hinterhufen abwarf.

Lucas schleuderte um die Ecken und versuchte einen weiteren Tre-Flip von der Rampe herunter. Diesmal misslang das, weil sein Board unter ihm nach vorne flog und er am Fuß der Rampe heftig aufschlug.

Julia hielt Zickzack an und lehnte sich nach vorne, um ihm etwas ins Ohr zu flüstern. Sie setzte sich wieder zurück und galoppierte an dem völlig zerstörten Hindernis vorbei auf den nächsten Steilsprung zu. Zickzack flog darüber und die Menge brach in Jubelschreie aus.

»Na also, geht doch«, lächelte Sabine.

Die beiden beendeten den Parcours ohne weitere Fehler. Anya klatschte laut, als sie zurück in die Mitte der Bahn kamen, vorbei an Sabine und Magic.

»Was hast du zu Ziggy gesagt?«, fragte sie, als Julia neben ihr anhielt.

»Einen ganzen Monat lang keine Karotten«, grinste Julia.

»Jedenfalls hat es geholfen«, lachte Anya.

Julia hob die Augenbrauen, als sie zum Tor schaute. »Mark startet gegen Sabine?«

Anya nickte. »Ziemlich cool, was?«

»Für wen sind wir?«, fragte Julia, als Clem in ihre Pfeife blies.

Anya zuckte hilflos mit den Schultern, während

Mark und Sabine sich bereit machten. Mark benutzte Matts Board. Er wirkte etwas wackelig beim Sprung auf die erste Rampe. Anya biss sich auf die Lippe, weil er über das Ende hinausschoss.

Bitte nicht runterfallen, dachte sie nur.

Zu ihrer Erleichterung hielt Mark das Gleichgewicht und richtete sich auf, um zum nächsten Hindernis zu fahren. Anya sah zu Sabine und Magic, die in perfektem Einklang über das zweite Hindernis flogen.

Die volle Punktzahl für null Fehler, dachte Anya, wobei sie wieder zu Mark schaute, der versuchte, auf die Kiste zu springen. Sein Board berührte den Rand und er fiel nach vorne. Er kam auf seinen Füßen auf und stolperte ein paar Schritte, dann drehte er sich zurück und nahm das Board vom Boden auf.

»Komm schon, Mark«, murmelte Anya. »Du schaffst das.«

Mark stieß sich ab und fuhr sauber durch die Pipe. Danach kam er zum Geländer. Er zeigte einen perfekten 50-50 und Anya musste ihm zujubeln. Dann wandte sie ihre Aufmerksamkeit wieder Sabine und Magic zu, die gerade in gleichmäßigem Galopp durch die Ecke kamen.

Anya hielt die Hände wie einen Trichter vor den Mund und rief: »Los, Sabine!«

Magic ging mühelos über das Gatter. Anya sah wieder zu Mark. Sie hielt den Atem an, als er zur Flagge rollte, an der er einen Tre-Flip machen musste. Er rutschte mit dem Fuß ans Ende seines Boards, während er gleichzeitig den anderen Fuß nach außen schlenzte. Das Board drehte sich und Mark fing es mit den Füßen auf, bevor er landete. Anya und Julia tauschten begeisterte Blicke.

»Das war unglaublich!«, rief Anya aus.

Sabine und Magic erreichten die lange Seite der Bahn, als Mark wendete. Anya und Julia feuerten sie an und applaudierten laut, als sie Magic am Tor anhielt.

Mark schaffte seinen Weg entlang der langen Seite der Bahn, ohne zu stürzen, und Anya glühte vor Stolz, als er an der Schlussflagge ankam. Er stieß das Board mit seinem hinteren Fuß hoch und kickte seinen vorderen Fuß nach oben. Als das Brett sich um 360 Grad drehte, verdrehte sich Mark ungeschickt und landete flach auf seinem Rücken.

»Autsch, das tat weh!«, jammerte Julia.

Anya wartete drauf, dass die Jungs Hohn und Spott über Mark ausschütten würden, doch zu ihrer Überraschung fingen sie an, zu applaudieren und zu jubeln.

Als Mark aufstand und wieder auf dem Board war, rief Lucas: »Du hast echt gerockt!«

Mark stieß sich mit seinem Fuß ab, um zum Tor zu rollen. Die Jungs klatschten ihn ab und Anya entspannte sich.

»Sieht so aus, als würde er jetzt zur Clique gehören«, flüsterte sie Julia zu, als sie zu Sabine hinüberritten.

»Ja, aber ich habe so ein Gefühl, dass wir auch dazugehören«, gab Julia zurück. »Und darum ging's doch, oder?«

»Richtig.« Anya lächelte.

»Also ...« Lucas zog die Augenbrauen hoch. »Wer hat jetzt gewonnen?«

»Clem?«, rief Matt, während er Mark Wagners Zügel reichte. »Wie sieht die Punktewertung für das Blue-Mountain-Team aus?«

Anya drehte sich in ihrem Sattel nach hinten und sah Clem näherkommen.

»Das Gesamtergebnis für Zeit und Fehler ist zweiundsechzig von möglichen achtzig Punkten«, verkündete Clem.

Anya blickte wieder zu Matt.

»Die Jungs haben beachtliche achtundfünfzig erreicht«, sagte er. »Also geht der Sieg an das Blue-Mountain-Team.«

»Als ob das jemals in Frage gestanden hätte«, lachte Julia.

»Die haben uns über's Ohr gehauen«, grummelte Jack. Lucas boxte ihn freundschaftlich in den Arm.

»Nein, haben sie nicht. Die sind einfach cool!« Er sah zu Anya hoch. »Ich schätze, Pferde sind nicht so übel, wie ich dachte.«

»Vielleicht sind Skateboards auch nicht nur Platzverschwendung«, sagte sie zu ihm und lachte über sein erstauntes Gesicht.

»Du dachtest, Skateboards sind Platzverschwendung?«

»Das Einzige, was mich daran je interessiert hat, ist das Design«, sagte Anya ehrlich.

»Aha.« Lucas' Augen leuchteten auf. Er hielt sein Board hoch, auf dem eine Collage von zusammengesetzten, leuchtenden Buchstaben zu sehen war. »Das hier hab ich selbst gemacht.«

»Jungs, wie wär's, wenn ihr euch schon mal eine heiße Schokolade und Kuchen holt, während das Blue-Mountain-Team die Pferde versorgt?«, unterbrach Clem. Sie klopfte Magics Hals. »Skateboards müssen nämlich weder abgerieben noch gefüttert werden.«

»Vielen Dank, dass ihr die Wettkampfrichter gespielt habt«, sagte Sabine zu Clem und Matt.

»Gern geschehen«, antwortete Clem. »Versprecht mir bloß, dass es nicht zu einer Revanche unten im Skateboard-Park kommt.«

»Wir sehen uns in der Cafeteria«, sagte Anya zu den Jungs. »Und vielleicht kannst du mir dann erzählen, wie du auf die Idee für diese Aufklebefolie gekommen bist«, fügte sie hinzu.

Lucas hob die Augenbrauen. »Du kennst dich mit Skateboard-Design aus?«

»Ich kenne mich mit Gestaltung aus«, lächelte Anya. »Allerdings nur auf Papier.«

Die Jungs kletterten die Böschung zur Cafeteria rauf, während die anderen die Pferde zu den Ställen führten. Sabine und Julia gingen an der Spitze und Mark und Anya folgten ihnen.

»Du hast das echt super gemacht!«, sagte Anya.

»Sprichst du mit mir oder mit Chance?«, fragte Mark.

Anya klopfte Chances Hals. »Mit euch beiden.« Sie wurde ernst. »Hast du das Gefühl, dass sie dich jetzt in ihrer Clique akzeptieren werden?«

Mark blieb einen Moment still. Dann sagte er: »Ich glaube schon. Aber viel besser ist, dass das für mich gar nicht mehr so wichtig ist. Wenn sie wahre Freunde sind, dann akzeptieren sie, dass Henry bei mir immer an erster Stelle stehen wird.«

Anya strahlte ihn an. »Schön zu hören.«

»Ich kann nicht glauben, dass ich ihn je vernachlässigt habe.« Mark schüttelte den Kopf. »Ich war so ein Idiot.« Er zögerte. »Und ich kann nicht glauben, dass ich unsere Freundschaft aufs Spiel gesetzt habe. Danke, dass ihr mich nicht aufgegeben habt.«

Anya lächelte. »Ich bin einfach nur froh, dass jetzt alles wieder gut ist.«

»Das hätte ich nicht besser sagen können.«

Mark lachte, als Chance an Anyas Schulter schnupperte.

Manche Dinge sind einfach zu wichtig, um sie fortzuwerfen.

Carola Wimmer

Hope – Sprung ins Glück

ca. 160 Seiten, ISBN 978-3-570-22628-5

Als Leonie sich den Knöchel bricht, bedeutet das nicht nur das Aus für ihre Karriere als Eiskunstläuferin. Sie muss auch das Sportinternat verlassen und zurück in ihre Heimatstadt, wo ihr die neuen Mitschüler einen Neuanfang schwer machen. Der Zufall führt sie auf den benachbarten Pferdehof, wo sie auf Hope trifft. Sie spürt sofort, dass sie und das Pferd eine besondere Verbindung haben, doch die Besitzer verbieten ihr den Umgang mit dem Tier …

cbj

www.cbj-verlag.de

40334